बाघ का भाग्यफल

और अन्य कहानियाँ

अनिल यादव

MANJUL
मंजुल कथाकार
मंजुल पब्लिशिंग हाउस का इम्प्रिंट

MANJUL

मंजुल कथाकार

मंजुल कथाकार, मंजुल पब्लिशिंग हाउस का इम्प्रिंट है

कॉरपोरेट एवं संपादकीय कार्यालय

• द्वितीय तल, उषा प्रीत कॉम्प्लेक्स, 42 मालवीय नगर, भोपाल-462 003

विक्रय एवं विपणन कार्यालय

• सी–16, सेक्टर 3, नोएडा, उत्तर प्रदेश, 201301

वेबसाइट : www.manjulindia.com

वितरण केन्द्र

अहमदाबाद, बेंगलुरु, कोच्चि, कोलकाता, चेन्नई,
हैदराबाद, मुम्बई, नई दिल्ली, पुणे

यह संस्करण मंजुल कथाकार में मंजुल पब्लिशिंग हाउस प्रा. लि.
द्वारा 2026 में प्रकाशित

बाघ का भाग्यफल

ISBN 978-93-7317-699-4

आवरण चित्र : विक्रम नायक

टाइपसेटिंग : डीजीअल्ट्राबुक्स प्रा. लि., नई दिल्ली

मुद्रण व जिल्दसाज़ी : रेप्रो इंडिया लिमिटेड

बाघ का भाग्यफल

अनिल यादव, *वह भी कोई देस है महराज* (यात्रा वृत्तांत), *कीड़ाजड़ी* (यात्रा वृत्तांत), *नगर वधुएँ अखबार नहीं पढ़तीं* (कहानी संग्रह), *अप्रेम* (कहानी संग्रह), *गौसेवक* (नॉवेला), *सोनम गुप्ता बेवफा नहीं है* (लेख) सरीखी कई लोकप्रिय रचनाओं के लेखक हैं। इतना ही नहीं, आप *इंडियन्स* नामक इतिहास-पुस्तक के अनुवादक भी हैं। आपकी रचनाओं का अंग्रेजी, इतालवी समेत कई विदेशी भाषाओं में अनुवाद हुआ और हो रहा है।

अनिल यादव को भारतीय साहित्य में उनके लेखकीय योगदान के लिए विविध सम्मानों और पुरस्कारों से सम्मानित किया जाता रहा है। संप्रति, आप दिल्ली में रिहाइश करते हैं।

यह किताब मृत्यु को सादर समर्पित
ताकि वह कुछ और बरस
इन कहानियों की बुनावट में उलझी रहे
और मुझे लिखने की मोहलत मिले।

उस दिन ब्याह था

निभा सबसे लेता हूँ लेकिन मेरा कोई दोस्त नहीं है। हर जगह, एक न दिखने वाली जगह है जहाँ खड़े होकर अपना व्यवहार तय करता हूँ। लेकिन मुझे ऊसर में हवा बहने जैसी खामोशी से पांचू बनवासी की याद आती रहती है। उसका पता कभी-कभार चलता है। तब अनुमान लगाने लगता हूँ कि अब वह कैसा दिखता होगा, ठीक अभी क्या कर रहा होगा, पत्नी कैसी होगी, बच्चे कितने होंगे? मिलने पर पहली बात क्या बोलेगा? बिला नागा, वह असमय बूढ़ा हो चुका, चीमड़ और फटेहाल दिखाई देता है। मेरी कल्पना असलियत की मार से ऐसी लूली-लँगड़ी हो चुकी है कि कभी उसे एक मिनट के लिए भी सामान्य आदमी बनाकर नहीं देख पाया। खुद पर तरस आता है और यह भी लगता है कि बैठे-ठाले अपना मजाक बना रहा हूँ।

खैर, इतने साल बाद मुलाकात हो ही गई तो मैं सबसे पहले वही पूछूँगा जो बेवकूफ की तरह अकेले में हजारों बार फुसफुसा चुका हूँ, 'कहो, क्या तुम स्कूल में पानी पीते ही नहीं थे?'

मुझे पंपिंग सेट से निकलती पानी की धार के ऊपर झुके बच्चों के एक झुंड के गलों में अलग-अलग आकार के खटकों की तरह चलते टेंटुए

दिखाई देते हैं। वह लजाते हुए अपना खिचड़ी बालों से ढका या चमकदार गंजा सिर झुका लेता है...

कोई दस साल बाद अपने गाँव के रास्ते पर हूँ।

आज तो वह ज़्यादा चमक के साथ, कहीं बहुत अंदर, किसी भी खतरे के लिए सहज चौकस, प्रसन्न, कोमल जीव की तरह महसूस हो रहा है। स्मृति के चलायमान आठ-दस में से एक मिडिल स्कूल वाले गलियारे में ओफा (अँग्रेज़ी के ऑफटाइम का भदेस रूप) की घंटी बजती है। बच्चे दो-तीन दौड़ान दूर एक गाँव के बाहर खेत में लगे पंपिंग सेट की ओर भागते हैं। मेरा वही एक दोस्त है। मैं उसके अपनी ओर देखने का इंतजार करता हूँ। लेकिन वह तो अपने बस्ते या गंदे झोले से ताश के फटे पत्ते, आम छीलने की सुतुही, तार, सीटी की तरह बजने वाले घोंघे, टॉर्च के बेकार हो चुके सेल और तमाम अल्लम-गल्लम निकालकर सहेजने में ऐसा व्यस्त है कि तेज़ जलन होती है।

मैं घुटने से उसके सिर को ठेलते हुए कहता हूँ, 'चलो! पानी पीकर आते हैं।'

वह क्लास में सबसे तेज़ है। उसे पता नहीं कैसे, सब कुछ पता रहता है लेकिन मास्टर कभी भी बाकियों से कुछ दूरी छोड़कर सबसे पीछे बिछे टाट पर बैठने वाले उससे या उस जैसे किसी बच्चे से कुछ नहीं पूछते। जब मास्टर नहीं होते तो वह उनके पूछे सवालों के जवाब खुद ही गाते हुए देता है और जरा देर के लिए सबकी बोलती बंद हो जाती है।

वह मेरी बेचैनी पर शरारत से आँखें मटकाकर, नाप से काफी बड़ी चीकट कमीज की बाँह चढ़ाते हुए कहता है, 'चलो!'

पहली दौड़ान में हम साथ रहते हैं। दूसरी दौड़ान में वह पीछे होने लगता है। तीसरी दौड़ान नाच में बदल जाती है। वह नकल उतारने लगता है। मैं मुड़कर देखता हूँ तो वह भी ठी-ठी हँसते हुए मुड़कर किसी को देखता है। मैं हाथ हिलाता हूँ, 'आओ।'

वह भी लचककर किसी को बुलाता है लेकिन कहता है, 'जाओ।'

मैं पाइप से उछलती धार को दिखाकर कहता हूँ, 'देखो...पानी।'

वह भी अंजुरी बनाकर कहता है, 'देखो... प् प् पानी।'

और अचानक मुड़कर भागता है। सीधा स्कूल में जाकर रुकता है। यह रोज का किस्सा है। इस तरह भागने को 'फ्रंटियर मेल हो जाना' कहते हैं।

एक और गलियारा खुलता है, कछुए वाला। गेहूँ कट चुका है। जहाँ तक निगाह जाए सीवान सफाचट है। मैं और काकभुसुंडी दुपहरिया में खलिहान से एक डलिया अनाज पारकर, गाँव के किनारे के एक मकान की छाँव में बरफ बेचने वाले के आने का इंतजार रहे हैं। कहीं दूर उसका भोंपू बजता है, मेरा दिल भी रबड़ के प्रेशर हॉर्न की तरह लपक जाता है। जितनी जल्दी हो सके अनाज से बरफ को बदल लेना है वरना पिटने का खतरा है। तभी रास्ते पर कीचड़ से सना, किशोर पांचू दिखाई देता है। उसके हाथ में चूहों का एक गुच्छा है। उसके घरवालों ने किसी खाली खेत के बिलों में पानी भरकर पकड़े होंगे। चूहे करीने से एक तार में गुँथे हुए हैं। उनकी आँखें अभी खुली हैं, पंजे हिलते हैं। लू में भी चीं-चीं की महीन आवाज सुनाई दे रही है।

काकभुसुंडी, गुच्छे की लचक के साथ गर्दन हिलाते हुए कहते हैं, 'कुछ नहीं तो, कुछ नहीं तो...बारह किलो शिकार!'

मैं कहता हूँ, 'बक्क, मूसराम में इतना वजन कहाँ?'

काकभुसुंडी, उम्र में छह साल बड़े मेरे काका हैं। तमतमाकर दाढ़ी के नरम बाल नोचने लगते हैं, 'ये हमारे घर वाले मूस नहीं हैं जो डर के मारे आधा पेट खाकर इधर-उधर छिपे रहते हैं। समझे!'

तेज़ हुड़क उठती है कि एक बार गुच्छे को हाथ में लेकर देखूँ, कितना भारी है। सिर्फ वजन की बात नहीं है। यह किसी जानवर के स्वभाव को महसूस करने की बेकली है। मैं चिल्लाता हूँ, 'ए पांचू! रुको!'

और वह भागने लगता है। वह बीच में एक बार पलटकर मुझे रोकने

के लिए देखता है। कीचड़ लगी बरौनियों के नीचे उसकी आँखों में दिल को चीर देने वाली कोई चीज़ है। उस एक पल में अपने और उसके बीच की वास्तविक दूरी को जान जाता हूँ। जो इतनी ज़्यादा है कि समझ में नहीं आती। पैर भारी लगने लगते हैं। मैं दोस्ती का वास्ता देते हुए बेमन से उसके पीछे दौड़ता रहता हूँ। वह अपनी बस्ती की ओर निकल जाता है।

मैं कलाई पर घड़ी का इशारा करते हुए चिल्लाता हूँ, 'कानि बाजांणि सन्ति?'

कोई जवाब नहीं आता। अगर वह स्कूल में होता तो कहता, 'लांड़ि बाजांणि सन्ति।'

यह हमारी संस्कृत है जिसमें सिर्फ हम दोनों बात करते हैं। स्कूल की ऊब और मास्टरों का आतंक तिड़ी हो जाते हैं। पेट में मीठी गर्मी लगती है।

मैं कई दिन उससे बात नहीं करता। उसकी ओर देखता भी नहीं। वह एक दिन अपने बस्ते पर धीरे-से मेरा हाथ रख देता है। कोई कटोरी जैसी चीज़ है। वह उसे बाहर सरकाता है। थकी हुई आँखें, लिसलिसी गर्दन गुड़ुप से अंदर चली जाती है और हरे-पीले रंग का खोल बचा रहता है। कछुए का बच्चा है। मैं उसे लाकर बैल की हौदी में रख देता हूँ। लेकिन मुझ समेत उसे घेरकर कौवारोर करने वाले बच्चों को इतनी गालियाँ पड़ती हैं कि एक दिन ले जाकर पंपिंग सेट की काई लगी टंकी में डाल आता हूँ। पुरानी बात हुई। अब उसका नाम गुड्डू है। उसके साथ नहाने-खेलने वाली दो पीढ़ियाँ गुजर चुकी हैं। इस बीच गाँव का नाम रामपुर-कछुआ हो चुका है ताकि जिला-जवार के दूसरे किसी रामपुर से अलगाया जा सके। जब भी आसपास के इलाके में किसी को फोन किया होगा, आधा समय तो उसी की बात हुई होगी। उसके बारे में बतियाने के बीच में अचानक लगने लगता है कि आदमी का प्रेम पाने की शर्त, असहाय और अबोध होना है जो कि बचपन खत्म होने के बाद बचे रह

पाना संभव नहीं है। वह इन दिनों नाली में ऊँघते-बहते हुए किसी खेत में पहुँच जाता है और कई-कई दिन बिना हिले-डुले पड़ा रहता है। उसे गर्दन उठाते हुए देखकर कोई कहता है, 'बच्चों की गोद में रहते-रहते बुड्ढा घमंडी हो गया है।'

सनेही दादा पिनक जाते हैं, 'अकेलेपन का गम तुम लोग क्या जानो! अभी जवानी आई है। इस गरीब को एक सौ पचहत्तर साल और इसी तरह काटना है।'

बेरोजगार लड़के शामों को दो-दो फूँक महादेव मारकर विचार करते हैं कि *क्या कछुए भी अमीर और गरीब हो सकते हैं।* वे मानते हैं कि अगर वह गरीब नहीं होता तो इतने मनुष्यों के सुख का साधन कभी नहीं बनता। गरीबी का मतलब सिर्फ पैसे की कमी नहीं है।

हवा के सुख की एसी से तुलना

क्या यह गरीबी की एक और नेकी है जो मुझे घर पहुँचते ही महसूस हुई?

दो मंजिला घर पर तो चूना कराया गया लेकिन पिछवाड़े का घूरा भंडभाँड से ठसाठस था। गर्म हवा में स्लेटी काँटों के बीच सुनहले फूल अपने काले-कत्थई दाँत दिखाते इठला रहे थे। किसी को झंखाड़ काटकर यह जगह साफ करने का खयाल नहीं आया लेकिन उन्हीं को देखकर मुझे पहली बार वह काम याद आया जिसके लिए बड़का बाबू ने खास तौर पर बुलाया था। उनकी पेटपोंछनी बेटी का ब्याह था। हमारी पीढ़ी का आखिरी ब्याह।

टाउन के किसी साइनबोर्ड पेंटर के बनाए कोहबर से छपे हाते का निकास पार करते हुए सोचा, *कुछ पैसे के लिए कहेंगे...और क्या?* मैं तैयारी से आया था लेकिन काम ऐसा था जो पैसे से नहीं होता। क्या पता, अब होता भी हो। मैं गाँव में नहीं रहता इसलिए पक्के तौर पर कुछ नहीं कह सकता। कुछ अजीब लगा। वापस बाहर जाकर निकास के दोनों तरफ बने

हाथियों में से एक को देखा। गेरू का बना टेढ़ा-मेढ़ा हाथी झूमता लगता है लेकिन यह जंगल नहीं, जीव विज्ञान की किताब से बाहर आकर अपने अंगों का परिचय दे रहा था। हाथी में हाथी का स्वभाव गायब था!

मैं भोर में कुत्तों के सत्कार से बचने के लिए रिक्शे पर पैर सिकोड़े पहुँचा था। सीधा होने के लिए कुछ कदम चलना जरूरी था लेकिन हाते में काकभुसुंडी, एक बाँस झुकाकर दातुन तोड़ रहे थे। उन्होंने मुझे देखकर, बाँस को छोड़ दिया जो सांय से आँगन में गड़े मँड़वे से ज़्यादा ऊँचाई पर जाकर लचकने लगा। उन्होंने पास आकर मेरी पीठ सहलाते हुए मुस्कराकर कहा, '...तब?'

जैसे हम दोनों कोई रसीली बातकर रहे थे जो अंजाम पर पहुँचने ही वाली थी कि मुझे सिर्फ दस साल के लिए उड़द के खेत में मुँह मारती बकरी हाँकने जाना पड़ा और अब उसे पूरा करना था। देर तक सिर खुजलाते हुए बखरी के आगे एक मंच पर रखे दो सुर्ख लाल सिंहासनों, सुबह की रोशनी से फीके हो गए पंडाल में लटके झूमरों, बिखरी कुर्सियों, एक कतार में लगे स्टील के चमकते चूल्हों, यहाँ-वहाँ स्टैंडों पर रखे बिसलेरी के कंटेनरों के बीच सूखे कुएँ की मरे पतंगों से पटी जगत को देखने पर भी ऐसा कुछ याद नहीं आया।

खिसियानी हँसी के साथ कहना पड़ा, 'तब क्या...सब ठीक है।'

कंटेनरों पर लिखा था, "पानी खनिज से लबालब है।" मैंने पीने के लिए प्लास्टिक के रंगीन गिलासों की मीनार की चोटी से उठाकर एक भरा। काका ने हँसते हुए साँस भीतर खींची जिससे एक लंबी अधेड़ किलकारी बन गई। घुटनों तक झुकते हुए ताली बजाकर कहा, 'बुढ़ऊ फिर सनके हुए हैं। कहते हैं कि शादी में हम लोगों को फ्री के जोकर का पार्ट करने के लिए बुलाया जाता है।'

उन्होंने मेरा बैग ओसारे के किनारे मेहमानों वाले कमरे में रखकर फुर्ती से एसी चला दिया। पाइप की पैकिंग हटाई नहीं गई थी। ताज़ा पुती

दीवार में उसे घुसाने के लिए फोड़े गए छेद का सीमेंट चिटक गया था। उन्होंने बिस्तर पर नए फैशन का एक पतला कंबल फेंकते हुए कहा, 'एक नींद मार ले। आज ही जाना पड़ेगा।'

मैंने दरवाजा बंद किया। ठंडी हवा से रीढ़ में सिहरन हुई। मेरी पीठ जाग उठी। काकभुसुंडी के स्पर्श की, मिडिल के मास्टर की संटी की, साँप काटने पर आधी रात को ओझा तक खबर पहुँचाने के लिए लड़खड़ाती गुहार की, जाड़े में अचानक हवा से पेड़ पर जमा पाला गिरने की, बैल को हल का फाल खुभ जाने की, दरवाजे पर लाठी लेकर ललकारते दुश्मन की, होली की सुबह छपाक से एक बाल्टी रंग पड़ जाने की...किस चीज़ की स्मृति से मेरी पीठ जागी!

नहीं...नींद की गुफा की झलक मिलने तक लगने लगा, यह गरीबी की नेकी है।

यह कई बोझ चरी काटने के बाद, इसी बाँस के झुरमुट में बैठने की याद थी जो पीठ में छिपकर सोई हुई थी। तब खपरैल से छाया कच्चा घर था। जहाँ यह प्लाइवुड का नाज़ुक बेड है, वहाँ एक भारी चारा मशीन गड़ी थी जिसके बेलन पर मेरी मुट्ठी से घिसकर बहुत प्रिय पकड़ बन गई थी। काका टीन की नाली में चरी लगाते थे और मैं मशीन चलाता था। एक चिढ़ाने वाले गाने की लाइन 'पांचू के पाँच बेटा, पांचू हमार बेटा' मेरी खोपड़ी में धंसी हुई थी जो जिंदा होकर चलने लगती थी। गाने की लय चरी-बाजरा के डंठलों की सख्ती और मिकदार के साथ बदलती जाती थी। साँसों के सम पर आने के बाद, बहते पसीने में मिलकर चारे का रस, खून की तरह छलछलाने लगता था और हर चीज़ का होना मिटने लगता था। दुनिया से बहुत दूर पहुँच जाता था और जहाँ होने का खयाल भी, चारे के ऊँचे ढेर में मशीन का चक्का डूबने लगता था, तब आता था। धीमा होकर, उसे पैर से एक चौथाई गोला बनाकर किनारे करना होता था। सबसे अंत में बरसीम के दो गट्ठर मशीन में समा जाने के बाद, बँसवार

में बैठने पर हवा जिस तरह पीठ पर इठलाती थी, क्या एसी की हवा वह सुख दे सकती है?

अब उस मशीन के चक्के को पंपिंग सेट की पुली से एक पट्टा लगाकर जोड़ दिया जाता है। चमकते गंड़ासों से जो आवाज आती है, उसमें अधिकतम दो शब्दों का 'खच-खच' जैसा बहुत जल्दी उबा देने वाला गाना ही अंट पाता है। बहुत वेग से चलती है। अकेले आदमी को चारा काटने में बहुत कम समय लगता है। फिर भी न जाने क्यों वही मशीन अब आँधी में काँपती कमजोर, अजनबी बुढ़िया लगती है। जो अपनापा था खत्म हो गया है। अगर बाजार में आज शुद्ध दूध मिलने लगे, कल से इस मशीन में ज़ंग लगना शुरू हो जाएगा।

बैल की सझिया का द्वन्द्वात्मक तनाव

मैं जागा तो बड़का बाबू सामने खड़े थे। उन्होंने कभी-कभार निकाली जाने वाली अपनी कार की चाभी देते हुए कहा, 'जाओ, सनेही दादा को साथ लेकर ही आना! नहीं तो बहुत हँसी होगी।'

मैं मिनमिनाया, 'उनका घर, पूरा एक किलोमीटर भी नहीं है। पैदल ही चला जाता हूँ।'

'अरे, तब आधा कोस और बढ़ के भदहां से बड़कन महराज को भी लेते आना। वही बियाह कराएँगे।'

'भइया, आप नहीं जानते हैं कि जो काम पैदल महीना भर में होगा, गाड़ी से ऐसे होता है...अइसे!' मेरी नाक के नीचे आकर काका की दस साल की सजी-धजी बिटिया, लाखी ने चुटकी बजाई।

कई साल पहले, किसी झगड़े के कारण रामसनेही दादा के खानदान से भोज-भात बंद हो गया था। गाँव की राजनीति में ऐसा होता ही रहता है लेकिन बड़का बाबू चाहते थे, आखिरी ब्याह है, सब लोग जुटें। कोई छूटने न पाए। उन्हें चलाचली का भी खटका रहने लगा था क्योंकि उनकी

जिंदगी में आराम और बीमारियों के बीच मुकाबला शुरू हो चुका था। उधर दादा एक महीने से गाँव में कहते घूम रहे थे कि उसी दिन शाम को अहरा लगाएँगे और अपने जैसे सभी बंद भोज-भात वाले बुड्ढों को बुलाकर पाल्टी करेंगे। मैं बड़का बाबू के पास हनुमान की तरह पहुँचा और उनके पैर छानकर जमीन पर बैठ गया, 'जब तक हाँ नहीं बोलेंगे, छोड़ूँगा नहीं!'

दादा भड़क गए, 'छोटू, छोड़ो तो पहले बुढ़िया को जाने के लिए बोल दूँ। सवेरे से गोड़ रंग के तैयार बैठी है। ये क्या कपटी नेताओं की तरह वोट पक्का करने वाला छन्ना* लगाना सीख लिए हो। अब तुम आए हो तो चलना ही है। इसमें कोई दो राय नहीं हो सकती।'

'दादा, अगर मैं न आ पाया रहता तब?'

'कौन-सी नई बात है। रंग है, चार-छह दिन में धुल जाता और क्या होता!'

मैं फटती मिट्टी और उनके पसीने की गंध और खैनी के खुमार की नरमाई में धँसने लगा।

बचपन में सनेही दादा और हमारे परिवार के बीच एक बैल की साझेदारी थी। वे मुझे छोटू जोड़ीदार कहा करते थे।

वे हमारे घर के पास वाले खेत में जब हेंगा चलाते तो बैलों को नाधने के बाद आवाज लगाते, 'ढेलहिया मेल! ढेलहिया मेल !! एक सवारी!!!'

मैं कहीं भी होऊँ, भागता हुआ आकर हेंगे पर उनकी टाँगों के बीच बैठ जाता था और खेत उड़ने लगता था। मैं अपनी बाँहों से उनकी खंभे जैसी टाँगों की लचक का अंदाजा लगाकर संतुलन बनाए रखता और शायद ही कभी खेत के ढेलों पर गिरता था। कभी-कभार वे, चुपके से झुककर आधा चुटकी खैनी मेरी हथेली में सरका देते थे जिसे मैं फौरन होंठों में छिपा लेता था। मैं कभी नहीं देख पाया लेकिन काकभुसुंडी का कहना है कि वे ऐसा करते हुए छिनाल औरतों की तरह सान मारते थे।

पढ़ाई के लिए मेरे बाहर चले जाने के बाद भी वे कभी-कभार कंडक्टर की तरह आवाज लगाते और काठ की हँसी हँसते थे। तब बड़का बाबू बेरोजगार हलवाहा थे जो बीटीसी की ट्रेनिंग करके नौकरी लगने का इंतजार कर रहे थे। वे कहा करते थे, 'एसी कमरों में बैठकर योजनाएँ बनाने वाले अफसर हम जैसों की तकलीफ समझ ही नहीं सकते।' बहुत दिनों बाद, वे एक प्राइमरी स्कूल में मोटी तनख्वाह वाले मास्टर हुए और सबकुछ तेजी से बदलने लगा।

अक्सर घरेलू मुकदमा चलता कि वे नई जोताई में हमारे बैल को ज़्यादा मारते हैं जिससे वह रोता है और बुखार आ जाता है। अगर वे उनके बैल जैसा टेढ़ा होता तो अब तक सींगों से उनका पेट फाड़ चुका होता।

वे एक दिन, अपने बैल के साथ चमड़े की नई सटाकी भी लेकर आते और बड़का बाबू से कहते, 'ये लो, गरीब का बैल है, जितना चाहे मारकर संतोष कर लो। मैं हल्दी-गुड़ पिला लूँगा। समझते क्यों नहीं, जैसा मालिक होता है, पशु का स्वभाव भी वैसा हो जाता है।'

यह सीधा लांछन हुआ करता था कि हमारे बड़का बाबू गरियार हैं। पूरा खानदान, यहाँ तक कि हम बच्चे भी उनसे लड़ने लगते, '...तो एक आप ही गाँव में सबसे मेहनती और कमासुत हैं।'

वे रोने से पहले की भारी आवाज में कहते, 'मैं मेहनती और तुम लोगों से गरीब भी हूँ। नहीं तो अपने ही जवान बेटे जैसे बैल को कौन पिटवाता है।'

मेरी आवाज सबसे कमजोर होती क्योंकि मुझे पता रहता था कि अगला सवाल पूछा ही जाने वाला है, 'तो आप पढ़ने-लिखने वाले बच्चों को नशा करना सिखाएँगे?'

वह झिझककर खड़े हो जाते, 'पूरे गाँव में कोई एक आदमी, सिर्फ एक आदमी हाथ में जल लेकर यह बात कह दे तो आज ही तुम लोगों से सझिया खत्म कर लूँगा।'

सब लोग काकभुसुंडी काका की ओर देखने लगते जिनकी गर्दन झुककर सीने से जा लगती क्योंकि वह रोज सवेरे सनेही दादा से मिले बिना दिसा-फरागत भी नहीं जा पाते थे। मैं बाद में "गाँव में यौवन के सौ सालों का इतिहास" के फुसफुसाहट से आवेशित अध्ययन के चक्कर में उनके साथ एकाध फूँक महादेव का भी मार लेता था जिससे उलझे हुए गंदले सामाजिक समीकरण बिल्कुल साफ हो जाते थे।

महादेव का मेकअप

समीकरण से याद आया, उन्होंने एक बार भारी मन से कहा था, 'अगर मुझे तुम्हारी उम्र में महादेव मिल गए होते तो गणित के डर से पढ़ाई न छोड़ता। दरअसल होता क्या है कि औढरदानी, भस्म करने वाली क्षमता निकालकर अपनी तीसरी आँख, थोड़ी देर के लिए माथे पर सजा देते हैं। इससे दिमाग टेपरिकार्डर की तरह एक ही जगह घूमने के बजाय पानी की तरह बहने लगता है। देखने की जगह बदल जाती है तो कठिन से कठिन चीज़ में पैठने का रास्ता खुल जाता है।'

वे घर के भीतर से नया कुर्ता कंधे पर रखकर निकले और कहा, 'छोटू, दस ही साल पहले हम लोगों का नाऊ भी गाँव छोड़कर गया था। तुम तो पता नहीं कैसे आ गए, उसका कोई हवाल नहीं। पहले बाजार चलकर दाढ़ी बनवा दो। एक-एक पान खाया जाएगा। तब तुम्हारे बड़ाबू के बरातियों के तेज का सामना किया जाएगा।'

उन्हें याद था। बड़का बाबू को हम लोग बचपन में बड़ाबू ही बोलते थे। मैंने कहा, 'पान तो घर पर ही मिल जाएगा।'

'बारात आने से पहले मुश्किल है। अब कहाँ कोई परात में पान-सुपारी रखकर दइजा लिखने बैठता है। सब मोबाइल से हो जाता है,' उन्होंने आश्चर्य से मुझे देखा।

बाजार या करीब का बस स्टैंड ढाई किलोमीटर दूर सड़क पर था।

सनेही दादा ने वहाँ के इकलौते सैलून में, हज्जाम के साथ चिलम जगाई। मुझे भी प्रसाद मिला। हज्जाम ने दाढ़ी खींचते हुए उन्हें समझाया, 'छोटू आए हैं, आज फेशियल करा लीजिए, मना थोड़ी करेंगे।'

उन्होंने मेरी आँखों में जादू देखने की उतावली को ताड़ते हुए, छाती फुलाकर कहा, 'गड़ही में बासठ साल से पड़े काठ पर तुम लोगों का स्नो-पाउडर नहीं चढ़ेगा। मेकअप तो महादेव का होना चाहिए।'

वे उठे और हलवाई की दुकान से पेड़े के तीन दोने ले आए जिसे खाकर पान जमाया गया। एक दुकान आगे, दलसिंगार एक ट्रैक्टर की फटी ट्राली की मरम्मत कर रहे थे। काम छोड़कर आए और ललकारते हुए बोले, 'और तुम्हारे बाप कहाँ गए?'

मैंने आसमान की ओर उँगली उठाई।

उन्होंने कहा, 'वो थे तो नमस्कारी होती थी लेकिन अब कहाँ कोई पहचानता है!'

मैंने दुकान से निकलकर नमस्ते किया तो पिघल गए, 'खुश रहो बच्चा, आबाद रहो... और भौजी कैसी हैं?'

'मजे में हैं, लोहार काका! चल-फिर रही हैं।'

जब हम चले तो हज्जाम कुर्सी पर बैठकर शीशे में अपनी आँखें देखते हुए बुदबुदा रहा था, 'महादेव का मीठे से सुंदर फेशियल और क्या हो सकता है?'

मैं दिन लटकने तक उनको और बड़कन महाराज को साथ लिए विजेता की तरह लौट आया। कुछ लोगों के साथ बाहर खड़े बड़का बाबू ने मुझे गर्व से निहारते हुए दादा से हाथ जोड़कर कहा, 'बड़ा नेक काम हुआ, आप आ गए। सब लोग बहुत खुश हैं।'

फिर सबको लचककर दिखाया, 'उधर बूढ़ा आँगन में नाच रही हैं। जाकर देखिए, कहीं हाड़ न सरक जाय।'

दादा उनका हाथ पकड़कर इस तरह हँसे जैसे वे एक नादान बच्चा हों,

'आया तो छोटुआ है। हम कहाँ बिल्लाइत गए थे।'

शाम का अँधेरा जितना आ रहा था, घर उतना महल बनता जा रहा था। छत के ऊपर झालरों के जलते-बुझते झरोखे बनाकर, कोनों पर गुंबद खड़े कर दिए गए थे। हाते में बहुत हल्की हवा से भी काँपती लड़ियाँ चमचमा रही थीं। निकास पर लोहे का एक विशाल गेट खड़ाकर उसे महँगे, अजनबी फूलों से सजा दिया गया था। वीडियोग्राफर के निर्देशन में चाँदनी के नीचे, तोतों की तरह लटके डेकोरेटर प्लास्टर ऑफ पेरिस के खंभों और मंच पर रखे सिंहासनों के पीछे वैसे ही फूल लगा रहे थे। एक कोने में चमकीले कोट, प्लास्टिक की ऊँची टोपियाँ और दस्ताने पहने बैरा दक्षता से सलाद काट रहे थे। सफेद कोटों के नीचे उनकी चीकट पैंटों से निकले धागे, प्लास्टिक की चप्पलों से नीचे धूल में लिथड़ रहे थे। मैले धागों का वही जाल उनकी पीली आँखों के परदों पर भी था। चमकते डोंगों की कतार के नीचे जलते गैस के चूल्हों की सनसनाहट और तेजी से चलते उनके हाथों के बीच कोई संबंध था। लगता था, वे एक ही जगह उड़ती तितलियों की तरह ऊपर-नीचे हो रहे हैं।

एक कोने में रंग-बिरंगी लाइटें, कच्ची जमीन पर लपलपा रही थीं। उनके नीचे रंग बदल चुके बच्चों के बीच खड़ा डीजे वाला दाँतों से इतनी तेजी से तार चबाकर थूक रहा था, मानो एम्प्लीफायर से नहीं उसके जूठे छिलकों से ही संगीत धमाकेदार बनता हो। कुछ दूरी पर, बाँसों के झुरमुट के पास, एक छोटे-से टेंट में फटे-गंदे गद्दों को कलफ लगी सफेद चादरों में लपेटकर उन गिनती के बारातियों के बिस्तर लगाए जा रहे थे जो रात में रुकने वाले थे। हाते के बीचोबीच गुलाबी गुब्बारों और पन्नियों से सजा एक सेल्फी स्टैंड बनाया जा चुका था जिसके चौखटे में अपनी अदाओं को अमर बनाते गाँव के किशोर गालियों और घूँसों के साथ ऐसी भाषा में बात कर रहे थे जैसे वे किसी ऐसे चीरघर में काम करने वाले सर्जन हों, जहाँ अकाल मृत्यु के बाद हर उम्र के कैमरे पोस्टमार्टम के लिए लाए जाते हैं।

ब्याह के घर में खलिहर और कूर्म जयंती

न्यौते गए लोग कुएँ की दरकी हुई जगत और उससे लगे झुलसा रोग के शिकार आम के पेड़ के नीचे कुर्सियों पर बैठे बारात के इंतजार में समय काट रहे थे। कुछ ध्यानमग्न होकर लुज-लुजी प्लास्टिक के कपों से चाय सुड़क रहे थे। उनके उभरी नसों और गाँठदार उँगलियों वाले हाथ खालीपन के निरंतर बढ़ते जाते बोझ से कसमसा रहे थे। उनकी तुलना में नाजुक जिन हाथों में यह बोझ असहनीय हो चुका था उनमें मोबाइल फोन चल रहे थे। कोई और समय होता तो वे काम में चकरघिन्नी बने हुए एक-दूसरे को पुकारते और चेता रहे होते लेकिन यहाँ मोबाइल फोनों से आई जानकारियों की मँड़ाई हो रही थी। सनेही दादा और मुझे देखकर कुर्सियाँ खड़खड़ाईं, 'ये देक्खो, जोड़ीदार आ गए!'

भोज-भात की बंदी से मनाकर लाए गए पास के गाँव के एक बुड्ढे रजमन चौधरी ने ताना मारा, 'हे भाई, ऐसा जान पड़ता है कि आज यहीं अहरा लगेगा!'

वह शाम को बारात के सामने जवाबी फायरिंग के लिए पुरानी एक नाली बंदूक लेकर आया था। उसे हर दगे कारतूस के हिसाब से भुगतान किया जाना था।

मेरे कान खड़े हो गए। कम-से-कम आज ये मेरी जिम्मेदारी थी कि कोई प्रपंची, सनेही दादा को कुबोल न सुनाने पाए। वे कुछ देर अपनी तराशी, नुकीली सफेद मूँछें सँवारते हुए जायजा लेते रहे, फिर आम की जड़ पर बैठकर जोर से बोले, 'पंचों, अहरा वाला जमाना गया। अब सभी यहाँ बारात का इंतजार करते बाराती हैं।'

ये कोई ऐसी बात नहीं थी जिससे सन्नाटा बोलने लगे लेकिन कुछ था जो कुछ पुराने लोगों की हड्डियों तक को सिहरा गया। वे उस रकम के लोग थे जिन्हें रंग-बिरंगी लाइटों के बीच बैठकर भी दूर डूबते सूरज के साथ आती रात का अहसास था। चाय पीते कई सिर झुककर बगलें

झाँकने लगे। मोबाइल फोनों से आती आवाजों के अंतराल में चुप्पी और घुटती साँसों को महसूस किया जा सकता था। एक पहलवानी धजा वाले जवान ने फोन बंदकर, सिकड़ी से सजी मोटी गर्दन झटकते हुए कहा, 'कोई काम ही नहीं बचा और कोई कुछ कह भी नहीं रहा है। आदमी कितनी देर खाली बैठकर कुर्सी का फीलिंग लेता रहेगा।'

गोपी प्रधान ने ताना पकड़ लिया था। उसने सिर खुजलाते हुए एक लड़के से पूछा, 'क्या फौज की संख्या पूरी है?'

'नहीं मामा। अभी बहुत कमी है!' लड़के ने हँसते हुए हाथ फैलाए।

वह आगे का किस्सा सुनाने लगा—शादी के बाद आखिरी बार, नेकचंद कूटे गए तो घर से भागकर मिलिट्री में भर्ती हो गए। (लड़ाई से बचने के लिए गाँव में ऐसे किरदारों का नाम नेकचंद रखने की परंपरा थी और यह रजमन चौधरी के बेटे का किस्सा था) पहली छुट्टी पर गाँव आए तो कुएँ पर नहाते समय लोगों ने देखा कि उनके दोनों कंधों पर नालियाँ बनी हुई हैं। पूछताछ हुई, यह कैसे हुआ तो बताया कि दिन-रात बंदूक ढोना पड़ता है। उसी की निशानी है। तभी थर्मोकोल की प्लेट-गिलास आई। पत्तल का व्यवहार बंद हो गया। पन्ना मुसहर, कुछ दिन मेंढक पकड़कर आसपास के कॉलेजों में साइंस की पढ़ाई के लिए बेचते रहे लेकिन बात नहीं बनी। हारकर बनारस पहुँच गए और मिठाई की एक दुकान पर, बहंगी से पानी पहुँचाने का काम करने लगे। एक दिन देखा, सामने से नेकचंद भी बहंगी पर कनस्तर लादे चले आ रहे हैं। आठ-दस दुकान आगे-पीछे का मामला था। हैंडपंप पर कई दिन दुक्खम-सुक्खम चला फिर पन्ना ने कहा, 'क्या मैं भी खुद को गाँव में जल-अधिकारी बता सकता हूँ।'

नेकचंद को यह एतराज की बात लगी लेकिन कर ही क्या सकते थे। बोले, 'इसमें क्या हर्ज है।'

नेकचंद के कंधों की नालियाँ इतनी गहरी हो गईं कि उनमें पानी रुकने लगा। ससुरालवालों ने धान बोना शुरू कर दिया। पत्नी छोड़कर चली

गई। एक दिन किसी ने एफआईआर करा दी और दोनों सरकारी पानी चुराकर व्यापार करने के आरोप में गिरफ्तार हो गए। ससुरालवालों ने पैसा देकर नेकचंद को तो छुड़ा लिया लेकिन पन्ना तीन साल रगड़ा गए। उन्हीं की जात के एक आदमी ने बड़ी दौड़-धूप करके उनको छुड़ाया। बाद में उसी के लड़के से उन्होंने अपनी लड़की की शादी कर दी। पढ़ा-लिखा है। उसका नाम पांचू बनवासी है।

तब से भारत की फौज में रोज सवेरे गिनती होती है और रोज एक जवान कम पाया जाता है!

बच्चों की भीड़ से निकली आठ-नौ साल की एक लड़की झपटकर प्रधान की पीठ पर मुक्के मारने लगी, 'गप्पी कंस मामा! मेरी मम्मी कहीं नहीं गई थी। वह चली जाती तो हम लोग यहाँ कैसे होते?'

लड़की का मुक्का कुर्सी पर पड़ा। वह गुस्से से लाल होकर चिल्लाने लगी। प्रधान 'त्रिजटा नाम राक्षसी एका' का जाप करता हुआ, बचने के लिए भागकर कुर्सियों के बीच ठुमकने लगा। बुड्ढा अपनी पोती को डाँटकर, वहाँ से हटाना चाह रहा था लेकिन वह प्रधान का मुँह नोंचने के लिए पीछे पड़ चुकी थी।

आगे-पीछे कई कैमरे लटकाए वीडियोग्राफर, हाथों में सावधानी से एक कंदील थामे सामने से गुजरा तो सनेही दादा ने ताली बजाई, 'हई देखो बच्चा! आ गए सजाव दही लेकर। माटी की कंहतरी (दही रखने का बर्तन) है, संभालकर ले जाना। अपनी मम्मी को रखने के लिए अंदर दे आओ।'

वे लड़की को बहलाना चाह रहे थे लेकिन उल्टा हुआ। मजमा और गंभीर हो गया। लोगों की आँखों के आगे वह समय झिलमिला गया जब ऐसे मौकों पर बहुत-सी रिश्ते-नातेदारियों का दही इकट्ठा होता था। अगले दिन सुबह दुधहंड़-कंहतरी-मटकी की पहचान के लिए रिश्तेदारों में मीठी नोंक-झोंक होती थी और किसानों के पारिवारिक रहस्य खुलते

थे। वह समय होता तो पसीने से भीगे लोग, पंजों पर बैठकर कैटरिंग वाले की चाय के बजाय लंबे गिलासों में जाने किस गाँव की मोटी साढ़ी का शर्बत या रायता खींच रहे होते।

लड़की, कुर्सियों के बीच छकाए जाने से चिढ़कर मुँहफुँकौना और दाढ़ीजार मामा पर आ गई थी। पीछे से कई और परिवारों के बच्चे उसे उकसा रहे थे, 'आज कंस मामा की प्रधानी भुलवाए बिना छोड़ना मत!'

पीछे की तरफ चलता हुआ प्रधान एक कुर्सी के पाए से ठोकर खाकर गिरा और जमीन पर लंबलेट हो गया। उसने भरसक हैरानी से लड़की को देखा लेकिन उसका गुस्सा छिपाए नहीं छिप रहा था। वह पैर पटककर एक जगह खड़ी हो गई। चारों ओर चुप्पी फैल गई और वीडियो बनाए जाने लगे। बुड्ढा, अपनी पोती की ढिठाई पर झल्लाता हुआ उठा और बंदूक लिए तेजी से एक ओर चला गया। किसी ने मेरे कान में कहा, 'अभी एक साल भी नहीं हुआ, इसी की मम्मी, गोपी की पत्नी से प्रधानी का चुनाव बस डेढ़ सौ वोट से हारी है। एम.एससी. जूलोजी है।'

सनेही दादा ने दूसरा दाँव चला। उन्होंने कई फोल्डिंग बेड सिर पर लेकर जाते एक मजदूर को दिखाते हुए, बच्चों के बीच अपनी चुनौती फेंकी, 'ये लो खड़िया, सभी पलंगरियों की पाटी पर उन घरों के एक आदमी का नाम लिखो और गोड़ा पर कोई एक ऐसा निशान बना दो जो याद रहे। जैसे लाए हो वैसे ही वापस भी पहुँचाना होगा।'

'कहाँ पलंगरी-तोशक कहाँ प्लास्टिक की खटिया जैसे लाम की जगह लेटे हों। बाकी इनको आप खैनी खाना ऊपर से सिखा देंगे,' कोई कराहते हुए हँसा और चुनौटी उठाकर नाखून से चूना निकालने लगा।

'इनको क्या सिखाओगे। ये तुम्हारे नाना-नानी हैं। मेरी न मानो तो चाहे गोपी प्रधान से पूछ लो,' दादा ने होंठ दाबकर आँखें घुमाईं।

गोपी प्रधान, मुरैठा बाँधकर, वीडियो बनाने वालों को गालियाँ दे रहा था, 'मरे जानवर की हड्डी चिंचोरने वाले लकड़बग्घों, मदद के लिए एक

हाथ नहीं बढ़ा सकते लेकिन घटना हड़प लोगे। कैसे हड़प लोगे? जिस काम में तुम्हारी कानी उँगली नहीं लगी हो, तुम उसके मालिक कैसे बन सकते हो?'

लड़के उसकी गालियों से भी बदतर हँसी के नमूने हँसते हुए इशारों से वीडियोग्राफर को बुला रहे थे ताकि वह इस दृश्य को एक मनोरंजक आइटम के रूप में शूट कर सके। न दूल्हा न पंडित, अब विवाह के मौके का नया हीरो वही था जिसका लिहाज सबको था। कुएँ की जगत पर मोबाइल फोनवालों की एक दीवार खड़ी हो गई। वे आते ही जा रहे थे। अचानक, रोशनियों के नीचे उड़ती रंगीन धूल से हिंसक संघर्ष की गंध आने लगी जो किसी भी समय शुरू हो सकता था। मुझे सिर्फ इतना पता था कि बड़का बाबू, प्रधान के गुट के हैं लेकिन रजमन चौधरी और सनेही दादा के अलावा विरोधी गुट का कौन है। उनकी कई अर्थों से सनी बातों का क्या मतलब निकाला जाना चाहिए, बिल्कुल अंदाज नहीं लग पा रहा था। हाथ-पैर बेजान लगने लगे। धड़कन बेकाबू हो गई और कानों में किसी अज्ञात धमाके से पहले की सनसनी समाने लगी।

मैं बेचैन होकर बड़का बाबू और उनके तीन लड़कों को खोजने लगा जो काफी देर से दिखाई नहीं दिए थे। अपने छोटे भाइयों को तो मैंने सुबह से ही नहीं देखा था क्योंकि वे टाउन में शॉपिंग करने और फेशियल कराने गए हुए थे। कुछ समझ में नहीं आया तो मैं सनेही दादा को साथ लेकर उन्हें खोजने घर के भीतर की ओर चल दिया। सनेही दादा, आँगन में मड़वे के नीचे पीतल की कई परातों में रखी पूजन-हवन सामग्री, कलशों और मालाओं से घिरे बड़कन महाराज के आगे, हाथ आधे जोड़कर बैठ गए, 'का महराज, आज साइत-संजोग तो ठीक है न! सब ठीक से निपट जाना चाहिए।'

बड़कन महाराज ने कुर्ते की जेब से पीली धोती का खूँट निकालकर एक गज दूर तक फैलाते हुए ऊँची आवाज में कहा, 'क्या बात करते हैं, जजमान, आज बैशाख पूर्णिमा है। कूर्म जयंती का अत्यंत शुभ दिन है।

इसी नक्षत्र में समुद्र मंथन के समय विष्णु भगवान ने लक्ष्मी और माता पृथ्वी को समुद्र में अलोप हो जाने से बचाने के लिए कच्छप अवतार लिया था। निश्चिंत रहिए, सब मंगल होगा।'

बारात का आगमन

तभी हाते के निकास पर धमाका हुआ। बच्चे अकबकाकर भागे। हवा बौखला गई और मैंने राहत की साँस ली। बैंड-बाजे की लहरों से जमीन हिलने लगी। अनार के कूजों से निकलती चिंगारियों के पीछे फूलों से सजी एक कार झलकी। सिर पर लाइटें उठाए मजदूरों की दोहरी कतार के बीच कई बंदूकें, पिस्तौलें पिटपिटा रही थीं और उनके आसपास लड़कों का एक झुंड और कुछ महिलाएँ नाच रही थीं। घर के भीतर से अक्षत लिए महिलाएँ द्वारपूजा के लिए एक-दूसरे को पुकारतीं, कुएँ की तरफ भागती आ रही थीं। बारात बड़े मौके से आ गई थी। सनेही दादा, अँगौछा सिर पर रखकर बाहर निकल गए।

लेकिन यह क्या, वर का परछन करती औरतें इतने करुण ढंग से चिंचिया क्यों रही थीं! मैंने उस भीड़ में अपनी माँ को खोजने की कोशिश की, फिर बुआओं को, फिर चाची को, बड़की माई को और उनकी बेटियों को लेकिन किसी को साफ नहीं देख पाया। वे अकेले में जैसी दिखती थीं, उससे बहुत धुंधली थीं। वे प्लास्टिक की चमकीली साड़ियों में किसी और ग्रह से आईं, अपने में सिमटी, मटमैली अजनबियों की तरह लग रही थीं। उनके गीतों में एक दयनीय निहोरा था... रामजी बारात लेकर सीता को ब्याहने आए थे। चाँदी के थाल में छप्पन प्रकार के व्यंजन सजे थे। सोने के गड़ुआ में गंगाजल था। हजारों साल से चँवर डोलाया जा रहा था। उन्हें जीमना था। न फूल-सी नाजुक दुल्हन थी न सलज्ज, सुकुमार दूल्हा था, फिर भी उससे कहा जाना था कि वह अपने प्राणों से भी अधिक उसकी चिंता करे।

बारात में आए, शराब के असर में झूमते लड़के थोड़ी देर आँखें टिकाने के लिए एक चंचल और सुंदर लड़की तक नहीं खोज पा रहे थे। चकाचौंध के पीछे के सघन अँधकार की तरह औरतों का दुखी जीवन जिन गुप्त तरीकों से ज़ाहिर हो रहा था, वह स्वागत पर इतना भारी था कि लोगों ने बहुत जल्दी उनकी ओर देखना बंद कर दिया। वे जलपान के लिए सजी मेजों की तरफ या नाचते लौंडों के पास चल रहा फायरिंग का मुकाबला देखने चले गए। विनती और उलाहने सुनने के बजाय नीम के पेड़ के बीच लपकते शोलों से टूटती टहनियों और झुलसकर झरती पत्तियों को देखना अधिक दिलफरेब था।

बड़का बाबू ने घरातियों से भी जलपान के लिए कहा लेकिन उन्होंने दृढ़ता से मना कर दिया कि पहले बाराती हट जाएँगे तब वे उधर जाएँगे। पहले इस दृढ़ता के साथ दायित्वबोध हुआ करता था। बहुत घिस जाने के बाद भी वह आदत इतनी बची हुई थी कि बच्चों तक को भेज पाना असंभव था। वह अकेले खड़े चिंतित दिखाई दे रहे थे। उन्होंने सनेही दादा को इशारे से बुलाकर कान में कुछ कहा। मैं समझ गया। वे दादा को कह रहे थे कि मोबाइल वाले लड़कों को समझा-बुझाकर गोपी के गिरने का वीडियो डिलीट करा दें, नहीं तो बात बढ़ जाएगी। बारात के रहते ही प्रधानी का पुराना झगड़ा फिर शुरू हो सकता है।

दादा ने बिदककर हाते से बाहर जाते हुए कहा, 'जैसे ये लौंडे बड़े-बुजुर्गों की बहुत बात सुनने वाले हैं! सब अपने मन के हैं। किसी पर किसी का कंट्रोल नहीं रहा। गोपी की इतनी माया लग रही है तो खुद ही कहकर देखिए।'

मुझे सुबह से की गई अपनी सारी कोशिश बेकार होती जान पड़ी। मैं उनके पीछे लपका, अगर वे बिना खाना खाए अपने घर की तरफ सरकने की फिराक में हों तो रोक सकूँ। यह देखकर राहत मिली कि वे गेट के आगे थम गए और मुँह बाए, हैरान आँखों से हाथी को देखने लगे। शायद उसकी सूँड़ ने उनका ध्यान फँसा लिया था।

मैं पीछे खड़े होकर कुछ देर उनकी तल्लीनता का पीछा करता रहा, फिर पूछ बैठा, 'दादा, हाथी कैसा है?'

'शायद खाने के जैसा है,' उन्होंने चमकते हुए स्टील के डोंगों की कतार की तरफ इशारा किया। मुझे लगा, वहाँ खड़े बैरों में से एक हम लोगों की तरफ देखते हुए हँस रहा है।

मैंने उनकी डुबान में खलल डाले बिना पूछा, 'और खाना कैसा लग रहा है?'

वे अपनी टेढ़ी टाँगों पर लचकते हुए बेचैनी से इधर-उधर कुछ खोजने लगे। फूलों से सजे गेट के नीचे जाकर उसे हिलाया और हँसने लगे, 'इनके जैसा और कैसा?'

शायद महादेव की तीसरी आँख आकर, सही जगह लग गई थी। मैं नहीं चाहता था कि वे बारात पर मँडराती, प्रधानी के झगड़े की परछाईं को फिर से देखकर परेशान हों। मैंने भी उसी रौ में पूछा, 'और फूल कैसे हैं?'

उन्होंने फिर इधर-उधर देखा और बँसवार के नीचे टेंट में दिखती सफेद चादर वाले बिस्तरों की कतार की तरफ हाथ उठाया, 'वो वहाँ... उनके जैसे।'

'और बिस्तर कैसे?'

उन्होंने दोनों हाथ से पानी के एक कन्टेनर का वजन आजमाते हुए सहलाया, 'इस पानी के जैसा।'

उन्हें अब जाकर, खेल का बोध हुआ। मुड़कर मेरी तरफ देखा और हँसने लगे, 'छोटू, सबकुछ सबकुछ जैसा है। ये सब अलग-अलग रूप का धोखा बनाकर खड़े किए गए हैं लेकिन भाव एक है।'

मंच पर दूल्हा-दुल्हन आकर बैठ गए। पंडाल की कुर्सियाँ भरने लगीं। वीडियोग्राफर और दोनों तरफ के कई शौकिया फोटोग्राफर मुस्तैद होकर फ्लैश चमकाने लगे। मंडप के किनारे लगे बड़े पंखों में फिट पिचकारियों से गुलाब जल छिड़का जाने लगा। पुष्प-वर्षा कार्यक्रम शुरू हो रहा था।

बड़का बाबू के तीनों लड़के कुर्ता-पाजामा पहने प्रकट हुए। उनके कंधों पर बहुत पतले रंगीन फूलदार दुपट्टे लहरा रहे थे जो फोटो खिंचाने के अलावा और किसी अर्थ के नहीं थे। गाँव के किसी भी आदमी के ध्यान में यह बात आए बिना नहीं रह सकती थी कि तीनों ने फेशियल कराया हुआ था क्योंकि उनके चेहरे रोज की तुलना में बड़े, गदबदे और साफ लग रहे थे। उन्होंने शाम से तीसरी बार कपड़े बदले थे। जब बारात दरवाजे पर लगी, वे सूट के साथ चमकीली टाइयाँ पहने थे। जलपान के समय वे ट्रैकसूट में थे ताकि खिलाड़ियों की-सी फुर्ती से मेहमानों की खातिरदारी कर सकें और, डिनर के समय वे और न जाने क्या पहनने वाले थे। सनेही दादा उन्हें देखते रहे और फिर गाँव के लोगों की तरफ हाथ घुमाते हुए जोर से चेतावनी की तरह बोल पड़े, 'हे...हे, यहाँ और लोग भी हैं!'

बड़ा वाला झेंपकर हँसने लगा लेकिन बीच वाले ने ढिठाई से सीना फुलाकर कहा, 'आप नहीं जानते तो चुप रहा कीजिए। आजकल का यही तरीका है।'

'अरे तो बाकी लोग क्या नंगे हैं या इस ब्याह में भगई लपेटकर आए हुए हैं।'

बाहर से आए उनके एक दोस्त फोटोग्राफर ने आगे बढ़कर सफाई दी, 'हर फोटो एक ही जैसी न लगे इसलिए करना पड़ता है, दादा!'

'हम लोगों के पास कपड़ा है तो पहनेंगे। अब इसमें भी पता नहीं कौन-सा मान-मरजाद का घाटा लग रहा है,' तैश से मँझले की आवाज लटपटा रही थी। आँखें तन गई थीं। वह पीछे हटने को तैयार नहीं था।

'कौन नहीं जानता कि तुम्हारे यहाँ किसी बात की कमी नहीं है। थोड़ा-मोड़ा चल जाता है लेकिन इतना दिखावा ठीक नहीं है। लोगों को हिनाई लगती होगी,' दादा ने समझाया।

मँझला, उन्हें उलाहना देती आँखों से देखते हुए अचानक रोने लगा। उसने अपने दुपट्टे से नाक पोंछते हुए कहा, 'आज से नहीं, बहुत पहले से, आपसे हमारे परिवार का नहाना-खाना नहीं देखा जाता।'

दादा सकपकाकर एक तरफ कुछ डग चले और मुड़कर उसके क्रीम से चमकते बाल बिगाड़ते हुए बोले, 'हई देक्खो, चैत की बरखा! जब तक बुलबुली के बादल डोलेंगे नहीं, कहाँ बंद होगी? अभी तुम्हारे बाप लड़कों को समझाने के लिए कह रहे थे।'

सामने से बड़का बाबू आते दिखाई दिए। वह उनका हाथ झटककर मंच के पीछे चला गया।

कॉफी का स्वाद और परजा-पौनी

गोपी प्रधान तेजी से आया और अपने सिर के ऊपर हाथ उठाकर, आँखें चमकाते हुए बड़का बाबू से बोला, 'दादा, बहुत दिन बाद किसी शुभ कारज में आए हैं, इनके खाने के लिए हाथी का इंतजाम होना चाहिए।'

वह जाने कब से हम लोगों के पीछे लगा हुआ था और सारी बातें सुन रहा था या उसके किसी जासूस ने रिपोर्ट दी हो। दादा गड़बड़ा गए। उन्होंने परेशानी से हाथ झटकते हुए कहा, 'बै...बुरबक वो मतलब बिल्कुल नहीं है!'

'नहीं तो क्या मतलब है! आप हाथी खाते हैं। यही न कह रहे हैं और आपके जोड़ीदार मूड़ी हिलाते हुए हँस रहे हैं।'

'भ... मैं एक बात की बात कह रहा था। पहले कुएँ से पानी खींचकर बारात को नहलाने वाले सबको अलग-अलग बोल-बात और भाव से नहलाते थे लेकिन अब नल या कोई मशीन है, वह तो सबके ऊपर एक ही तरह से पानी छोड़ेगी।'

गोपी और बड़का बाबू, दोनों ने कुछ पीछे हटकर आँखें सिकोड़कर उन्हें देखा और ठठाकर हँसने लगे, उनके हँसने में एक बात की रजामंदी थी कि सठिया गए हैं। दादा सफाई देने लगे, 'मेरा कहना है, पहले बात के अंदर हलो...हाथी रेडिमेड है। खाना रेडिमेड। देखकर कोई नहीं कह सकता कि यह हाथी नहीं है और यह खाना नहीं है। ज़्यादा से ज़्यादा यही कह सकता है कि स्वाद नहीं है। तब व्यापारी कहेगा कि इतने लोग क्या चूतिया

हैं जो प्लेट भर-भर के खा रहे हैं और आदमी मजबूरी में चुप लगा जाएगा लेकिन वह एक ही जैसा हाथी और वह एक ही जैसा खाना हर जगह बनाएगा। बरही, तेरही, शादी, यज्ञ हर जगह वही फ्रिज में रखे गए सामान का खाना। चाहे स्वाद से खाओ, चाहे बनवाकर उसी के आगे घूरा पर फेंक दो। वह तो प्लेट गिनेगा और उसके हिसाब से पैसा लेगा। अब आपके पास पैसा है और उसको पैसे के अलावा किसी और चीज़ से मतलब नहीं है। पहिले हम लोग जो खाना बनाते थे, उसके अंदर प्रेम, आदर, चिंता, रूसना-फूलना सबका भाव पका रहता था। सबसे ऊपर यह होता था कि खवइया को कैसा लग रहा है। इसीलिए मेहमान से बार-बार पूछा जाता था, कुछ बोलिए कि कैसा बना है। कायदे से अब तो यह पूछने का हमारा हक ही खत्म हो गया है।'

'और खाना फूल के जैसा है?' गोपी ने लोहे के सजे हुए गेट की तरफ उँगली उठाई।

दादा उत्तेजित हो गए, 'है, बिल्कुल है। आप दोनों जन में से कोई इसमें से एक फूल का नाम बता दे तो हम भी जान लें। यही फूल चाहे टिकठी में लगवा लो, चाहे डोली या कार में। वह एक ही भाव से लगाएगा। उसे भी सिर्फ पैसे से ही न मतलब है। आदमी हटा दिया गया। उसकी जगह पैसा आ गया। माना कि बहुत दिमाग है लेकिन दिल नहीं है।'

'सिर्फ अपनी ही जात का आदमी, आदमी नहीं होता, दादा, और लोग भी यहीं हैं। आदमी था तब कदर नहीं थी क्योंकि आपका दिल इतना बड़ा-इतना बड़ा हुआ करता था कि उसके पास बैठने से छूत लगती थी। व्यापारी ने देखा कि आपको आदमी से नहीं, उसकी सेवा से मतलब है, उसने आदमी छटका दिया। क्या करिएगा। नतीजा आपके सामने है,' गोपी भी उन्हीं की तरह तमकने लगा।

दादा जमीन पर बैठकर सिर खुजलाने लगे, 'ठीक कहा, ठीक कहा। आदमी, जब तक जो चीज़ रहती है, उसकी कद्र नहीं करता। बाद में बच्चा जैसा रोता है।'

बड़का बाबू ने उनका पखुरा पकड़कर हिलाते हुए ताना मारा, 'लेकिन आप तो अगमजानी हैं, बिना खाए ही जान लेते हैं कि खाने में स्वाद नहीं है। बूढ़ा तो यहीं खा लेंगी लेकिन आपके लिए घर में दाल-भात बनवा देते हैं लेकिन उसको भी कुकर बनाता है। एक ही तरह से सीटी मारकर बताएगा कि "मिस्टर रामसनेही, हो गया भकोसिए!"'

बड़का बाबू चकल्लस के मूड में आ गए। आज गोपी का इरादा प्रपंच फैलाने का नहीं था। बाराती जल-पान करके पंडाल की कुर्सियों पर जम चुके थे। अब घराती जुटे थे। लौकी के हलवे की तारीफ हो रही थी जिसमें देसी घी झकाझोर था। उन्होंने एक बैरा को आवाज दी, 'ऐ चेला! बुढ़ऊ को एक कड़क कॉफी पिलाओ। आज इनको हालाडोला हो रहा है।'

डोगों की कतार के पीछे से निकलकर एक बैरा ने तत्परता से 'यस सर!' कहा और चमाचम, फुफकारती वेन्डिंग मशीन के नीचे से झागदार कॉफी का मग लाकर दादा की तरफ बढ़ाया।

मेरी साँस थम गई, यह तो पांचू बनवासी था। करीने से बाल काढ़े, झब्बेदार मूँछे, गोल फ्रेम के चश्मे के पीछे वही चौकन्नी आँखें। संदेह की कोई गुंजाइश नहीं क्योंकि उसकी लाल वर्दी पर नेमप्लेट भी लगी हुई थी। मेरा मन हुआ कि लपककर बाँहों में भर लूँ और उससे वह बात पूछूँ जो अकेले में खुद से बेवकूफ की तरह हजारों बार दोहरा चुका था लेकिन उतनी ही तेजी से सोचा, *अब हम लोग बच्चे नहीं रहे। मेरे आगे खुद को इस हाल में पाकर उसे कैसा लगेगा!* विचित्र क्षण था, चुप रहूँ तो क्या पता सबकुछ बचा रहे लेकिन बोला तो हमारे संबंध जिंदगी भर के लिए बदल जाएँगे।

मैं अनायास उसके चेहरे की ओर देखने से बचते हुए चोरी-चोरी उसकी सेहत, वर्दी, जूतों का मुआयना करने लगा।

दादा कुछ देर दाएँ-बाएँ झुककर उसे पहचानने की कोशिश करते रहे, फिर मग हाथ में लेकर पछताते हुए बोले, 'कहो, क्या ऐसा नहीं हो

सकता कि हम सब लोग फिर से गरीब हो जाएँ। उतने नहीं, पहिले से कुछ कम लेकिन प्रेमभाव वैसा ही बना रहे।'

'अब नाहीं बात बनी, गयी भैंस पानी में!' बड़का बाबू ने ताली पीटकर कहा।

पांचू ने चमकीले कोट के ऊपर, कमर पर बँधे एप्रन से एक कैशबुक और पेन निकालकर बड़का बाबू की ओर बढ़ाया, 'सर, साइन कर दीजिए, इसका एक्सट्रा चार्ज देना पड़ेगा।'

बड़का बाबू जैसे आग से छू गए। उन्होंने कैटरिंग के सरअंजाम की तरफ हाथ नचाते हुए कहा, 'अरे धीचोद, जब कल दुपहरिया तक का ठेका है तो एक्स्ट्रा चार्ज किस बात का?'

वह थूक सटकने लगा लेकिन डर पर काबू पाकर उसने झुककर कहा, 'सर, स्नैक्स के साथ चाय, लस्सी, कोल्ड ड्रिंक है। कहिए तो तुरंत लेकर आता हूँ लेकिन कॉफी डिनर के बाद मिलेगी। उससे पहले लेने पर चार्ज है। कंपनी का यही रूल है। कर्नाटक के गुलबर्गा की बढ़िया कॉफी है। एक-एक मग गिनकर आता है, सर, हम लोग कुछ नहीं कर सकते।'

'अरे, जब सारा पेमेन्ट हमको ही करना है तो एक कप भी...' उन्होंने हैरानी से कहा।

'सर, आपकी बात सही है। आप कस्टमर केयर को फोन कर लीजिए। और जो कहिए, तुरंत ले आता हूँ लेकिन कॉफी के लिए रूल है। वह पैसा मेरी सैलरी से कट जाएगा।'

'अच्छा!'

बड़का बाबू ने काकभुसुंडी को बुलाकर कैशबुक पर साइन कराया और आगे से इस तरह के सभी खुदरा खर्च का हिसाब रखने के लिए कहा। पांचू, 'थैंक्यू' कहने के बाद दादा के पास गया और झुककर बोला, 'सर, कॉफी कैसी लगी, पीकर बताइएगा। सेवा में सुधार करने के लिए आपका फीडबैक कीमती है।'

वह चला गया तो गोपी ने दादा से कहा, 'इसको पहचाना आपने! गच्चा खा गए न। यह पन्ना बनवासी का दामाद है। थोड़ी ही दूर का रहने वाला है।'

'आंय! सच में, यह उस पगला पन्नियाँ का पाहुन है। तुम्हारा हेली-मेली है क्या!' दादा, मग जमीन पर रखकर अँगोछे से हाथ पोंछने लगे।

'हाँ, वोट के बीच में ही परसाल इसकी बारात आई थी। हम दोनों परानी गए थे।'

यह पहला ब्याह था जब गाँव के पन्ना मुसहर से पत्तल-दोने नहीं मँगवाए गए थे। वह कारज के अगले दिन सुबह-सुबह अपने परिवार के साथ पत्तल का दाम, कुछ नेग और बचा हुआ खाना लेने आया करता था।

गोपी ने कहा, 'रुकिए, आपको विश्वास नहीं हो रहा है तो दिखाता हूँ।'

उसने पांचू को इशारे से बुलाया, राजनीति के अभ्यास से अर्जित मुद्रा में लगभग दाँत चियारते हुए पूछा, 'बाबू, पन्नी बनवासी के यहाँ तुम्हारी शादी हुई है न!'

'जी सर, आप तो जानते ही हैं,' उसने सिर हिलाया।

'बाबू, एक बात बताओ, बचपन में तुम बचा हुआ भात लेने जाते थे?'

'सर, मैं नहीं जाता था। बहुत छोटा था। मेरे भाई-बहन जाते थे। भात क्या पूरा खाना ही लाते थे। आप ही लोगों का दिया हुआ खाकर बड़ा हुआ हूँ।'

'जाओ बाबू, ये बुढ़ऊ तुम्हें चीन्ह नहीं पा रहे थे।'

वह दादा के आगे हाथ जोड़कर झुक गया, जो पहले घूँट के बाद कॉफी का मग दूर रखकर सिकुड़े हुए बैठे थे, 'सर, कॉफी कैसी लगी आपको?'

दादा हाथ मलते हुए बेमन से हँसे, 'बेटा, क्या बताएँ कैसी है! समझो, बहुत दिन से नहीं भरे गए हुक्के का पानी और धुआँ दोनों है।'

वह सिर पीछे झटककर हँसते हुए लचक गया, 'ठीक कह रहे हैं, सर, शुरू में ऐसा ही लगता है लेकिन आदत पड़ जाएगी तो अच्छी लगने लगेगी।'

बाकी बैरा उसे देख रहे थे। उनमें से ज़्यादातर बीस कोस के गाँवों की उन जातियों के लड़के थे जिन्हें परजा-पौनी कहा जाता था। उनकी पिछली पीढ़ी तक आते-आते उनके पुश्तैनी पेशे आजीविका देने में अक्षम हो गए और उनमें सिर्फ अपमान बचा। ऊँची और मँझली जातियों के किसान मालिकों से उनकी पिछली पीढ़ी का रिश्ता ऊपर से आत्मीय लगता था क्योंकि वे उन्हें काका, दादा, नानी, मौसी कहते थे लेकिन यह सिर्फ ऊपरी सतह थी जो ज़्यादा काम लेने और बात-बात पर औकात याद दिलाए जाने की तकलीफ को सहनीय बनाने के काम आती थी। नींव में उत्पीड़न था जो इतना छिपा भी नहीं था लेकिन उससे रोटी मिलती थी, इसलिए किसी तरह काम चल ही नहीं जाता था बल्कि आभार भाव से उसका महिमामंडन भी कर लिया जाता था। लेकिन मशीनों और बाजार की नई चीज़ों ने आकर सारा खेल बिगाड़ दिया। उनकी नई पीढ़ी को बाजार में बेहतर आजीविका मिली। खास बात यह थी कि नए मालिकों में ऊँची जाति का दंभ नहीं था। वे सैलरी काट लेते थे, नौकरी से निकाल देते थे लेकिन आए दिन जातिसूचक गालियाँ देते और मारते नहीं थे। उन्हें अब अपने से ऊँची जातियों की परवाह नहीं रह गई। एक तरह से उन जातियों से अपना रिश्ता तय करने की जिम्मेदारी अब उन पर आ गई थी क्योंकि उनके पास पैसा था और आजादी थी। कुछ भ्रमित और कुछ कपटी लोग अब भी पुराने सरोकारों का रोना रोते थे लेकिन तय नहीं कर पाते थे कि उन्हें सचमुच क्या चाहिए—सरोकार या किसी खास जाति में पैदा होने के कारण विरासत से मिला शक्तिशाली और सुरक्षित होने का दंभ। बात तो यह थी कि उन्हें सामंती दबदबे का पुराना स्वर्णकाल चाहिए था लेकिन दिखावे के लिए सरोकार का संगीतमय रोना रोते थे।

आशीर्वाद की तिर्यक हस्तमुद्राएँ

जयमाल के बाद पुष्प-वर्षा का आइटम शुरू हो गया। वीडियोग्राफर ने सिर्फ दूल्हा-दुल्हन के कपड़ों का रंग ही नहीं तय किया था, तीन फोटोग्राफर सहायकों के साथ वही लोगों के व्यवहार का नियंता था। वे लोगों को एक ही मुद्रा में इतनी देर खड़ा रखते कि मुस्कानें साथ छोड़ जातीं। अंततः उनके चेहरों पर क्रोध और दयनीयता दिखने लगती जो तस्वीरों में कैद हो जाती थी। गाँव के बुज़ुर्ग सहारा देकर मंच पर चढ़ाए जा रहे थे। उन्हें एक खास तरीके से फूल फेंकना सिखाने के लिए एक लड़के को लगाया गया था। उन्हें पीछे से, दोनों सिंहासनों के बीच में खड़े होकर, दोनों बाँहों को बराबरी से एक-दूसरे पर चढ़ाकर (क्रॉस करके) धीरे-धीरे हिलाते हुए जुगल जोड़ी पर फूल गिराने थे ताकि स्लो मोशन में शूट किया जा सके। वे तेज़ लाइटों, एकटक देखती सैकड़ों आँखों, पहली बार मंच पर चढ़कर एक अजनबी रस्म निभाने की जिम्मेदारी से पैदा हुई बेकली में अक्सर अपनी मुट्ठियों से सीधे फूल फेंककर वापस जाने लगते और कुर्सियों पर बैठे लोगों के बीच हँसी के फौव्वारे छूटते। उन्हें वह लड़का वापस लाता, एक बार फिर सिखाकर फूल फेंकने को कहता। इस बार उनके चेहरों पर अपमान की कलौंछ और घबराहट होती लेकिन वे किसी तरह खिसियाना आशीर्वाद देकर ही जा पाते।

लगभग सभी औरतें इतनी छोटी थीं कि सिंहासनों की पुश्त की ऊँचाई तक नहीं पहुँच सकती थीं। उन्हें एक स्टूल पर खड़े होकर बताई गई मुद्रा में फूल फेंकना था। अगर कोई चढ़ते या उतरते हुए लड़खड़ा जाती तो कहकहे लगते। थोड़ी देर में लोगों को एक इंतजार ने अपनी गिरफ्त में ले लिया और वे अधिक चौकन्ने होकर फूल फेंकने वालों को देखने लगे। यह अगली बार हँसने का इंतजार था। जब सबकुछ ठीक चलता, इंतजार लंबा खिंचने लगता तो वे हँसी पैदा करने के लिए अजीबो-गरीब आवाजें निकालने लगते। बारात में आए लड़के हँसी पैदा कर पाने में नाकामयाब

होने पर उग्र होकर चिल्लाते। थोड़ी देर में पंडाल लीचड़ आवाजों से गूँजने लगा। मुझे कनपटी पर तेज़ सनसनी महसूस हुई जैसे कोई देर से घूर रहा है। अनुमान से उधर देखा तो पंडाल के एक कोने में मेरी माँ, लंबा घूँघट निकाले खड़ी बुला रही थी। पास गया तो उसने कहा, 'मुझे बहुत लाज लग रही है, जरूर कुछ गड़बड़ हो जाएगी। चलकर फूल डलवा दो।'

वह स्टूल पर चढ़ने से डर रही थी। मैंने साथ जाकर फूल डलवा दिए। नीचे उतरने लगा तो सीढ़ियों पर मेरी छोटी बुआ झगड़ने लगी, 'सिर्फ अपनी माँ की ही नौकरी करोगे। हम लोग क्या गैर हैं। कुटाई से बचना चाहते हो तो मुझे भी लेकर चलो।'

थोड़ी देर बाद दूर-दराज की रिश्तेदारियों से आईं मामियों, बुआओं, चाचियों, दादियों ने घेर लिया। कोई घंटे भर उनसे फूल डलवाने का सिलसिला चलता रहा। मैं उनके पैर छूता, खैर-खबर पूछता और एक अँजुरी फूल उनकी ओर बढ़ा देता। इसी बीच कागभुसंडी ने आकर, इशारे से सनेही दादा के बारे में पूछा जिसका मतलब था कि इस मौके पर उनकी फोटो का ऐतिहासिक महत्त्व है क्योंकि दस साल बाद उनके खानदान से भोज-भात का संबंध बना है।

वह भीड़ में पीछे छिपकर खड़े थे। उन्हें पकड़कर मंच की तरफ ले जाने लगा तो उन्होंने मेरा हाथ झटक दिया और भागते हुए बोले, 'छोटू, ठीक से देख लो। अब यही एक जोकरैती गाँव के लोगों से ब्याह में कराई जाती है। बाकी वे हाथ पर हाथ धरकर बैठे रहते हैं।'

लाखी, गुड्डू और डॉक्टर, मैन!

इसी बीच लाखी, गुड्डू कछुए को गोद में लिए लड़कियों के साथ मंच पर पहुँची और थोड़ी देर के लिए सारी लाइटें बंद करने के लिए कहने लगी। किसी ने ध्यान नहीं दिया तो सभी लड़कियाँ एक साथ चिल्लाने लगीं। वे कछुए के साथ कोई नया करतब दिखाने जा रही थीं। दो लड़कियाँ अपने

मोबाइल फोनों के साथ वीडियो बनाने के लिए मुस्तैद थीं। काकभुसुंडी और बड़का बाबू उन्हें डाँटने लगे, वीडियोग्राफर ने फुसलाया कि लाइट बंद होने के बाद उनकी और कछुए की फोटो नहीं आएगी लेकिन वे जिद करती रहीं। अंततः मंच और पंडाल की बत्तियाँ बुझानी पड़ीं। फिर भी काफी रोशनी आसपास से आ रही थी। लाखी ने कछुए को मंच के एक किनारे पर रखा और एक मोटी, रंगीन मोमबत्ती जलाकर उसकी पीठ पर जमा दी। लड़कियाँ खुशी से मचलते हुए दूल्हा-दुल्हन के आगे और सिंहासनों के हत्थों पर बैठकर पोज़ देने लगीं। अब कछुए को पीठ पर मोमबत्ती लिए हुए उनके सामने से गुजरना था लेकिन वह अपनी जगह से हिल नहीं रहा था।

बहुत जल्दी बारातियों पर निराशा हावी हो गई। फिर लीचड़ आवाजें उठने लगीं। लाखी कछुए के पास जाकर बैठ गई और अपनी मुट्ठी में थामे लौकी के टुकड़े खिलाने लगी। यह दृश्य देखने के लिए मजमा लग गया। दूल्हे की साली होने के नाते बारात के नौजवान उसे घेरकर द्विअर्थी मजाक भी करने लगे। कुछ देर बाद कछुआ, लौकी के टुकड़े के पीछे चलने लगा। अब उल्लास की आवाजें हावी हो गईं, नौजवान मंच पर चढ़कर लाखी के कंधों पर हाथ रखकर विक्ट्री साइन बनाते हुए पोज़ देने लगे।

कछुआ इंच-दर-इंच सरकता हुआ मंच के बीच पहुँचा तब पंडाल में भीड़ के ऊपर सिर्फ मोबाइल फोन और चमकते हुए फ्लैश दिखाई दे रहे थे। खुशी से दमकती हुई लाखी ने इस तमाशे को संतोष से निहारा, अपने घाघरे को दोनों तरफ से पकड़कर आभार प्रकट करने के लिए सिर झुकाया और कछुए को उठाकर दूल्हे के हाथ में थमा दिया। वह लड़कियों को हटाकर पोज़ देने के लिए सिंहासन के हत्थे पर बैठ रही थी कि दूल्हा झटके से खड़ा होकर कँपकँपाने लगा जैसे उसके शरीर में बिजली का करंट चल रहा हो। उसकी पगड़ी धीरे-धीरे सरकती हुई, कंधे पर से उछलकर, दुल्हन

के ऊपर गिरी जो उसने सँभाल ली। काँपते दूल्हे का मुँह भिंचा हुआ था और गालों पर बहते आँसुओं में सितारे चमक रहे थे। वह जैसे काफी दूरी की किसी भयानक चीज़ को देखता हुआ, घबराए जानवर की तरह उछला और चिल्लाते हुए मुँह के बल गिर पड़ा। लड़कियाँ रोने और मदद के लिए चीखने लगीं। नीचे से कूदकर कई आदमी मंच पर जा चढ़े और उसे उठाकर खड़ा किया। मोमबत्ती बुझ चुकी थी लेकिन लौ लगने से उसके गाल पर एक छोटा-सा काला धब्बा बन गया था। वह इतनी तेज़ हिल रहा था कि उसे पकड़ने वाले भी काँपने लगे।

दूल्हे के घरवाले हाते के बाहर खड़ी गाड़ियों की ओर भागे ताकि उसे अस्पताल ले जा सकें।

अब तक मंच पर चिल्लाते, गुहार लगाते इतने लोग चढ़ गए थे और किनारों पर टिड्डों की तरह लटके हुए थे कि मंच के तख्ते चरमराकर टूट गए। दूल्हा-दुल्हन, सिंहासन, कछुआ—सभी भीड़ के नीचे ढँक गए। चारों तरफ अफरातफरी मची हुई थी। हर कोई मोबाइल फोन पर किसी न किसी को कुछ बता रहा था या वीडियो बना रहा था।

मैंने देखा, बड़कन महाराज और पांचू के बीच में खड़े सनेही दादा, सिर पर पगड़ी बाँधते-खोलते हुए घबराहट में बर्रा रहे थे, 'गुड्डू को ब्याह नहीं दिखाना चाहिए था। लगता है, अकेले रखने की कुल कसर आज पाहुन से निकाल लिया। गाँव की बड़ी बदनामी होगी।'

तभी टूटे मंच के तख्ते हटाते लोगों के बीच से दूल्हा निकलकर, हाथ झटकते हुए एक ओर भागा। उसकी एक उँगली से खून टपक रहा था। दुल्हन निचला होंठ दाँतों में कसकर दबाए, उसके कोट की बाँह पकड़े हुए लगभग घिसट रही थी। वह दर्द से चिल्लाते हुए कछुए को और रामपुरवालों को गालियाँ दे रहा था। उनके पीछे और चारों तरफ भीड़ थी। सिरों के ऊपर अनगिनत भावनाओं के रोर के बीच सिर्फ तीन शब्द—कछुआ, काटा और खून—सुनाई दे रहे थे। अचानक एक नौजवान ने फूलों वाला गेट तोड़ते

हुए कार लाकर भीड़ के बीच में खड़ी कर दी। कई बच्चे किसी तरह कूद-घिसटकर कुचले जाने से बचे। कार की खिड़कियों से आधा बाहर लटके दूल्हे के पिता और एक रिश्तेदार उसे जल्दी से भीतर आकर बैठने के लिए चिल्लाकर बुला रहे थे। घर के भीतर से कुछ महिलाओं के रोने की अस्पष्ट आवाजें आ रही थीं। उनका विलाप ऊँचा-धीमा होते हुए दुल्हन के दुर्भाग्य की गाथा होने की ओर झुक रहा था।

समधी को देखकर बड़का बाबू, सनेही दादा और कई रिश्तेदार दौड़ पड़े। अचानक बैरों के बीच से पांचू निकला और दूल्हे के आगे खड़ा हो गया। उसने दोनों हाथ उसके सीने पर रखकर इत्मीनान से कहा, 'परेशान न होइए, सर! परेशानी की कोई बात ही नहीं है। मेरा विश्वास कीजिए, आप बहुत जल्दी ठीक हो जाएँगे।'

दूल्हे ने उसे धक्का देते हुए ऐसे मौकों के लिए सहेजी गई अंग्रेजी में कहा, 'हू इज दिस डॉक्टर मैन!'

पांचू ने हँसते हुए कहा, 'सर, कछुए के दाँत नहीं होते। वह किसी को काट ही नहीं सकता। हो सकता है कि आपकी उँगली में सोफे से निकली कोई कील या नुकीली चीज़ चुभ गई होगी।'

'व्हाट!' दूल्हा आश्चर्य से इतराया।

'एक मिनट...' कहकर पांचू, पंडाल के भीतर से ठंडे पानी की बोतल लाकर उसकी उँगली धोने लगा। उसने खून बंद होने के बाद, मुश्किल से दिखाई दे रहे घाव पर अपने एप्रन से निकालकर एक दवाई लगी पट्टी चिपका दी और बोला, 'ये हमलोग चोट-चपेट के लिए रखते हैं। कल तक बिल्कुल सही हो जाएगा।'

दूल्हे ने राहत की साँस ली। उसने रूमाल से चश्मा साफ करते पांचू का एक चक्कर लगाया और हैरानी से टूटे हुए मंच की ओर देखने लगा। फिर आसमान की ओर देखकर, ऊपर बैठे भगवान को हाथ जोड़कर थैंक्यू से संबोधित किया। कोट का पुछल्ला पकड़े दुल्हन, उसकी पगड़ी

से मुँह ढँककर हँसते हुए दोहरी हुई जा रही थी। उसके पिता, दोनों को आँख की कोर से देखकर हँसे और कार वापस बाहर चली गई। अगले ही पल वह, एक लचकता बाँस था जिससे लिपटी लड़कियाँ रंग-बिरंगे झंडों की तरह लहरा रही थीं। उन्होंने उसका मजाक बनाते हुए खिलखिलाना शुरू कर दिया, 'पहली बार ऐसे नौटंकीबाज़ जीजा से मुलाकात हुई है। सबको डरा दिया और इतनी छोटी-सी बात नहीं पता थी।'

तभी बड़कन महाराज ने सबको मँड़वे में बुलाने के लिए आवाज लगाई, 'जजमान, लग्न का समय हो रहा है।'

ततः किम् अंततः वही

पहले एक बड़ा-सा बक्सा ले जाया गया। उसके पीछे ब्याह के सभी जरूरी किरदार धीरे-धीरे घर के भीतर चले गए। लड़के डीजे वाले से अपने गाने बजवाकर फिर नाचने लगे। बाराती एक-दूसरे को अपनी खरोंचे दिखाते हुए हँस रहे थे। पंडाल के नीचे, टूटे मंच के तख्ते हटाए जा चुके थे। बच्चों की एक पूरी पलटन, गुड्डू कछुए की खोज में लग चुकी थी जिसका कहीं पता नहीं था। वह मोमबत्ती भी नहीं मिल रही थी जो उसकी पीठ पर जलाई गई थी। वह एक कहानी बना चुका था। क्या वह इस समय, कहीं अँधेरे में, अपनी पीठ पर बुझी मोमबत्ती लिए किसी नई कहानी की तरफ चला जा रहा होगा या यहीं दुबका हुआ लोगों के भीतर अपनी कहानी की तरंगों को व्यवस्थित होता महसूस कर रहा होगा।

मैं अपराधबोध के साथ, उस दबाव के बारे में सोचते हुए पांचू की तरफ बढ़ा जिसके कारण पहली बार सामने पड़ने पर, आँखें चुराकर उसके जूतों का मुआयना करने लगा था। अब कई घंटे का खाली समय था, आराम से गप-सड़ाका हो सकता था। तभी मुझे एक खुशी ने लपेट लिया क्योंकि यह मौका पहले से कहीं अच्छा था। पांचू के ही बात सँभालने के कारण बिना किसी बाधा के ब्याह हो रहा था। अगर दूल्हे के

पिता उसे अपने साथ लेकर टाउन के अस्पताल या कहीं और निकल गए होते तो परिस्थितियाँ अप्रिय मोड़ भी ले सकती थीं।

तभी काकभुसुंडी ने आकर चुपके से मेरी हथेली दबाते हुए कहा, 'शाम को दादा ने बच्चों के बीच में अपनी चुनौटी फेंकी थी, तभी लगा था कि कुछ गड़बड़ होगा!'

वह मुझे कुछ ऐसा दिखा रहे थे जो सामान्य नहीं था। लोगों से दूर, हाते की दीवार के पास, कंधे पर बंदूक लटकाए रजमन चौधरी और सनेही दादा धीमी आवाजों में बात कर रहे थे। चौधरी, दादा की चुनौटी से खैनी और चूना लेकर हथेली पर जल्दबाज़ी में रगड़ रहे थे जैसे उन्हें फौरन कहीं जाना हो। काकभुसुंडी के मुताबिक यह किसी अनहोनी का संकेत था। यह उनका वहम नहीं था। न बात निराधार थी। इलाके में सबको पता था कि रामसनेही, अपनी चुनौटी किसी को नहीं छूने देते। अगर अपनी तलब से आजिज़ आकर कोई उनसे तंबाकू माँग ही ले तो पहली बार, अपने हाथ से निकालकर देते हैं। दूसरी बार माँगने पर, वह खैनी हथेली पर निकालकर थुकथुका देते हैं और कहते हैं, 'रुकिए, अच्छे से बनाकर आपकी सेवा में हाजिर करता हूँ।' माँगने वाला थूक मिली खैनी को हैरत से देखता और अपमानित होकर रह जाता है। कई बार लाठियाँ चल चुकी हैं।

दोनों बूढ़े, खैनी दाबकर, लफंगों की तरह चलते हुए कैटरिंग वाले पंडाल के सामने आकर चिल्लाने लगे, 'पंचों, हम लोगों को धर्मभ्रष्ट करने के लिए बुलाया गया था। हम लोग यहाँ खाना नहीं खा सकते। जा रहे हैं।'

नया हँगामा शुरू हो गया। दोनों, दो दिशाओं में मुँह करके चिल्ला रहे थे। अलसाए घराती-बाराती हड़बड़ाकर उनकी तरफ आने लगे। काकभुसुंडी बड़का बाबू को खबर करने के लिए घर के भीतर भागे, जहाँ ब्याह हो रहा था। रामसनेही, कॉफी वेन्डिंग मशीन के पीछे खड़े पांचू पर तौलकर हाथ चलाते हुए चिल्लाए, 'साला, मुसहर की औलाद! पहिले भंडारा भ्रष्ट किया, ठगी करने के लिए पर्ची काटा, अब डाक्टरी कर रहा है।'

उनके थप्पड़ की हवा से पांचू के बाल उछल पड़े। उसने कहीं और देखने के बजाय सीधे मेरी ओर देखा। उसका आँखों में आँखें डालना इतना अचानक था कि मैं घबराकर पीछे देखने लगा। उसकी आवाज सुनाई दे रही थी, 'सॉरी, सर! ये भंडारा नहीं, कंपनी का किचन है और हम लोग उसके कर्मचारी हैं। जहाँ भेजा जाता है, जाते हैं।'

'अरे धीचोद! तो क्या तुम्हारी कुकर्मी कंपनी नहीं जानती कि किसके यहाँ किसको भेजना है, किसको नहीं भेजना है!' रामसनेही दोनों हाथ ऊपर उठाकर चिल्लाने लगे। रजमन चौधरी ने कॉफी मशीन पर बंदूक का कुंदा मारा जिससे वह बीच से पिचक गई। सिसकारी के साथ गर्म पानी की महीन फुहारें दोनों पर पड़ने लगीं। वे बिलबिलाकर पीछे भागे और अपने कुर्ते झटकते हुए जानवरों से भी विचित्र आवाजें निकालने लगे।

मैं उसी समय, वहीं खड़े-खड़े, एक झपाटे में पूरी तरह बदल गया। दस साल की दूरी लुप्त हो गई। लगा, मैं कितना भी भागूँ, यह गाँव मुझे नहीं छोड़ेगा। मुझे यहीं जीना और मरना पड़ेगा। मैं उनकी ओर दौड़ते हुए चिल्लाया, 'अरे बुड्ढे! पहले उसी की बनाई पत्तल पर खाते थे तब तुम्हारी जाति नहीं जाती थी?'

भीड़ बढ़ती जा रही थी। घर के भीतर से भी लोग भागते हुए आ पहुँचे थे। इस बीच पांचू सरककर, तेजी-से हाते के निकास तक गया और अपनी मोटर साइकिल स्टार्ट करने लगा। मैं उसके पीछे दौड़ते हुए चिल्लाया, 'सुनो पांचू...एक मिनट सुनो!'

वह बाइक पर बैठकर गियर लगाते हुए एक प्राचीन शरारत से हँसा, 'साले साहब, पाहुन नहीं कह सकते? एक घर का दामाद सारे गाँव का दामाद होता है न।' और तिड़ी हो गया।

मैं मुँह छिपाकर इस तरह हँसा कि कोई देखने न पाए।

बाघ का भाग्यफल

'एक दिन बाघ गोठ के दरवाजे पर पहले पैसे रखेगा, फिर खाने के लिए जानवर ले जाएगा'—बालम सिंह जीना ने पाँच साल पहले यह भविष्यवाणी की थी।

हर कोई मानता है कि वह सच हो गई! वह उन दिनों स्कूल जाने वाला एक फुर्तीला छोकरा हुआ करता था लेकिन अक्सर शिकारियों के साथ जंगल में घूमा करता था। अब सारी चमक उड़ गई है, चमड़ी से उम्र नहीं, मजबूत हड्डियों और चीमड़ नसों का पता चलता है।

मौसम खराब होने लगा था। बालम ऊपर से घास लेकर उतर रहा था। उसने कान पर जनेऊ से अंदाजा लगाया कि कोई हैट वाला, जहाँ भ्यारन की चढ़ाई और गाँव का रास्ता मिलते हैं, एक चट्टान के पीछे पेशाब कर रहा था। रास्ते के बीच तीन टाँग के स्टैंड पर एक कैमरा लगा था, एक और छोटे स्टैंड से दबे रेनकोट के नीचे दो बड़े बैग पत्थर पर रखे थे। उसने वहीं से पूछा, 'क्या इधर बाघ है?'

बालम को उसके दूसरे कान से लटके तार की वजह से लगा, वह फोन पर कुछ बोल रहा होगा वरना कौन ऐसा पहाड़ी है जिसने दो-चार बाघ नहीं देखे और कुछ किस्से नहीं जानता! उससे तो सबका साझा हुआ,

उसके बारे में कुछ न जानना नामर्द होने से भी खराब होना है। पहाड़ी उसके बारे में किसी की बात कभी नहीं काटता बल्कि धीरज से अपनी बारी का इंतजार करता है, एक और जरा बढ़कर वाकया बताता है। तब आवाजों से लगता है, वे जान पर खेलकर एक रहस्य बचा रहे हैं, जो जितना फसक से ढँकता है उतना ज़्यादा दिखता है। कभी लगता है, वे एक भय के जामन को सँभालने के लिए राजी-खुशी खींचतान बर्दाश्त कर रहे हैं। वे पता नहीं कैसे लेकिन जानते हैं, जिस दिन यह भय नहीं रहा... पहाड़ या देवभूमि में किसी की दिलचस्पी नहीं रहेगी, सब सपाट हो जाएगा, उनका भी घास-लकड़ी-चुगान के लिए जंगल जाना बंद हो जाएगा।

उसने बालम को अपनी जगह रुकने का इशारा करते हुए छोटा स्टैंड उठाया, रेनकोट को झटका देकर फैला दिया। तेज़ हवा में नीला प्लास्टिक फड़फड़ाने लगा। उसने अधिकार से कहा, 'मुझे ये हवा चाहिए, इस आवाज के साथ।'

'और ये!' बालम ने अपना हाथ बोझ से हटाकर चट्टान के चिकनाई वाले हिस्सों पर काँपती बिजली को दिखाया।

नीचे खाई के पेट में पत्थरों पर लुढ़कती पानी, कोल्ड ड्रिंक की बोतलें, बीयर के केन अपच की मद्धिम आवाजों में बज रहे थे, झाड़ियों में फँसी प्लास्टिक की थैलियाँ और चिप्स के पैकेट कनफटे साधुओं की तरह अचानक घाटी की ओर चल देते थे। सलेटी धुंध फैल रही थी। चीड़ों पर बैठे उदास लंगूरों के बाल उड़ रहे थे। उसने रोक दिया था इसलिए बालम वहीं से बोला, 'आजकल एक कुकुरबाघ लगा हुआ है।'

'कुकरबा...!' उसकी कुछ आवाज उड़ गई।

'आलसी है! मेहनत नहीं करना चाहता, कुत्ते घरों में रो रहे हैं।'

'गुड! एक फावड़ा चाहिए होगा, रात में टेंट लगाना है। हजार रुपया चलेगा?'

‘खाना तो बनाओगे?’

‘बनाएँगे, टाइम कैसे पास होगा।’

‘फिर वही कर लो पहले, मौसम बिगड़ रहा है।’

‘तो ऊपर चलो, एक बढ़िया साइट देखते हैं, लंबा व्यू चाहिए। चोटियाँ आनी ही आनी हैं।’

‘दाज्यू, फिकर मत करो, उन्हें कहाँ जाना है?’

बालम दिखा रहा था जैसे चोटियाँ, जंगल, दर्रे सब उसके जाने-पहचाने हैं लेकिन आवाज में उनके रहस्यमय और दगाबाज़ होने का डर उतर आया।

गाँव में हड़कंप मचा हुआ था, बोजी गोद में चेली को लेकर गुम बकरी को खोजने कल दोपहर की निकली अब तक वापस नहीं लौटी थी। प्रधान ने जंगलात महकमे और थाने को फोन किया था, कई आदमी चुगान वाली जगहों की ओर निकले थे, दादा का कुछ पता नहीं कि कहाँ पड़ा था। वह सुबह आदमखोरों के बारे में सोचते हुए भ्यारन की ओर देखने चला गया था।

बृहस्पतिवार का दिन था इसलिए जरा देर के लिए भ्यारन के गार्डों के साथ पत्ते खेलने बैठ गया था, क्या पता उसके पड़वे की बारी आ जाए। साल भर से बैठा खा रहा है लेकिन लगता है, उसका अभी टिकट नहीं हुआ था। कोई जज फैमिली के साथ आने वाला था इसलिए एक दिन पहले ही जानवरों का इंतजाम किया जा चुका था। उसका मन पत्तों में नहीं था। गार्डों से आसपास के जंगल में किसी अनहोनी का सुराग नहीं लगा तो वह उठ गया।

हर वीकेंड पर भ्यारन में मैदों के ओहदे के हिसाब से एक बाघिन और उसके दो जवान बच्चों के लिए आसपास के गाँवों से जानवर खरीदकर बाँधे जाते हैं ताकि वे जिप्सी गाड़ियों में चिपककर फुसफुसाएँ, वीडियो बनाएँ, आदमी और उसके भीतर रहने वाले जानवरों की आवाजें निकालें,

जिन्हें एक साथ मिलाकर "थ्रिल" महसूस करने का नतीजा कहा जाता है। किसी के बाइनाकुलर से इन तीनों में से किसी के शरीर पर एक भी खरोंच दिख गई या चाल बदली लगी तो भ्यारन के कंज़र्वेटर की शामत आ जाती है, देर तक जिरह होती हैं, मैदा बच्चे ऊपर तक ईमेल लिखते हैं। टाइगर को ट्रंकुलाइज़िंग गन से बेसुध करके इलाज होता है, हेल्थ बुलेटिन निकाला जाता है, तब मैदे दया के जलमार्ग पर गर्व की हवा से भरी पाल वाली नावों में ऊँघते हुए वापस जाते हैं।

बहुत पहले एक कमबख्त पहाड़ी गार्ड था जो उन्हें "मैदा" कहता था, उसे नौकरी से निकाल दिया गया; लेकिन वह ऐसी आदत लगाकर गया है कि एकांत पाते ही भ्यारन के स्टाफ में प्रकट हो जाती है, वरना वे खातिरदारी करते हुए सबको आदर से "साहब" ही कहते हैं।

यह बाघिन पाँच साल पहले पेट से थी कि कोई बीमारी लग गई, चलना-फिरना मुश्किल हो गया, जंगलात महकमे के एक बड़े साहब के नाराज होने पर उसके लिए बकरी बाँधी जाने लगी। दो बच्चे पैदा हुए, मिठाई बँटी लेकिन बच्चे बड़े होकर शिकार करने के बजाय बँधा जानवर ही खाने लगे। उन्होंने अपना कोई इलाका नहीं बनाया बल्कि दूसरे बाघ आकर उनका खाना खा जाते थे और वे पीछे हटते हुए जिस चाल से जंगल में जाते थे, उसे देखकर मैदे खुश होते थे कि उनकी लगातार फिक्र के कारण उनमें तहज़ीब और लज्जा पैदा हो गई है जो सिर्फ अच्छे खानदान के व्यक्तियों में पाई जाती है!

तब बालम वहाँ शिकारियों के साथ रात में जाया करता था। वे छर्रे से जंगली मुर्गे और मोर मारते थे, कभी कोई चीतल भी हत्थे चढ़ जाता था। उसने उन तीनों की तहज़ीब के भीतर एक नई खतरनाक चीज़ को पैठते देखा था। उनका आदमियों से डर खत्म हो रहा था। वे बिना चेतावनी दिए, दया के गुमराह करने वाले जलमार्ग से होकर बिल्कुल पास चले आते थे।

एक दिन माँ और दोनों बेटे बाघों के डर से अपने खाने के पास नहीं गए। गर्मी में खुली गाड़ियों में सवार, उनका इंतजार करते मैदे नाराज हो रहे थे। एक कर्मचारी को उन्हें हाँककर लाने के लिए जंगल के अंदर भेजा गया। वह गया कि दूसरे बाघ आकर खूँटों में बँधे जानवरों से चिपट गए। कैमरे बाघों को दिए गए प्रीतिभोज का बंदरों और चिड़ियों की बौखलाई आवाजों के साथ सुमिरन करने लगे।

साहब लोगों के जाने के बाद शोर मचा। तीनों ने मिलकर कर्मचारी को खा लिया था। बालम ने उस दिन शाम को गाँव में अपनी भविष्यवाणी की थी।

अब कम-से-कम तीन नरभक्षी थे लेकिन जानवर खरीदकर बाँधना बंद नहीं हुआ क्योंकि प्रीतिभोज के बिना उन लोगों को हर वीकेंड पर बाघ नहीं दिखाया जा सकता था। यह भी था कि उन्हें समय के पाबंद ऐसे परजीवी बाघ पसंद थे जिनका जंगल में कोई प्रतिद्वंद्वी न हो।

उसे भ्यारन से लौटते हुए ताज़ा कटी घास की महक लगी, एक लंबा डंठल उखाड़कर चूसा, भीतर दमामा जैसा बजने लगा। यह ऐसी मीठी और मुलायम फिर कभी नहीं होगी, पानी पड़ा तो बर्बाद ही होना है। चारे की जरूरत नहीं थी, ऐसी घास खाने का मुँह उसके पड़वे का नहीं था, फिर भी रास्ते में सुस्ता रही एक घसियारिन से बोजू के बारे में पूछने के लिए रुका और दराँत माँगकर बोझ बना लिया। गाँव में किसी गाय वाले को दे देगा, कभी चाय के लिए दूध का इंतजाम हो जाएगा।

अब भूख लग रही थी, बोजू होती तो घर पहुँचते ही कुछ-न-कुछ मिल जाता लेकिन मनमौजी बकरी के पीछे न जाने कहाँ चली गई थी। रात में दोनों पता नहीं कहाँ रहे होंगे, उसके मायके, आसपास के किसी गाँव में या किसी खड्ड में गिर गए... सुबह से आसमान में चील-कौवे भी नहीं दिखे। दादा कभी घर आता है कभी नहीं आता, कहीं गालियाँ खाते हुए मुफ्त की पी रहा होगा, उसको फोन करना बेकार है, उठाएगा ही

नहीं; बात हुई तो बोजू को गालियाँ देने से ज़्यादा क्या करेगा। सुबह उसने सोचा था, धार के उस तरफ जाकर चरवाहों से पूछेगा लेकिन दिमाग आदमखोरों की चाल और चुप्पियों से भर गया और वह भ्यारन की ओर चल पड़ा।

घर जाकर खाना बनाना ही था, ऐसे में हजार रुपए की मजदूरी पकड़ लेने में हर्ज नहीं था। वैसे भी धार की तरफ जाना था। गोठियारों से पूछताछ करेगा, होशियारी से रास्ते पर देखता रहेगा। उसने सिर सीधा रखते हुए जमीन से एक बैग उठाकर कहा, 'गाँव से होकर चलते हैं, मैं अपनी बरसाती ले लूँगा। थोड़ा नमक-तेल भी लेना होगा, पानी गिरा तो जोंकें लगने लगेंगी।'

'अपना देख लो, मेरे पास लीच गार्ड है।'

'शाम के लिए थोड़ा माल भी तो चाहिए होगा,' वह घास के नीचे बेदिली से मुस्कराया।

'बस एक मिनट!'

वह कैमरे को घुमाकर, दूर दिखाई देती सड़क की ओर हाथ उठाकर अपनी आवाज में पहले से तैयार रखे तेज़ गति के अपनेपन से बोलने लगा, '...सो एडवेंचर फैमिली, गुड आफ्टरनून! मैं आपका जंगली बंदा विवर्त चंदोला। *जै बजरंग बली तोड़ दुश्मन की नली* के साथ अपने वीडियो ब्लॉग की शुरुआत करते हैं। मौसम खराब हो रखा है जिसे कुछ लोग स्वीट और जालिम भी कहते हैं। वो दूर सड़क पर बिल्कुल अकेली मेरी बाइक दिखाई दे रही है, छोड़ आए हम वो गलियाँ, हमारा एडवेंचर शुरू होता है अब! देखते हैं आज की रात भयानक वाले जंगल में कैसी कटती है। हमारे साथ है लोकल नौजवान साथी बालम सिंह जीना जो टाईगर रिज़र्व से घास की महक और बिजली की चमक लेकर आ रहे हैं लेकिन हम ऐसे जंगल में जाने वाले हैं जहाँ कोई रिज़र्वेशन नहीं है, जंगल का कानून सब पर एक जैसा लागू होता है, तो पहले चलते हैं पास के एक

गाँव स्यालदे में, एक फावड़ा, आग और जोंकों से निपटने के लिए जरूरी साजो-सामान का इंतजाम करने के लिए।'

'दाज्यू, ऐसा मत बोलो कि वहाँ से घास लाए, ये सब बिल्कुल मना है।'

'बालम दा, चिंता मत करो। पहले तुम्हें दिखाएँगे, तब चढ़ाएँगे, दो वीडियो बनेंगे, एक आवाज वाला और एक बिना आवाज का। एडवेंचर पसंद करने वालों के लिए बैग की चेन और झींगुर की आवाज से अच्छी कमेंट्री कुछ नहीं होती। जो इन्फ्लुएंसर पर यकीन नहीं करते, उन्हें अँधेरा, बारिश, भूत और चमगादड़ पर करना पड़ता है। मैं अभी रास्ते पर कुछ दूर आगे चलूँगा, तुम पीछे से आना, मैं वापस लौटकर कैमरा समेटने के बाद आऊँगा। *लेट्स गो!*'

गले में बाइनाकुलर लटकाए विवर्त चंदोला की आँखें भावहीन थीं, भाषा में भावनाएँ उफन रही थीं, तराशी हुई दाढ़ी में गीली चमक थी, चेहरे पर कुछ ज़्यादा सफाई और छिले अंडे जैसा सफेद फुलाव था। संदेह हो सकता था कि जंगल की ओर आने से पहले उसने फेशियल कराया होगा। उसने हरे हंग का फेल्ट हैट लगा रखा था जो देखने में भारी लेकिन छूने में बहुत हल्का था। सख्त खड़े कॉलर वाली जैकेट और पैंट में जेबें ही जेबें झूल रही थीं, ज़्यादातर खाली थीं। यहाँ बर्फ नहीं थी लेकिन उसने स्नोबूट पहने थे, उनमें भी पिंडलियों पर सजावटी जेबें थीं। इन्हें एक दार्शनिक भाव से सोचा और सिला गया था... *ये शरीर ही तुम्हारा घर है जिसकी दीवारों पर आले, आलमारियाँ और बक्से लटके हैं, तुम्हें हद से अधिक आत्मनिर्भर होना है क्योंकि किसी खोज में पड़कर तुम असांसारिक हो गए हो।*

बहुत पहले नए देशों, नस्लों, खजानों और सभ्यताओं तक जाकर अज्ञात दुनिया को खोजने का यह सरंजाम जब यूरोप में बनना शुरू हुआ था तो चमड़ा, ऊन, ज्ञान और पीतल का बहुत भार था। इनका इस्तेमाल करके

अपने प्राण इसलिए बचाए जाते थे कि इन्हें मौका आने पर किसी उद्देश्य के लिए दाँव पर लगाया जा सके। अब ज़्यादातर जंगल कट चुके थे, ग्लेशियर सूख रहे थे, कोई भी पैसा खर्च करके एवरेस्ट के शिखर के पास या उससे भी बहुत ऊपर अंतरिक्ष में अपना गू छोड़कर वापस आ सकता था, इसलिए वास्तविकता से महत्त्वपूर्ण छवियाँ हो गई थीं, उनसे बनने वाला सपनीला आभास मिलाकर इन सामानों को दुनिया के बेशुमार उपभोक्ताओं को बेचा जाना था। उनका सस्ता और हल्का होना लाजिमी था। प्लास्टिक से अधिक सस्ता, हल्का और टिकाऊ और क्या हो सकता है जो मनुष्य की कोशिकाओं तक में आ चुका था। प्लास्टिक में बदलते उपभोक्ताओं के पास यह सब कुछ चीन की फैक्ट्रियों से निकलकर चला आ रहा था।

विवर्त चंदोला देखने में मेड इन चाइना यूरोपियन ट्रैवलर लग रहा था लेकिन उसकी आत्मा सनातनी थी। वह तीन साल से जंगल-पहाड़-रेगिस्तान की खाक छान रहा था लेकिन तोंद निकल रही थी, शरीर में पिलपिलापन आ रहा था। इससे विकट उलटबाँसियाँ उसके भीतर चल रही थीं। मिसाल के लिए वह रोजमर्रा के जीवन में प्राकृतिक विज्ञान और इंटरनेटी तकनीक के इस्तेमाल में दक्ष हो चुका था लेकिन उसकी धार्मिक आस्था बढ़ती जा रही थी। उसके शरीर पर भारत के दुश्मन माने जाने वाले चीन के सामानों का जितना भार बढ़ रहा था, दिल में उतना अपने देश के लिए प्रेम बढ़ता जा रहा था।

वह इस जंगल से थोड़ी दूर एक कस्बे में एक बड़ा जनरल स्टोर चलाता था, प्रॉपर्टी डीलिंग करता था। वह अपनी इन्फ्लुएंसर छवि का इस्तेमाल करके एक बड़ा और आधुनिक बिज़नेसमैन होना चाहता था।

दोनों गाँव से बाहर निकले तो धूप निकल आई। ऊपर धार पर एक छोटा-सा सफेद मंदिर बादलों में झिलमिला रहा था। हवा में भुए उड़ रहे थे, सीढ़ीदार खेतों में मक्के के टूटे-छितराए पीले डंठल चमक रहे थे। बच्चे स्कूल से भागते आ रहे थे।

उसने एक खेत के किनारे खुरों के निशान देखते हुए कहा, 'क्या यहाँ हिरन आते हैं?'

बालम की निगाह दूर चीड़ के पेड़ों के बीच की खाली जगह में लगी हुई थी जहाँ उसे एक अकेली औरत-सा कुछ दिखाई पड़ा था, वह उस आकृति के होने-न-होने की भूलभुलैया में खोया हुआ बुदबुदाया, 'दाज्यू, सूअर हैं, तबाही मचा रखी है... दिन में बंदर, रात में सूअर यही चल रहा है।'

'...सो गाइज़, ये सूअर के पैरों के निशान हैं जो घने जंगलों से रात में निकलकर यहाँ मक्के की फसल खाने आते हैं, वहीं से भालू, हिरन, सियार, काँटेवाला सौल, लोमड़ियाँ, बारहसिंघे, लकड़बग्घे भी अपने शिकार पर निकलते हैं। हम इनके पैरों के निशानों का पीछा करते हुए वहाँ जाएँगे जहाँ ताकत, चतुराई और *सर्वाइवल ऑफ द फिटेस्ट* का बोलबाला है, मतलब जिंदा रहने के लिए साम-दाम-दंड-भेद सब आजमाया जाता है।

'अब भालू कहाँ, कब के खत्म हो गए।'

पास के खेत की पुश्त पर दौड़ता एक लड़का फिसलकर चोट खा गया, वह जमीन पर बैठकर मुँह बाए अपना घुटना देख रहा था। बच्चे उसके आसपास रुक गए। विवर्त चंदोला ने लड़के के घुटने से खून रिसता देखकर जल्दी से कहा, 'बालम दा, भुबनिया कर लेते हैं।'

'...सो गाइज़, एक प्यारे-प्यारे बच्चे को अभी चोट लगी है, स्कूल से आ रहा था, नन्हें से गुलाबी पैर से खून बह रहा है, हमारे साथी बालम भुबनिया लेने गए हैं जो एक करामाती घास है जिसका रस निचोड़कर टपका देने से फौरन खून का बहना बंद हो जाता है और बाद में चोट का निशान भी नहीं रहता, लीजिए आ गई चौड़े पत्तों वाली भुबनिया, हथेली पर मसलकर रस निकाला जा रहा है, देखिए कैसे दर्द से कराहते बच्चे को तुरंत राहत मिलती है।'

बच्चा अपमान से बालम की ओर देखकर बोला, 'हट्ट! ये भी कोई चोट है जो दवाई लगा रहा है। तू खुद ही पी ले, तेरे अंदर का खून बंद हो

जाएगा।' और तुरंत उठकर बच्चों के आगे भागते हुए चिल्लाया, 'पिसाप की आधी धार से सही हो जाएगी।'

उसके पीछे एक दूसरा बच्चा चिल्लाया, 'ददा, भतीजी आ गई तेरी?'

'नहीं आई!'

'टेंशन मत ले, आज आ जाएगी।'

विवर्त चंदोला ने एक बार आँख झपकाई, छोटे स्टैंड वाले कैमरे को खेत की पुश्त पर रखा, जैकेट के एक पॉकेट से एक ट्यूब निकालकर अपनी कलाई पर टोमेटो सॉस की लकीर खींचकर बालम को घास का रस टपकाने का इशारा किया, '...सो गाइज़, एक खतरनाक कँटीली झाड़ी से खरोंच आ गई थी, ये जंगली बंदे के लिए कुछ नहीं है लेकिन यहाँ हम एक टीम हैं और एक-दूसरे की बहुत केयर करते हैं, बालम दा भुबनिया का रस टपका रहे हैं, अब देखिए खून बंद हो चुका है और निशान भी नहीं पड़ेगा। हम कुछ भुबनिया आगे के लिए रख ले रहे हैं, जंगल में जरूरत पड़ सकती है, जैसे-जैसे ऊँचाई बढ़ती जाएगी, चोटें तो मिलेंगी लेकिन यह जादुई घास नहीं मिलेगी। लाइक, सबस्क्राइब और शेयर कीजिएगा, घंटी बजाना मत भूलिएगा। हम आपके लिए कुदरत के खजाने से एक से बढ़कर एक तोहफे लेकर आते रहेंगे।'

'आज-आज का टाइम है और नाशुकरी चोट लग नहीं रही, क्या करें। लग जाती तो भी यही होना था, है कि नहीं?'

'सही बात है,' बालम ने उसे देखने से बचने के लिए सिर झुकाकर रास्ते पर बढ़ते हुए कहा। उसे एक मैली-सी फुसफुसाहट सुनाई दी, 'बल्लू पोलटिस!'

वह मुस्कराया। यहाँ बोजू होती तो पक्का यही कहती और दिन भर हँसने का एक बहाना बना लेती। उसने किताबें, कॉपियाँ और छेद वाले मोजे तक सँभालकर रखे हैं, पता नहीं कैसे सोचती है कि वह फिर से एक दिन स्कूल जाने लगेगा और उसकी नौकरी लग जाएगी। वह कहता

है, 'अब स्कूल जाना मुश्किल है,' तो दादा के नशे की नकल उतारते हुए चिढ़ाती है, 'फिर तो तू भी ऐसे ही अपनी खानदानी चाल चलेगा और मर जाएगा।' जिस दिन उसका मन ठीक नहीं होता, चेली को गोद में पकड़े घास के बोझ पर गिरकर शराबी की तरह लुढ़कने लगती है। दोनों अपने गंदे दाँत दिखाकर देर तक हँसती हैं।

वह धार की ओर जाती बाट पर दस मिनट की चढ़ाई में अटकने लगा, साँस बेकाबू होने लगी। कंधे पर फावड़ा और बैग टाँगे बालम एक पत्थर पर बैठकर इंतजार करने लगा। बादल कहीं गए नहीं थे, हवा की सोहबत में भटक जाने से सूरज को जरा देर चमकने का मौका मिल गया था। उसने थोड़ी दूरी पर रुककर अपना माइक फोन से कनेक्ट किया, कँपकँपी पर चिढ़ की परत आने से आवाज बदल गई, '...क्या कहा, मसूर की जगह धुली उड़द की दाल दे दी! एमबीए की डिग्री ले रखी है, तुम्हें इंटरप्रिन्योर बनाना है और दोनों के बीच का फर्क नहीं पता! खैर जो भी हो, एमआरपी पर बेचना। मसूर पीछे के कमरे में एक गनीबैग में रखी हुई है और शॉप के अंदर किसी को मत बुलाना। मैं नहीं कह रहा कि तुम लोग गप्पें लगाओगे लेकिन इमेज खराब होती है। फालतू के मुहल्ला लेवल वाले पंगे होते हैं। मुझे आज के सेल्स की एंट्री एक्सेल शीट पर चाहिए, ...नहीं आता कहने से बिज़नेस नहीं होता!'

'दाज्यू, खाना बना लेते हैं। एक बार बारिश शुरू हो गई तो मंदिर में जाना पड़ेगा।'

'वहीं चलते हैं, चूल्हा अंदर कर लेंगे। मेरे पास स्टोव और एक छोटा सिलेंडर भी है।'

'मंदिर में खाना बनाने से गाँव वाले नाराज होते हैं।'

उसने एक खड्ड में उड़ते प्लास्टिक के गिलासों, टूटी बोतलों की ओर इशारा करके कहा, 'टूरिस्टों ने इतनी गंद मचा रखी है, गाँव वाले नाराज नहीं होते? लौटते समय इन्हें जलाना पड़ेगा।'

'...सो गाईज़, क्या आपने कभी सोचा है कि हर पहाड़ की चोटी पर हमेशा एक मंदिर क्यों होता है, इन्हें क्यों बनाया जाता है? बताना जरूरी है कि देवभूमि के लोग अपनी आस्था की ताकत को जंगली जानवरों से आजमाने के लिए इन्हें बनाते हैं, एक दिन जानवर भी आस्था के बस में हो जाते हैं। कई मंदिर ऐसे हैं जहाँ पूर्वजन्म के संचित पुण्य के चलते बाघ पूजा करने आता है। इस मंदिर के पास एक बहुत पुरानी गुफा है। बताते हैं, तपस्या की जगह थी, पहले के ऋषि-मुनि असली एडवेंचरर थे, वे जंगल में ऐसी जगहों पर जाते थे जहाँ और कोई पहुँच नहीं सकता था। त्रेता में सुग्रीव जहाँ रहता था, बाली नहीं पहुँच सकता था। परशुराम जिस पर्वत पर रहते थे वहाँ कर्ण जैसे महायोद्धा शिष्य के अलावा कोई नहीं पहुँच पाया। पांडव कहाँ-कहाँ नहीं गए, आज भी उनके रास्ते और गुफाएँ मौजूद हैं। पाणिनी व्याकरण के बहुत बड़े पंडित थे, उनकी मृत्यु ऐसे ही घने जंगल में एक बाघ के खा लेने से हुई थी।'

महीन फुहार छोड़ते, गरजते बादल ऊपर से गुजरे, धूप पुँछकर स्लेटी धुंध हो गई... अचानक उसका माइक फोन से कनेक्ट हुआ और आवाज बदल गई... 'सही हो रखा है मौसम यहाँ, रोमांटिक वाला, तुम यहाँ होतीं तो अच्छा लगता, लेकिन क्या फायदा कोई रेस्टोरेंट तो है नहीं यहाँ, न मैगी मिलती, ना चाय। नहीं, अकेला हूँ। यहाँ कौन आएगा मेरे साथ। क्या यही पूछने के लिए फोन किया था कि कौन है मेरे साथ! कितनी बेइज्जती की बात है कि मैं तुम्हें कैमरा घुमाकर दिखाऊँ कि मेरे साथ कोई नहीं है और ऐसा ही तुमसे भी करने के लिए कहूँ। इससे तो अच्छा कुछ और ही कर लेना रहेगा। एक बात अच्छी तरह समझ लो, ये साइड बिज़नेस है मेरा, इसे बिज़नेस की तरह ही करता हूँ और मुझे भी अपनी एडवेंचर वाली लाइफ जीनी है। ये जासूसी बंद कर दो, बार-बार फोन करके डिस्टर्ब मत करना... कैमरा रोल कर रहा है... सो गाइज़, गोरे जंगलों में आकर जानवरों को मारकर खाते हुए ऐसे दिखाते हैं जैसे

बहुत बड़ी बहादुरी कर ली हो लेकिन हमारे ऋषियों की हिम्मत के बारे में सोचिए, ये तो आप मानते हो न कि वे वेजिटेरियन थे, जानवरों को बचाते थे और खुद खतरे में रहते थे। हमारे शास्त्रों में कहा गया है कि मारने वाले से बचाने वाला बड़ा होता है और हमेशा रहेगा। साथ बने रहिए, बस थोड़ी देर बाद हम आपको सिद्ध मंदिर और पवित्र गुफा दोनों के दर्शन कराएँगे।'

बालम ने तेजी से धार पर पहले पहुँचकर पेड़ों के नीचे भागते हुए कम गीली लकड़ियाँ और छेतियाँ (चीड़ के फल) इकट्ठी कीं। आग जलाने के लिए गड्ढा खोद दिया। पत्थरों से गड्ढे के ऊपर चूल्हा बनाकर मंदिर के भीतर से माचिस निकालकर हिलाते हुए इशारा किया, 'दाज्यू, फटाफट बर्तन और चावल निकालो, खाना बनाते हैं।'

उसने पूछा, 'गुफा किधर है?'

'वहाँ जाने में आधा घंटा और लगेगा, वहाँ पानी भी नहीं है।' उसने मंदिर के पीछे एक नौले की परली की ओर इशारा किया।

उसने बैग थपथपाया, 'पानी तो है मेरे पास और गीली लकड़ियों के लिए डीजल भी है।'

'जब छिलुक है तो इतना महँगा डीजल बर्बाद करके क्या करना है।'

'मैं पहले गुफा तक हो आता हूँ।'

'दाज्यू, मौसम खराब हो रहा है,' बालम ने एक बार फिर अपनी अपमानजनक भूख को छिपाने के लिए मौसम की आड़ ले ली, जिसके लिए वह जिम्मेदार नहीं था। वह इस भूख के लिए इतना कोसा-कूटा गया था कि खाना छिपाकर खाता था। बचपन में भोज में सामने रखा खाना दूसरों से पहले छूने पर, रिश्तेदार का लाया बिस्कुट का पैकेट उसके सामने खोलने पर, किसी को खाते हुए रुककर जी भर देख लेने पर... उसके बूबू (दादा) जलती आँखों से देखते रहते थे और बाद में पिटाई करते थे। उसे इतना गुस्सा कभी समझ में नहीं आया लेकिन बूबू के

लिए यह खानदान की नाक कटाने वाली बात थी। वह धीरे-धीरे भूख के उत्पात के आगे बैरागी रहना सीख गया था।

विवर्त चंदोला ने गुफा के रास्ते पर कुछ कदम चलकर माथे पर हाथ मारा, 'शिट! स्टोरी बैग तो वहीं रह गया। पता नहीं अब वहाँ होगा या नहीं।'

'उसकी चिंता न करो दाज्यू, यहाँ कोई जल्दी लावारिस सामान नहीं छूता। गाँव के किसी ने संभाल भी दिया हो तो मिल जाएगा।'

उसने हाथ आधे जोड़कर कहा, 'बालम दा, मेरा एक छोटा-सा बैग उसी चट्टान पर रखा होगा, बिल्कुल भारी नहीं है, आपको जल्दी से उसे वापस लेकर आना है।'

'मौसम देख रहे हो और वो जगह मजे की दूर है, लौटने में अँधेरा हो जाएगा।'

'आप चाहे पाँच सौ और ले लो लेकिन किसी तरह ले आओ।'

'दाज्यू, पैसे की बात नहीं है,' वह इस बार समय की बर्बादी, अँधेरे के बाद के जंगल या ऐसी ही किसी चीज़ के पीछे जा छिपा।

उसने पर्स से नोट निकालकर उसकी कमीज की फटी जेब में डालते हुए कहा, 'टोटल सत्रह सौ हैं। लेकिन पैर तेज़ चलाना। कहीं तुमसे पहले कोई और न उठा ले।'

उसने दौड़ते हुए जाकर नौले से भरपेट पानी पिया। किनारे से लंबी घास उखाड़कर रस्सी बटी। अपनी बरसाती में गर्दन के गिर्द गाँठ बाँधकर ढलान पर तेजी से उतरने लगा। उसके एक पैर में बेदिली और दूसरे में भूख का अनुशासित नृत्य था। वे जब तक गति में थे, तब तक इसे भाँप पाना असंभव था। वह ढलान को देखकर मुस्कराया, लौटते हुए घर में झाँकता आएगा, अगर बोजी आई होगी तो खुश हो जाएगी।

विवर्त चंदोला ने कैमरे जमाकर चूल्हे की लकड़ियों पर डीजल डालकर आग जलानी चाही। घना धुआँ देर तक कैमरे की स्मृति में घुसकर रात के रहस्य की भूमिका बनाता रहा। अचानक बादल छँट गए, सूर्यास्त

दिखाई देने लगा। भक्क से आग जल उठी, '...सो गाइज़, एक तरफ दिन को टाटा, बाय-बाय, थैंक्यू कहते हुए ब्यूटीफुल वाला सनसेट हो रहा है, ठंड बढ़िया हो रही है, दूसरी तरफ रात के स्वागत और जंगली जानवरों के बिनबुलाए मेहमान बन जाने से रोकने के लिए मैंने आग जला दी है, हजारों तरह की चिड़ियाँ अपने घोंसले में लौट रही हैं, उनके बच्चे खुशी के मारे शोर मचा रहे हैं, फैमिलीज मिल रही हैं, आप सिर्फ इन आवाजों को सुनिए और कमेन्ट में बताइए कि कैसा लग रहा है, चमगादड़ों ने दिन की शिफ्ट खत्म होने की घंटी बजा दी है, अब रात के जानवरों और चिड़ियों की शिफ्ट होने वाली है, हम अपना खाना बनाने की तैयारी शुरू कर चुके हैं, बालम के आने का इंतजार है जो कुछ सामान लेने गाँव तक गए हुए हैं, उन्हें अब तक आ जाना चाहिए था लेकिन जंगल में पता नहीं कहाँ फँस गए हैं।'

जंगल में पगडंडी पर आग की छोटी-सी लपट दिखाई देने लगी जो रास्ते के साथ ऊपर-नीचे होते हुए करीब आ रही थी। थोड़ी देर में एक छोटे रास्ते से बालम आ पहुँचा। वह रोशनी के लिए छिलुक (चीड़ की टहनियों की मशाल) हाथ में थामे था। उसने बैग देते हुए कहा, 'दाज्यू, आप खाँमखाँ परेशान हो गए थे, ये सुबह तक वहाँ ऐसे ही पड़ा रहता।'

उसने बैग को ऊपर से टटोलकर देखा, जल्दी से कमर पर बाँध लिया और जैकेट की एक जेब से हेडटॉर्च निकालकर सिर पर पहन ली।

अँधेरे और ठंड ने बालम को सुस्ताने की मोहलत नहीं दी। उसने हाँफते हुए धार पर समतल जमीन देखकर फावड़े से झाड़ियाँ काटकर साफ कीं। दो नए गड्ढे खोदकर उनमें लकड़ियाँ डालकर आग जला दी। बैग से एक बड़ा प्लास्टिक निकालकर जमीन पर बिछाने के बाद पाँच मिनट में टेंट खड़ा कर दिया। दोनों ने मिलकर तेज़ हवा में टेंट को उखड़ने से बचाने के लिए चारों तरफ खूटियाँ ठोंककर रस्सियों से बाँध दीं। फटाफट बैगों का सामान टेंट के भीतर करके एक बैटरी से बल्ब

जला दिया, एक बल्ब धार के किनारे खड्ड की ओर एक टहनी गाड़कर लटका दिया।

विवर्त चंदोला ने कैमरे लगाने के बाद एक फोल्डिंग टेबल को सीधा करके उसके एक कोने पर एक पतले सिलेंडर से जुड़ा छोटा-सा चाइनीज़ स्टोव रखा। दूसरे किनारे पर कई तरह के चमकते चाकू सजाकर चॉपिंग बोर्ड पर प्याज, शिमला मिर्च और पनीर के टुकड़े करने लगा। बालम ने एक आग पर चूल्हा बनाकर जल्दी से एक भगोने में चावल चढ़ा दिया। लपटों की परछाइयाँ पड़ने से टेंट भले बेचैन आत्माओं का डेरा लग रहा था लेकिन खाने की महक से दोनों के भीतर एक इत्मीनान उतरने लगा।

बालम ने पूछा, 'दाज्यू, ये पुलाव वाला चावल क्यों लाए? फीका होता है, बताते तो मैं गाँव से बढ़िया ला देता।'

'हम कैमरे के सामने पका रहे हैं, इम्प्रेशन खराब पड़ता है।'

'ये तो है, सबको पता चल जाना है।'

विवर्त चंदोला ने कमर में बँधे बैग से निकालकर एक छोटा-सा प्लास्टिक का तिकोना नारंगी झंडा टेंट के ऊपर फिक्स कर दिया और सामने घुसने की जगह के ऊपर एक बैनर टाँग दिया जिसके दोनों किनारों पर सुमेरु पर्वत लेकर उड़ते बजरंगबली बने थे, '...सो गाईज़, *भूत पिशाच निकट नहीं आवै, महावीर जब नाम सुनावै*, हमने *हनुमान चालीसा* से खुद को सुरक्षित कर लिया है और आपको भयानक जंगल में रात के नज़ारे दिखाने के लिए तैयार हैं, वैसे भी हम राजा दुश्यंत और शकुंतला के पुत्र भरत के वंशज हैं जो शेरों के बच्चों के दाँत गिना करते थे, उन्हीं के नाम पर हमारे देश को भारत कहा जाता है, कण्व ऋषि का वह आश्रम जहाँ भरत बचपन में रहते थे, यहाँ से बहुत दूर नहीं है... आप तारे देखिए, बड़े-बड़े हीरे-जवाहरात काले आसमान में निकल रहे हैं, हवा और आग की लपटों के साथ जंगल से आती आवाजें सुनिए, यह कुत्ते के भौंकने जैसी आवाज कुत्ते की नहीं, बार्किंग डियर की है, और भी न

जाने कितने जानवर हैं जो हमारे आसपास मँडरा रहे हैं, ये जो रोशनी की मधुमक्खियों के छत्ते दिखाई दे रहे हैं वो शहर और कस्बे हैं जहाँ आप हैं और यहाँ हम हैं जहाँ आग के आगे-पीछे मीलों अँधेरा है।

बालम ने जेब में हाथ डाला, सोचा, *एक बीड़ी में माल भर ले...* लेकिन हिम्मत नहीं पड़ी। उसे लगा, आज हो सकता है खाली पेट चक्कर खाकर गिर पड़ेगा। कैमरा कई बार उसके मुँह पर आया लेकिन वह अपना नाम लिए जाने पर भी कभी बेमन से हाथ हिलाता, कभी भूल जाता और आग तापता बैठा रहा।

अंततः विवर्त चंदोला ने उसे एक थर्मोकोल की प्लेट में खाना निकालकर दिया तो एक अजीब बात हुई। उसकी भूख बिदक गई। अपनी इंद्रियों पर से उसकी पकड़ फिसलने लगी। खाली मुँह इतनी तेजी से चलने लगा कि होंठ कट गया। वह जान रहा था कि खाना अभी बहुत गर्म है, फिर भी एक हाथ ने मुँह में ले जाकर गलफड़े और जीभ को जला दिया। उसने खुद को लाचार महसूस किया फिर हँसा, बोजी होती तो अब तक नकल उतारकर दिखाने लगी होती।

वह सिसियाते हुए घूमकर अँधेरे की ओर मुँह करके बैठ गया। प्लेट से भाप उठनी बंद हो गई थी लेकिन अब खाने के बजाय खुद को गालियाँ दे रहा था। आँखों से आँसू बह रहे थे। विवर्त चंदोला ने कहा, 'बालम दा, क्या हुआ? साथ बैठकर खाते हैं।'

उसने मुँह ऊपर करके लड़खड़ाती आवाज में कहा, 'भैजी, मैं इतनी तेज़ रोशनी में नहीं खा पाता। घर में भी कोने की तरफ मुँह करके बैठता हूँ।'

'...सो गाईज़, आपने देखा कि जंगल में डिनर का स्वाद ही कुछ और होता है। अब बालम दा नौले में बर्तन धो रहे हैं। कूड़ा बॉनफायर में जलाया जा चुका है, रात के ग्यारह बजने वाले हैं, हम सोने की तैयारी कर रहे हैं, आपको सुबह वंडरफुल वाला सनराइज़ दिखाएँगे, बर्फीली चोटियों पर पहली किरन का वादा है।'

तभी माइक फोन से कनेक्ट हुआ और आवाज बदल गई!

'...अच्छा! तेरी मम्मी कह रही हैं कि टेंट को मंदिर जैसा बनाने से पाप लगेगा। उनसे किसने सलाह माँगी थी जो दे रही हैं। क्या उन्हें पता है कि अस्सी परसेंट मार्केट हिंदुओं का है? मैं बीस परसेंट के लिए अपनी जान खतरे में डालकर वीडियों क्यों बनाऊँगा? अब पब्लिक हर चीज़ में अपना धर्म, अपना कल्चर देखना चाहती है। कुछ ऐसा सुनना चाहती है जिस पर उसे गर्व महसूस हो। हिंदू जाग चुका है और मैं चूतिया नहीं हूँ जो इतना बड़ा मार्केट छोड़ दूँगा! मैं सच्चे मन से अपना काम कर रहा हूँ। उनसे पूछना तब पाप-पुण्य का खयाल नहीं आया था, जब तेरे भाई को टाइगर रिज़र्व में जानवर सप्लाई का ठेका दिलाया था। क्या उन्हें बाघों को बेज़ुबान भैंस-बकरी खिलाने का पाप नहीं लगता? बेटे के साथ ही तो रहती हैं।'

'...सो गाईज़, बारह बजने में पंद्रह मिनट बचे हैं, हम दोनों थकान से चूर हो चुके हैं। एक बार कैंप के चारों ओर घूमकर अच्छी तरह देख लेते हैं, कहीं कोई खतरा तो नहीं है, नीचे जानवरों के चलने की आवाजें आ रही हैं, शायद सूअर मक्के के खेतों में जा रहे हैं। ये क्या है... अरें, ये तो सौल के काँटे हैं, इसे पर्कुपाइन भी कहते हैं, इतने ज़्यादा, अब हम इससे आगे नहीं जाते हैं, हमें अपने शरीर में छेद नहीं बनवाने... और इस तरफ ये चाँदी जैसा क्या चमक रहा है, ओहो! नाग देवता का आठ फीट लंबा केंचुल... बालम दा, जरा अपनी हेडटॉर्च इधर घुमाना, शाम को इसी तरफ की घास से मछली जैसी महक आ रही थी, तब दिमाग में आया था कि साँप हो सकते हैं लेकिन थकान के मारे अब तो यहाँ से टेंट नहीं हटा सकते और नाग देवता को भी अपनी चमड़ी छिलने का खयाल होगा। मैं वासुकी मंत्र का ज़ाप कर रहा हूँ, *ऊँ वासुकी नमो नमः*। बालम दा, तुम भी पढ़ो!'

तेज़ रोशनी में बालम की झपती आँखें चौंधिया रही थीं, वह नींद में झूल रहा था। टेंट के भीतर कैमरा ऑफ हुआ, लाइट बंद हुई। दोनों स्लीपिंग बैगों में घुसकर लेट गए।

बालम ने पूछा, 'दाज्यू, आपको सबसे पहले भारत देश के बारे में कैसे पता चला?'

उसने लंबी चुप्पी के बाद कहा, 'स्कूल में बताया गया होगा।'

'वो जानना थोड़े हुआ, स्कूल में डर से सब मान लिया जाता है, जानना तो खुद का होता है। मुझे तो अपने जिले के अलावा बाकी का देश कहानी पर कहानी... कहानी पर...कहानी-सा अज्जीब...' वह अपनी बात अधूरी छोड़कर सो गया।

नहीं, यह हवा नहीं हो सकती!

शायद कोई जानवर था जो टेंट से देह रगड़ रहा था। विवर्त चंदोला की आँख खुल गई। बाहर भोर से पहले के अँधेरे में उलझी झीनी बैंगनी रोशनी थी। उसने कुहनियों के बल उटंग होकर झिरी से बाहर देखा, एक भारी पंजा था जो झिरी की चेन को दबोचकर टेंट हिला रहा था। उसकी रीढ़ में एक चिंगारी-सी छूटी। शरीर थरथराने लगा। उसने रोकने की बहुत कोशिश की लेकिन यह नियंत्रण से परे की कँपकँपी थी। अचानक पसीना छूटने लगा और वह काँपे ही जा रहा था। बैठना चाहा तो पीछे की ओर गिर गया।

अब हाथ हट गया था। वहाँ एक धुंधला चेहरा दिखाई दे रहा था, जिसके सिर, नाक, मुँह से छिटकती मिट्टी प्लास्टिक पर बारिश की बूँदों की तरह गिर रही थी। मिट्टी के भीतर धँसी दो पीली आँखें और लंबे दाँत झिलमिलाए। उसने बालम को जगाना चाहा लेकिन न उसका हाथ अपनी जगह से हिल रहा था, न ही मुँह से आवाज निकल पा रही थी। उसने खुद को झिरी से दूर घसीटने की कोशिश की तो उसके थरथराते घुटने बालम के पेट में जाकर लगे। वह जरा-सा सरका और दूसरी तरफ मुँह घुमाकर सो गया।

तभी उस आकृति के पीछे की दो खूंटियाँ उखड़ गईं। टेंट को लगे दो झटके उसके पेट में भारी घूँसों की तरह लगे। गहरा मरोड़ उठा, वह तेजी से बैठकर गों-गों की आवाज के साथ उल्टियाँ करने लगा।

अकबकाकर जागा बालम कुछ देर उसे फटी आँखों से देखता रहा। उसने टटोलकर पानी की बोतल बढ़ाई लेकिन वह उसे पकड़ने की हालत में नहीं था क्योंकि आँखें कहीं और गड़ी हुई थीं। उसने भी उधर देखा। बालम को वहाँ झिरी के उस तरफ तीन चेहरे दिखाई दे रहे थे। मिट्टी से भरा एक मुँह लगातार चल रहा था लेकिन कोई आवाज नहीं निकल रही थी, उसके गर्दन की बगल से निकला एक और मिट्टी की पपड़ियों में छिपा चेहरा हिल रहा था। दोनों के पीछे एक लंबा तिकोना चेहरा था जिसके दाढ़ी लटक रही थी।

वह घुटनों के बल धीमे-धीमे चलकर झिरी के सामने हाथ जोड़कर बैठ गया। उसकी आँखें बंद थीं। टेंट हिले जा रहा था, दिल निचुड़ रहा था, लग रहा था शरीर का सारा खून सभी छेदों से फव्वारों की तरह फूटने वाला है। तभी कुछ याद आया, वह झटपट टेंट की चेन खोलकर बाहर भागा। वहाँ बोजू, चेली और बकरी थे। उनके ऊपर फीका होता चाँद था। चमगादड़ उनके सिरों के पास से गुजर रहे थे।

उसने पानी बढ़ाया। दो घूँट पानी पीकर बोजू के गले से गुर्राती फटी आवाज निकली, 'इस जगह कल रात से धुआँ देख रही थी। लगा गाँव के लोगों के साथ मुझे खोजने आया होगा लेकिन तू तो चैन से सो रहा है। हम लोग इसी खड्ड में थे लेकिन कोई बात नहीं धुएँ से बड़ी हिम्मत मिली, नहीं तो पता नहीं क्या होता। दोपहर तक सियार-गिद्ध आ जाते और हम दोनों को एक-एक कौर बाहर निकालते।'

'तू बाहर कैसे आई?'

'चुल्लू में अपना पिसाप पीकर, घास-पत्थर पकड़कर, चींटी की तरह रेंगते हुए और कैसे आऊँगी?'

'इसे भी पिलाया?'

'और क्या बल्लू, कैसे जिंदा रहती ये, क्या तू वहाँ बिसलरी की बोतल लेकर खड़ा था?' वह पागलों की तरह हँसी और फिर मुड़कर बकरी के गले से झूलते हुए फूट-फूटकर रोने लगी, 'मैं तो गिरकर बेहोश हो गई

थी। इसने उठाया और पीछे से ठेलकर यहाँ तक ले आई। बहुत सहारा दिया मेरी भुली ने।'

उसने पीठ पर साड़ी से बँधी चेली को खींचकर गोद में उठाते हुए कहा, 'चल, घर चलकर देखते हैं कि कितनी हड्डियाँ बची हैं तेरी।'

'उसे कुछ नहीं हुआ, रे बल्लू, बस तेरे ब्याह में नाचना था इसलिए हम दोनों निकल आए। भाग अच्छा था तैलपाट (कुमाऊँनी में घाटी का धूप वाला हिस्सा) में गिरे थे।'

बालम ने बोजी का हाथ पकड़कर उठाते हुए कहा, 'जा नौले में जाकर हाथ-मुँह धो, कपड़े पहन, फिर घर चलते हैं।'

पीछे एक डंडा लिए बुझ चुकी आग के गड्ढे के पास खड़ा विवर्त चंदोला आँखें फाड़े देख रहा था। उसे अब भी यकीन नहीं हो रहा था कि अभी थोड़ी देर पहले टेंट के भीतर से जिसे देखा था, वह यही औरत थी। बालम उसे भ्रम से बाहर निकालने के लिए खुशी से चिल्लाया, 'ये मेरी बोजी है। कल से इसी खड्ड में पड़ी थी और हम यहाँ सो रहे थे।'

फोन में अलार्म बजा, सनराइज़ दिखाने का समय हो गया था। विवर्त चंदोला ने कैमरों को एडजस्ट किया, हैट पहना और जैकेट के कॉलर के पास लगे माइक का बटन ऑन करके बोलने लगा। उसकी आवाज में ठंड का भ्रम देते भय का कंपन था, '...सो गाइज़, गुड मार्निंग, ये देखिए बर्फीली चोटियों के बीच से सूर्यदेव निकल रहे हैं, वंडरफुल वाला सनराइज़, आप चिड़ियों की आवाजें सुनिए, हवा में काफी ठंडक है, मौसम कमाल हो रहा है। अब हम थोड़ी देर में कॉफी पीते हुए सामान पैक करेंगे, टेंट उखाड़ेंगे और एडवेंचर के अगले सफर पर निकल जाएँगे लेकिन उससे पहले हम एक जायजा लेते हैं कि रात में यहाँ क्या कुछ हुआ है।'

वह सौल के काँटों, साँप की लंबी केंचुल के बगल से होता हुआ टेंट के पीछे गया और डंडे से खड्ड की ढलान पर पड़ी भूरे रंग की एक चीज़

को उलटने-पलटने लगा जिस पर फफूँद जैसा कुछ लगा था। वह चीज़ वहाँ गड़ी टहनी से लटके बल्ब की फीकी रोशनी में हल्की चमक रही थी, '...वाओ गाइज़, वाओ! ये देखिए बाल हैं। ये देखिए अंदर हड्डियाँ दिखाई दे रही हैं। इसे पहचानते हैं आप, ये क्या है, ये टाइगर का मल है। अगर यहाँ की घास को हाथ लगाएँगे तो गर्म मिलेगी। जंगल का राजा रात में इधर आया था लेकिन हम लोग गहरी नींद सो रहे थे इसलिए कुछ पता नहीं चला। खैर आपकी दुआएँ हैं और वो क्या कहते हैं, जाको राखे साईंया मार सकै ना कोय, लाल देह लाली लसे अरु धरि लाल लंगूर; बज्र देह दानव दलन जै जै कपिसूर।'

बोजी मुँह धोकर, साड़ी पहनकर लंगड़ाते-कराहते हुए लौट आई थी। बालम ने बकरी को पैर से रास्ते की तरफ ठेलते हुए कहा, 'आप चाय पियो, इन्हें घर छोड़कर आता हूँ। तब सामान पैक करेंगे।'

'उसकी चिंता मत करो। तुम लोग जाओ। मैं भी सामान बाँधकर थोड़ी देर में तुम्हारे गाँव की तरफ आता हूँ। वापसी का रास्ता तो वही है।'

दो घंटे बाद बालम ने नीचे सड़क पर पहुँचकर, बैग बाइक पर बाँधे विवर्त चंदोला को विदा किया। वहीं चाय की दुकान पर गिलास से भरपूर घूँट लेने के बाद उसने दूसरी भविष्यवाणी की, 'जल्दी ही चाइना बाघ का गू बेचेगा और मैदे जेब में लेकर घूमेंगे।'

बोजू और चेली के मिलने की बात फैल चुकी थी। उसके घर कौतिक लगा हुआ था।

बाइक और पर्स

यह देश की सबसे आधुनिक यूनिवर्सिटी है। आधुनिकता की कुछ परछाइयाँ पहली नजर में दिखती हैं। छात्र खुद को 'बच्चे' कहने लगे हैं, जब बच्चे थे तो बुरा लगता था, जल्दी बड़े होना चाहते थे लेकिन सामने आजादी देखकर डर गए। ये उन थोड़े से बच्चों जैसा होने की चाह में हुआ है जिनके पास अपने घर के पैसे, रसूख और उसे कई गुना फैलाने के सिवा बाकी कुछ बहुत कम है।

भाषा गजब चीज़ है, चतुराई से अपनी मासूमियत का पत्ता चलकर बिना किसी अधिकार के खुद को विशेषाधिकारी महसूस किया जा सकता है इसलिए यहाँ आने पर सबसे पहले अंग्रेजी की हल्दी पड़ी खिचड़ी की आदत डाली जाती है।

यहाँ अरावली का थोड़ा-सा पठार और वन बचा हुआ है, गिलहरियाँ चाय पीने लगी हैं, साही पारले-जी खाते हैं, नीलगायों को पराठे के सिवा कुछ अच्छा नहीं लगता, लोमड़ियाँ ही हैं जो झाड़ियों में चिप्स के पैकेटों को चाटकर ईर्ष्या से गुरगुराती हैं लेकिन उनके पास नहीं जातीं जो उन्हें भी खिलाना चाहते हैं और दूसरों को खुद से कम मनुष्य महसूस करते हैं। इन जानवरों के बाल गिरते हैं, चाल उन लोगों जैसी लद्धड़ हुई जाती है जो अपने अंगों को नहीं महसूस कर पाते लेकिन उन पर दवाइयों के असर

से मुदित होते हैं। भाषा ही है कि इस लद्धड़पने को क्यूटनेस और प्यार की चाह कहा जाता है। बहुत-सी चीज़ें छिपाई जाती हैं जैसे यहाँ सभी जंगल, आदिवासी, पहाड़ और पर्यावरण बचाना चाहते हैं लेकिन जरा से जंगलीपन को भी रिलीजन, कल्चर और कैरियर के लिए खतरा समझा जाता है। उस जंगल के हर बीज को कूचकर चूरन की तरह फाँक जाने के लिए समाज से धार्मिक श्रद्धालु और आस्थावान गुंडे यहाँ आने लगे हैं। हर विषय को अकादमिया की कैंचियों से इतना कतरकर बाँटा जाता है कि कुछ भी पूरा देखने के लिए यहाँ से निकलकर आँखों को कई साल अप्रिय दृश्यों से धोना और धक्कों से हिलाना पड़ता है।

एक अच्छी यह बात है कि यूनिवर्सिटी के गेट के बाद एक ढाबा है, ढाबे के सामने बस स्टैंड है जो कई सालों से चिपके और अक्सर चिपकते पोस्टरों के कारण लोहे का विचारक लगता है, यहाँ बसें रुकती हैं लेकिन छात्र इसका इस्तेमाल मुसाफिरों की तरह नहीं पक्षियों की तरह करते हैं।

उस दिन वह बित्ते भर की लड़की सुगंधा, बस स्टैंड की रेलिंग पर बैठी अपनी फ्रेंड के साथ सिगरेट पी रही थी। सिगरेट अभी जरूरत नहीं शौक थी और सनातन, लंबा भगवा कुर्ता और लुंगी पहने बाइक से लाइब्रेरी की ओर जा रहा था। आँखों पर *धर्मदर्शक* लगा था, सिर पर पीली रामनामी पगड़ी थी।

फ्रेंड को सहेली कहना ठीक नहीं होगा। "सहेली" दुख की ओस से सत्तर प्रतिशत भीगा एक पुरातन संबंध हुआ करता था, उस ओस का इस्तेमाल गर्म सूई से कान छिदने के बाद घाव को पकने से बचाने के लिए किया जाता था, अब वह मिलनी बंद हो गई है; जरा-मरा कविता और फिल्मों में दिख जाती है। फ्रेंडशिप में उन खुशियों का कुरकुरापन और एक मद्धिम भूख जगाऊ महक होती है जो इस विधि से बनाई जाती है कि दुख ज़्यादा नमक वाले चूरे की तरह तली में बैठ जाता है।

बस स्टैंड की रेलिंग पर हिलते पैरों से कुछ आगे स्पीड ब्रेकर पर सनातन का बैग कंधे से सरक गया। उसके भीतर उस अभाव ने अपना

फन उठाया जो भरपूर पुट्ठे वाले मर्दों को देखकर रेंग जाता है, उनके चौड़े, किनारों की तरफ उठे कंधों पर रखी कोई चीज़ या जिम्मेदारी अपने आप संभली रहती है। वह बैग को कंधे पर टिकाए रखने के लिए तिरछा होकर जरा-सा उचका, गले में पड़ी अमेरिकन डायमंड, तुलसी और रुद्राक्ष की लंबी मालाएँ लहराईं और स्पीड ब्रेकर से मिली उछाल से लड़खड़ा गया। उसने कनखियों से देखा था, सुगंधा ने दोनों हथेलियों को आगे करके झटके से खोलते हुए कहा, 'ओए देख, स्विफ्ट की डिक्की!'

हँसी एक लहर की तरह उठी, फैलकर ठट्ठों में बदल गई, बस स्टैंड झनझनाने लगा, लेई छूटने से एक पोस्टर लहराता हुआ जमीन पर चू गया। उसे ब्रेक लगाना पड़ा, पलकों पर महसूस होते मजाक के बेरहम वजन को हटाकर देखना चाहा तो उसने जिस तेजी से आँखें फेरीं, वह कुछ समझ गया। उसने एक हाथ अपने धुएँ से फूले मुँह पर रख लिया था, कंधे से एक छोटा-सा काला झबरा पर्स लटक रहा था जिसका मुँह खुला हुआ था, रेलिंग पर टिके होने से पर्स के भीतर का गुलाबी अस्तर दिखाई दे गया।

सनातन रास्ते में सोचता रहा, मेरा ध्यान वहीं क्यों अटक गया। पर्स के टँगने को पकड़कर पसलियों, कंधे और बेहद घुंघराले बालों से होते हुए इशारे को दूसरी बार समझने के लिए चमकती आँखों तक भी तो जा सकता था। चलन से बाहर हो चुके एक कैलेंडर की याद आई, कदंब के पेड़ पर बैठे कृष्ण भगवान के चारों ओर साड़ियाँ और चोलियाँ लटक रही हैं, उनकी ओर देखने से बचती वल्नरेबल गोपियाँ जमुना के जल में सिकुड़ी जा रही हैं। उसने बगल से गुजरती कारों को देखा, अचानक जो धुंधला-सा समझ आया था, भक्क से एक दृश्य में खुल गया, स्पीड ब्रेकर पर उचकने से मेरे कुछ फूले नितंब उभर आए होंगे, उन्हें सीट पर वापस पहुँचने के बीच में थाम लेने के तसव्वुर से हथेलियों को आगे किया गया था। सनातन ने फौरन एक आधुनिक लड़की की तरह सोचने की कोशिश

की। मुझे एक वस्तु समझा गया, सार्वजनिक तौर पर बॉडी शेमिंग की गई, मेरे भीतर कुंठा की एक संकर प्रजाति का बीज डालने का प्रयास किया गया। लेकिन शायद ऐसा नहीं था।

लाइब्रेरी के बाहर उसका छोटा भाई, अभिनव सिगरेट पी रहा था, उसने बाइक रोककर कहा, 'आज स्विफ्ट की डिक्की बोला।'

भाई ने गर्दन टेढ़ी करके सीट पर खाली जगह को देखा और अपनी जीभ काट ली। उसकी आँखों में बहुत कुछ था लेकिन गुस्सा नहीं था। वह जाहिर है लड़की होना चाहकर भ्रमित हो रहा था।

'तुम क्या बोला?'

'क्या बोलेगा मैं। पूरा एशिया का बच्चा सब बैठा हँस रहा था, एक अफ्रीकन और एक रशियन भी था, स्विफ्ट डिज़ायर गाड़ी सब जानता है।'

'और सेहो एकदम दिल्ली वाला लैंग्वेज में?'

'तब! का सोचते हैं। धिया मोरी, मइया गे, हाउ देखा बहिनी के साथ इस तरह का इमेज निकल सकता है? वुमन स्टडीज फर्स्ट इयर में है। इंडस्ट्रियल सोसाइटी में जेंडर रिलेशन पर कुछ-कुछ कर रही होगी।'

'कैसा बात करते हैं जी, हम लोग बैग के स्ट्रैप या फित्ता को टँगना बोल देता है तो उससे क्या ही बदल जाता है। एकेडमिक्स का मैटर नहीं है। पिहान, कोल्हू, भीटा क्या नहीं बोला जाता है, सब फर्टेलिटी का इंडीकेटर है लेकिन पुरुष के लिए कहा जाता है, अथि में नहीं था गूदा तो लंका में क्यों कूदा। अगर लजाता नहीं, तुम भी लप्प से एक इमेज दे देता तो अब तक हारमोनियम पर सा-रे-गा-मा बज रहा होता।'

'माथा खराब है! मैं बैग संभालेगा, अपने को गिरने से बचाएगा कि इमेज देगा? बात करता है।'

अभिनव ने लाइब्रेरी से निकलती एक लड़की के जाने का इंतजार चश्मा पोंछकर किया, चले जाने के बाद महीन मुस्कान के साथ बोला,

'इसका फ्रेंड सब पेप्सी बोलता है, दो घंटा जिम करती है, तुम छोटा पेप्सी बोल देता।'

'अच्छा, अब आराम कीजिए। एक तो उसका हाइट खुदै कम है, ऊपर से हमसे कोल्ड ड्रिंक एम्पायर की बौनी साम्राज्ञी बोलवाना चाहते हैं। कैसा तो एक्सीडेंट होता।'

वह तेजी से कैंटीन की तरफ चला गया।

मजाक एक गंभीर चीज़ है जिसमें आकस्मिकता के पहिए लगे होते हैं। उसे गुदगुदी वाली जगहों से तोड़ दिया जाए तो काफी जगह निकल आती है, वहाँ घुसकर देखने पर गति धीमी हो जाएगी, फोकस बढ़ जाएगा, एक नई सापेक्षिकता पैदा होने के कारण अर्थ बदल जाएगा।

सनातन तीन सेकेंड की उस घटना को इत्मीनान से देखने के लिए सिर से रामनामी खोलकर बालों की खूंटियों पर हाथ फिराने लगा... उसने जो कमेंट मारा वह मजाक नहीं उकसावा है, मैंने सलज्ज किंतु असहाय प्रतिक्रिया दी। इसके लिए वह नहीं, वहाँ मौजूद ऑडियंस जिम्मेदार है। अगर बस स्टैंड बिल्कुल सूना होता तो... कुछ नहीं होता क्योंकि इस चिकोटी ऑब्ज़र्वेशन की प्रेरणा उसकी फ्रेंड है। ऐसा नौ महीनों से चल रहा है, उसने सबसे पहले 'पनीर का पठार' कहा था जिसे मैं पूरी तरह अब तक नहीं समझ पाया हूँ। उसकी हिम्मत का आधे से ज़्यादा स्रोत फ्रेंडशिप में है, अगर ऐसे ही चलता रहा, किसी दिन मौसम में नमी हुई, फ्रेंडशिप का कुरकुरापन खत्म हुआ तो सन्नाटा हो जाएगा, मुझे उससे पहले ही कुछ करना होगा।

मैं क्या कर सकता हूँ, जिसे अपने भीतर बचे रह गए जरा से बचपन से बहुत ज़्यादा खींचकर असहायता के रूप में प्रकट करता हूँ—वो एक आत्मघाती चीज़ है, वह जब सामने होती है, इंद्रियाँ विकलांग व्यवहार करने लगती हैं। वे उसके शरीर से निकल रही उस रहस्यमय चीज़ को सोखने में पहले इस कदर लीन, फिर उन्मत्त हो जाती हैं कि आसपास की

बाकी चीज़ों का अस्तित्व धुंधला हो जाता है। वह जो बोलती है सुनाई तो देता है लेकिन कोई अर्थ नहीं बन पाता, आवाज संगीतमय लगती है लेकिन उसकी महक, दृष्टि, अनायास स्पर्श की सघनता या तेजी के कारण शब्द मुझ तक पहुँचने के बीच में ही झर जाते हैं। ऐसे में कुछ कैसे समझ में आएगा! आवाज भी मेरे कानों में उतनी ही पहुँचती है जितना किसी मधुमक्खी के डंक से पैदा हुई सूजन के भीतर स्पर्श पहुँच पाता है, फिर भी अपनी त्वचा के फुलाव से खेलना अच्छा लगता है। पता नहीं उसकी ऐसी कितनी खोखली बातों पर मैं हाँ-हाँ कहता रहता हूँ, यह सोचकर एक लिजलिजेपन से बचने की कोशिश में कंधे उचक जाते हैं, शर्म आती है कि उसने पता नहीं क्या नतीजा निकाला होगा, मेरी कितनी मूर्खता उसके भीतर इकट्ठा हुई होगी। एक इंद्रिय जीभ छूटी जा रही है, वह बाकी इंद्रियों को मिल रहे स्वाद की कल्पना करके छटपटाती रहती है। मैं जो बोलता हूँ, अक्सर वह बिना सोची प्रतिक्रिया होती है। उसमें यह छटपटाहट जरूर शामिल होती होगी, भाँपना कोई रॉकेट साइंस नहीं है... अब मैं खुद से जरा दूर हटकर खुद को उसके साथ लाइब्रेरी के सामने के जंगल होते बगीचे के एक सूने रास्ते पर चलता देखता हूँ या जैसे ढाबे पर दोस्तों के साथ चाय पी रहा हूँ लेकिन आँखें उसी की आँखों से या पर्स से बँधी नाच रही हैं, ऐसे में कितना मूर्ख लगता होऊँगा, उसे चिढ़ होती होगी। ऐसा शायद नहीं है, ऐसा होता तो कब का मुझसे बात करना बंदकर चुकी होती, लगता होगा कि उसमें सम्मोहित करने की एक रहस्यमय शक्ति आ गई है और कम-से-कम मुझ पर उसका असर दिखाई देता है। चिढ़ेगी क्यों भला, मेरा मूर्खतापूर्ण व्यवहार ही तो उस शक्ति का सबूत है, मैं इसलिए महत्त्वपूर्ण हूँ कि मेरे बिना सम्मोहन सक्रिय नहीं हो सकता, वह अपने भीतर वह क्षमता महसूस ही नहीं कर सकती।

या कहीं ऐसा तो नहीं है कि वह भी मेरी ही तरह आधा तीतर-आधा बटेर गति को प्राप्त हो गई है।

एक हफ्ते बाद, सुगंधा हाथ में एक तख्ती थामे, एक जुलूस में शामिल होने के लिए अपने हॉस्टल के गेट से निकलकर तेजी से जा रही थी। सनातन उसकी हैंडराइटिंग देखने के लिए धीमा हो गया। उसका हाथ गठीला था लेकिन लिखावट बच्चे की भावनाओं की तरह बहकी हुई थी, अक्षरों के ऊपर पानी की लहरें थी, तख्ती के एक कोने में एक लड़की का आधा चेहरा था जिसके सिर पर बँधे पर, दो लाल रिबन, अक्षरों के बीच में उड़े जा रहे थे। उड़ान में एक दावा था कि भावनाओं की सचाई का गहरा संबंध रिबन, फटती आवाज और सारस जैसी टाँगों की उम्र से है, बाद में हेरा-फेरी की गुंजाइश बढ़ती जाती है। वह सामने रुका, सुगंधा ने रास्ता बदलने से पहले तख्ती को छिपाने के लिए अपनी ओर घुमा लिया। सनातन ने अक्षरों को एक बार और देखने के लिए झुकते हुए कहा, 'बैठ जाइए, मैं आपको जुलूस में एकदम आगे छोड़ देगा।'

'लेकिन मुझको जुलूस के आगे रहने में शर्म आती है।'

'अच्छा एक काम कहें, करिएगा, इसको आगे रखिएगा। कॉज़ (कारण) आगे, चेहरा पीछे। इतना सुंदर लिखावट और रिबन का फोटो नहीं आया तो आपका मेहनत बेकार है।'

उसने तख्ती को उल्टा करके दिखाया, 'सिर्फ इतना-सा लिखने में देर हो गई और मुझे बाइक से प्रॉब्लम है।'

'तो पैर एक तरफ करके बैठिएगा, जरा दूर तो जाना है।'

'अरे वो बात नहीं है, भारी प्रॉब्लम है, मतलब भ से भड़भूजा टाइप!' उसने पीछे बैठते हुए कहा और तख्ती से अपना मुँह दबाकर किस्तों में हँसने लगी जैसे बच्चा नए दिलचस्प खिलौने पर आँखें जमाए झटके खाता हुआ हँसता है या पटाखे के लंबे पलीते से चिंगारियाँ उड़ती और थमती हैं। तख्ती सनातन के सिर से टकरा रही थी, ताज़ा वाटर कलर से लिखे अक्षर आपस में मिलकर विचारधाराओं के हृदय का सबसे चुनौतीपूर्ण विचार हुए जा रहे थे। वह भी हँसी से संक्रमित होने लगा तो

बोल पड़ा, 'बस ट्रेन में तो होता है लेकिन बाइक पर किसी को उल्टी करते नहीं देखा।'

'कहीं तुम्हारी बाइक ही न स्खलित हो जाए।'

यहीं सनातन से गलती हो गई। उसे संयमित रहना चाहिए था लेकिन झुककर तेजी से एक्सीलरेटर घुमाया, झटके से बाइक आगे बढ़ी, सुगंधा ने एक ठहाका लगाकर उसका कंधा पकड़ लिया और दूसरे ठहाके के बाद बुलंदी से हँसते हुए पीछे की ओर झुकी तो झुकती चली गई, अगले पल बाइक और तख्ती दूर छिटके हुए थे, दोनों हॉस्टल के आगे के मैदान की धूल में लिथड़े पड़े थे। वह दोनों हाथों से उसकी गर्दन को दबोचे हँस रही थी, बीच में बहकी आवाज आ रही थी, 'कहा था न कि भारी प्रॉब्लम है!'

वह उसे धक्का देकर उठी और अपनी तख्ती उठाकर सड़क की ओर दौड़ गई। बीच में मुड़कर एक हाथ से अपना खुला पर्स बंद करने की कोशिश में टेढ़ी होकर कहा, 'मुझे बाइक पर बहुत हँसी आती है।'

अभिनव उसके जाते ही जाने कहाँ से प्रकट हो गया, उसने पहले अपनी हैरानी का हाथ पकड़ाकर उठाते हुए कहा, 'टंकी से तेल लीक हो गया है, अब जल्दी स्टार्ट नहीं होगी।'

सनातन का मन आधा मिनट पहले की वैसी गाती आवाज में कहने को हो आया, 'कहीं तुम्हारी बाइक ही... ' लेकिन अपने कपड़ों की ओर इशारा करते हुए कहा, 'बताइए भला, बाइक से किसी को ऐसी भी हँसी आती है।'

अभिनव ने बड़े भाई के सिर के पीछे मोटी चुटिया को मसलते हुए हथेली दिखाई, 'महराज, पहिले ही दिन माथा फोर लिए हैं का?'

'ठीक से देखिए, ये एक प्राचीन विचार है जो पोस्टर से इधर ट्रांसफर हो गया है,' उसने हथेली पर थपकी दी।

'है तो लेफ्ट टू सेन्टर, सेकुलरे न।' उसने हॉस्टल के गेट की तरफ गर्दन खींचकर कहा, जहाँ हँसती आँखें, धूल और आवाजें आपस में

मिलकर ऊपर उठ रही थीं, 'आपको इस सेटिंग में विचारधारा देखना शोभा देता है?'

कहना गलत होगा कि उस क्षण से 'उसे बाइक पर हँसी क्यों आती है,' इस रहस्य को जानना सनातन के जीवन का सबसे जरूरी काम हो गया क्योंकि सबसे जरूरी तो परिस्थितियों के हिसाब से खुद को बदलकर जीवित रहना था, जीवित रहने के लिए पीएचडी खत्म होते-न-होते एक नौकरी चाहिए थी। उसने बेरोजगारों की भीड़ के ऊपर से उड़कर आजीविका के करीब जाने के लिए एक रोमांचक रास्ता बनाया था जिस पर चलते हुए ही इस रहस्य को जानने का कोई मतलब था, वरना वह रहस्य एक दिन खुलेगा, खिलेगा और सूखकर मुरझा जाएगा। सनातन संस्कृत का छात्र था, वात्स्यायन के *कामसूत्र* पर पीएचडी कर रहा था और डेढ़ महीने से भगवा पहनने लगा था। अभी तो उसे अपने आसपास मँडराते रहस्यों को जानने से ही फुर्सत नहीं थी।

वह दोस्त तो कई साल पुरानी हुई, उस दिन से जब पहली बार अकेली जंगल में मिली थी। एडमिशन के बाद का तीसरा दिन था, वह एक पत्थर पर पालथी लगाए जोर से साँस छोड़ रहा था, वह झाड़ियों में अपने चेहरे को पत्तों से रगड़ती हुई अचानक रास्ते पर निकली तो वह डर गया था, उसने अकबकाकर कहा, 'आप यहाँ ऐसे क्यों चल रही हैं, ऐसे तो गोरू चलते हैं!'

'मैं देर तक भीड़ में रहती हूँ तो मेरे शरीर पर बहुत-सी आँखें चिपक जाती हैं। उन्हीं को छुड़ा रही थी। सबको जंगल में गिराकर फिर वापस जाऊँगी।'

'अच्छा, यहाँ लोग इतना फास्ट बोलता है कि मेरा तो साँस ही बंद होने लगता है। इधर आकर पत्तों के बीच की जगह में देखने से नॉर्मल होता है इसीलिए मैं एक बार रोज आता है।'

उसने हाथ मिलाने के लिए बढ़ाया, 'मैं भी रोज आती हूँ। सुगंधा सुब्रहमण्यम।'

'सनातन कुमार पांडेय। मैं तो इधर ही फ्रेश भी हो लेता है, उसने कंधे पर रखे झोले से पानी की बोतल निकालकर दिखाई।'

'जंगल में अब देखकर चलना पड़ेगा। क्या पता, तुम नीचे बैठे हो और डरकर पीछे की तरफ गिर जाओ,' वह अपने दोनों हाथ उठाकर पीछे झुकाते हुए हँसने लगी, इतना हँसी कि आँधी में नाचता घुंघराले बालों, चमकती आँखों वाला पेड़ बन गई। सनातन जरा देर से लेकिन गाँव से आने के बाद पहली बार, खुद को भालू की तरह झकझोरकर इतना हँसा कि अंदर घुटकर बहकती सारी आवाजें बाहर निकल गईं और आँखों से पानी बहने लगा।

दोनों सभ्यता के कई फीट नीचे, मनुष्यों की जड़ों के बीच नम जगह पर जरा छिपकर रहना चाहते थे इसलिए जब मिलते तो ऐसे ही हँसते थे, वरना अधूरा लगता था। अब वे ऊपर आ रहे थे, इसी बीच सनातन बाना बदलकर लगभग अजनबी हो गया था।

समस्या दोस्ती को 'लव' में बदलने की थी।

भगवा पहनना इतना अचानक हुआ कि वह खुद कई दिन गड़बड़ाया रहा।

शारदीय नवरात्र का समय था। व्रत रखने वालों के लिए मेस में अलग खाना बना करता था लेकिन उस दिन सिर्फ फल थे, मुख्य रसोइए के बिना बताए वैष्णो देवी चले जाने से इंतजाम बिगड़ गया था। किसी और स्टाफ में पवित्रता का जिम्मा लेने का आत्मविश्वास नहीं था। उसके कमरे में एक हीटर पर मखाने की खीर पक रही थी जिसके आसपास अभिनव, सुगंधा और दो लड़के मोबाइल फोनों में लीन थे। हॉस्टल के वॉर्डन ने छापा मारा। वे गरमाई में देश की राजनीति के एक बड़े भंवर में अपने दावों को डूबने से बचाने के लिए गूगल की कश्तियों में बैठकर चप्पू चला रहे थे। वॉर्डन ने उसे नोटिस देकर जुर्माना भरने या कमरा छोड़ देने को कहा, उसने थोड़ी देर पहले सुगंधा से जो सुना था दोहरा दिया, 'सर!

यह विश्वविद्यालय है लेकिन हमारे साथ प्राइमरी के छात्रों जैसा व्यवहार किया जा रहा है, यह डरे हुए प्रशासन की हमारी सामाजिकता, विमर्श की संस्कृति और अपने ढंग से जीने की आजादी को नियंत्रित करने की साजिश है, आप हॉस्टल को कस्बे के होटल की तरह नहीं चला सकते।'

वॉर्डन अंग्रेजी में कला और सौंदर्यशास्त्र पढ़ाता था, उसने उसके संस्कृत जैसी निर्बल, बूढ़ी भाषा का छात्र होने पर ताना मारा, 'तो क्या गुरुकुल की तरह चलाएँ।'

गुरुकुल—वह इस शब्द पर अटक गया। वात्स्यायन ने गुरुकुलों में छात्रों को सोने के लिए दी जाने वाली विशेष वनस्पति के रेशों से बनी चटाइयों का वर्णन किया है जिन पर वीर्य के दाग जितने धोए जाएँ उभरते जाते थे। यह छात्रों के यौन जीवन अथवा ब्रह्मचर्य पर नजर रखते हुए अनुशासन बनाए रखने की एक प्रविधि थी। उसे चुप खड़ा देख वॉर्डन ने गार्ड को इशारा किया जिसने नोटिस दरवाजे पर चिपका दी और छापामार दस्ता हीटर कब्जे में लेकर आगे बढ़ गया।

सनातन जुर्माना भरने के बाद एक दोपहर अपने कमरे से लगी बालकनी में नया भगवा कुर्ता और लुंगी पहने सूर्य को जल देता दिखाई दिया, घुटे सिर पर त्रिपुंड रचा हुआ था, चमकते पीतल के लोटे का जल दो मंजिल नीचे वॉर्डन के लॉन की घास पर गिर रहा था, उसने घर से किसी के निकलने का इंतजार किया, देर तक कोई नहीं आया लेकिन एक खिड़की से एक महिला की झलक दिखी, परदा खींचने की आवाज आई, उसने जेब से एक मुट्ठी सरसों निकाल कुछ बुदबुदाते हुए तीन दिशाओं में फेंकी और वापस कमरे में लौट आया। वह देखना चाहता था कि क्या ये सरसों के दाने लुढ़कते हुए वहाँ जा सकते हैं जहाँ विश्व के लोकतांत्रिक आंदोलनों से निकले सुगंधा के तर्क और आग्रह कभी नहीं पहुँच सके।

वह हफ्ते भर की हिचक के बाद भगवा वेष में कमरे से निकलकर पैदल अपनी फैकल्टी तक जाने लगा, उसे कैंपस में चारों ओर आँखें-

ही-आँखें उड़ती दिखाई देने लगीं। उनमें से कुछ बहुत लिसलिसी थीं जो कपड़ों से चिपककर कमरे में आ आती थीं, वह कपड़ों को झाड़कर नीचे गिराने लगता तो उड़कर शरीर से चिपक जाती थीं, रगड़कर नहाने के बाद भी नहीं छूटती थीं। उन आँखों को कुछ ऐसा मिल गया था जिसके लिए वे देखने वालों को अँधा छोड़कर स्वतंत्र हो गई थीं, उनसे बचना असंभव था इसलिए उलझना बेकार था, बल्कि और ज़्यादा आँखों को पास बुलाकर चिपकाने, उनमें छलकती भावनाओं का खुद पर लेप लगाने की जरूरत थी। यह जादुई लेप पुराने को खत्म करके एक नया व्यक्तित्व बना सकता था लेकिन उस लेप को चमड़ी पर सहनकर पाना आसान नहीं था।

यह दुनिया में पहली बार तो हो नहीं रहा था। अजीब, अप्रिय और बेलिहाज ढंग से देखने को किस तरह सहनीय बनाया जाता है, इस मुश्किल पर सुगंधा के साथ मिलकर सोचते हुए उसका ध्यान सोशल मीडिया के उन चेहरों की ओर गया जो अभी मशहूर होने के रास्ते में थे। उसे गॉगल के चमत्कार का पता चल गया। कुछ नहीं करना था, अपनी आँखों में उभरकर कमजोरियों का पता देने वाली अनचाही भावनाओं को खरोंचरोधी रंगीन, पॉलीकार्बोनेट प्लास्टिक के पीछे छिपाकर सिर्फ खड़ा रहना था और धर्म दिखाई देने लगता था। सामने मोबाइल फोनों के कैमरे ताने पढ़ी-लिखी भीड़ थी जिसकी आँखों की रोशनियाँ गॉगल के प्लास्टिक से टकराकर वापस अपने स्रोत के भीतर लौट जाती थीं, उनके दिमागों की गुप्त सुरंगें खुलने लगती थीं, वहाँ स्मृतियों से लिपटकर सोए तमाम कोटियों के ऋषि-मुनि, पीर-फ़कीर, जोगी-जमाती, संत-महात्मा, ज्ञानी-ध्यानी, औलिया-नजूमी जागकर स्वतःस्फूर्त ढंग से अपने ही जैसा एक और धार्मिक व्यक्तित्व बनाने लगते थे।

उसने प्रयोग करके जान लिया कि उसके नाम, जाति और व्यक्तित्व के पीछे युगों लंबी और योजनों गहरी एक रहस्यमय खाई है जो बाध्यकारी

ढंग से पवित्र और श्रेष्ठ है, उस खाई से निकलने वाली धर्म, परंपरा, नैतिकता की तरंगें भगवा कपड़ों पर ही पड़कर दिखाई देती हैं, वरना अदृश्य गुजर जाती हैं। हजारों सालों में इस रंग का कपड़ा एक यंत्र में बदल चुका है जिसका इस्तेमाल करके संस्कृत का अध्यापक आसानी से हुआ जा सकता है। उसने अध्यापकों पर प्रभाव से समझ लिया कि जितनी पात्रता कोई अध्ययन, जुगाड़ और इंटरव्यू की तैयारी से हासिल करेगा, उससे कई गुना अधिक सिर्फ इसको पहनकर खड़े रहने से आ जाती है।

छात्र अपनी स्मृति से छाँटकर एक सबसे सही बाबा निकालते और सनातन से तुलना करने लगते। बाहरी रूप में कोई अंतर नहीं था, जो अंतर था समय का अंतर था। अभी उसे भगवा पहने कुछ ही दिन हुए थे, समय बीतने के साथ वह भी वैसा हो सकता था, इसके बाद ज्ञान, साधना, त्याग, तपस्या जैसी आंतरिक चीज़ों की बारी आती थी जिनके बारे में उन्हें कुछ पता नहीं था। वे बाबा सही कैसे थे, इसकी खोज करने पर कुछ अदृश्य शक्तियों और चमत्कारों की कहानियों के अलावा कुछ हाथ नहीं आता था जिन्हें उन्होंने दूसरों से सुना था और दूसरों को सुनाया था। यहाँ भी समय आकर सामने खड़ा हो जाता था जिसके बीतने से पहले उसे सिद्ध, भ्रष्ट, कपटी कुछ भी नहीं कहा जा सकता था। वे एक विचित्र छात्र के बारे में बातें करते हुए, विचित्रता के साथ अपने होने की तस्वीरें सोशल मीडिया पर डालकर देखने वालों के दिमाग में अनगिनत कहानियाँ बनाने लगे। इन कहानियों की शुरुआत कुछ इस तरह होती थी... चलो एक पीएचडी बाबा मिला अनपढ़ों से अच्छा होगा... पूर्वजन्मों के संस्कार कुछ इस तरह फलित होते हैं... कोई एक तो जिंदगी की भेड़चाल से बाहर निकला... हर संत का एक अतीत होता है और पापी का भविष्य।

सोशल मीडिया की कहानियों में अपनी खुद की भूमिका पर ही हद से ज़्यादा नजर टिकाए रखने के कारण वे जान नहीं पाते थे कि एक बाबा

और तमाम प्रकार के ईश्वरों के बीच इस संसार में जो कुछ अस्तित्वमान है, वह सब का सब कहानियों से बना हुआ है।

हॉस्टल के वॉर्डन की पत्नी की नींद बिगड़ गई थी, साँस फूलने लगी, अनिष्ट के सपने आने लगे क्योंकि सूर्य को जल देने के बाद फेंके गए मंत्र-सिद्ध सरसों के दानों की भयानक सरसराहट से धार्मिक वामपंथियों के जादू-टोने की कहानियों के पात्र सजीव होने लगे। वॉर्डन ने अपने अकादमिक ज्ञान और तार्किकता से उसका सामना किया लेकिन पहली ही बार डॉक्टर के पास जाने के रास्ते में पस्त हो गया। उसे अपने प्रशासनिक अधिकार पत्नी की जान लेने के उपाय लगने लगे।

एक दिन अकेले में हाथ जोड़कर बोला, 'आप तो साक्षात सनातन हैं, मेरे घर में शांति रहे।'

उसने तिर्यक अभयमुद्रा में हाथ उठाकर सुगंधित तर्क दोहराया, 'आपने देश की विविधता को हमारे लिए अभिशाप बना दिया है। कभी सोचिएगा, केरल का छात्र दिल्ली की सर्दी में कैसे जिंदा रहता होगा।'

वॉर्डन ने कहा, 'वे भी हमारे ही बच्चे हैं। मैं अब आपकी विंग की तरफ कभी नहीं आऊँगा।'

उस रात एक गार्ड एक झोले में रखकर हीटर वापस दे गया था।

सनातन यमुना नदी के पूरब की प्रतिक्रिया के जमाव से चट्टान की तरह ठोस बना था। उसे बचपन और किशोरावस्था में एक औसत देहाती लड़के की तरह लगातार भर्त्सना के जल से शोधित करते हुए इतना कूटा और दुरदुराया गया था कि उसका मन कंडम हो गया था। वह अपनी तरफ से कुछ नया न कहता था, न करता था, सिर्फ प्रतिक्रिया देता था और इंतजार करता था। उसे यूनिवर्सिटी आने के बाद "थैंक्यू" कहने में दो साल लग गए, वह भी सुगंधा के साथ अभ्यास करके कह पाया, यह एक शब्द उसके मुँह से कृतज्ञता नहीं उस कर्म को मिटाने की तत्परता से निकलता था, जिसके बदले में व्यक्त किया जाता था। रोज ही उसे

राजनीतिक प्रतिक्रियावादी समझने की चूक होती थी लेकिन सुगंधा जाने कैसे समझ गई थी कि वह जैविक रूप से ही ऐसा बना था।

उससे फैकल्टी का कोई अध्यापक पूछता, 'आप ये भगवा वस्त्र क्यों पहनने लगे?'

'मैं भगवा भारत में नहीं तो क्या पाकिस्तान और सऊदी अरब में जाकर पहनेगा।'

'कोई तो कारण होगा?'

'सब कोई थोड़े कारण समझ जाएगा, पात्रता चाहिए। मैं हिंदुत्व के गौरव को जी रहा है, चाहता है सब हिंदुत्व को फोलो करें।'

'क्या आप ब्रह्मचारी हैं?'

'ब्रह्म तो सबके भीतर है लेकिन म्लेच्छों के प्रभाव से छूटने के बाद, उसकी प्रकृति को पहचानकर आचरण कोई बिरला ही करेगा।'

'आप म्लेच्छ किसे कह रहे हैं?'

'जिसके साथ होने में अपवित्र महसूस हो, जिससे भय और संदेह महसूस हो वे सभी म्लेच्छ हैं।'

'क्या मुसलमान, दलित और आदिवासी?'

'अगर आपने उनके साथ ऐसा महसूस किया हो तो वे हैं लेकिन मेरा मानना है कि उनमें भी अच्छा और पवित्र लोग होता है।'

'मतलब आप उनके विरोधी नहीं हैं।'

'मैं विरोधी किसी का नहीं है। सबको साथ लेकर चलना चाहता है लेकिन उनके लिए काल है जो गौमांस खाते हैं, हिंदुओं की उदारता को कायरता, उनकी ग्रंथ परंपरा को प्रलाप, उनके ज्ञान-विज्ञान को हास्यास्पद समझता है।'

उन्हीं दिनों एक मंत्री ने बयान दिया कि 'इस यूनिवर्सिटी के छात्रावासों के डस्टबिनों से शराब की बोतलें और इस्तेमाल किए गए कंडोम बरामद होते हैं, देश के लिए दिन-रात मेहनत करने वाले टेक्सपेयर के पैसों से

यहाँ व्यभिचार और देशद्रोह का अड्डा चलाया जा रहा है, ऐसी यूनिवर्सिटी को फौरन बंदकर देना चाहिए।'

मंत्री को हर चीज़ से घृणा थी। वह संपत्ति, शराब, अच्छा खाना, सेक्स और सम्मान सिर्फ अपने लिए चाहता था, बाकी लोगों को आज्ञाकारी विनम्र दास के रूप में देखना चाहता था। जनसंख्या और राजस्व का इतिहास साक्षी है कि उसी की तरह देश की जनता को भी निजी जीवन में सेक्स और शराब बहुत पसंद है लेकिन सार्वजनिक तौर पर छी-छी करती है, सार्वजनिक जीवन में त्याग-तपस्या की महिमा का बखान और निजी तौर पर सुविधाओं का भोग उसका शगल है। इसी तरह के हजार द्वैतों से यह महान दोगली जनता बनी है लेकिन इन्हीं द्वैतों का अपने विरोधियों पर हथियार की तरह इस्तेमाल करना उसकी राजनीति थी इसलिए नैतिकता और देशभक्ति की बघार से ज्ञान, लोकतंत्र, आधुनिकता के जरिए सवाल उठाने वाले छात्र-छात्राओं का चरित्र हनन कर रहा था।

वह इसी लंपट कला के कारण मंत्री बना था लेकिन उसने इस बार ऐसी मंजरकशी की थी कि रोज बौराने का स्वांग करने वाला मीडिया, सचमुच बौराकर अपने कैमरों से हॉस्टलों के गलियारों में रखे डस्टबिन खंगालने लग गया। कैंपस में हर आवाज से ऊपर एक हताश खिसियाई हँसी सुनाई देने लगी।

सनातन, बाइक पर बैठने से आने वाली हँसी के रहस्य के बारे में बात करने के लिए सुगंधा को दो दिन से खोज रहा था लेकिन वह न जाने कहाँ लापता थी। वह कैंपस की एक कैंटीन में झाँककर निकल रहा था कि अचानक खुद को कैमरों से मक्खियों की तरह घिरा पाया, उनके आगे एँकर-एँकरानियाँ अपने माइक उसके मुँह में ठूँस देने पर आमादा थे। वे दो दिन से उसे खोज रहे थे, उन्होंने उसे पहले ही हिंदू संत और सनातन धर्म का आधिकारिक प्रवक्ता मान लिया था, अब छात्रों के खिलाफ जनता को भड़काने के लिए दुर्वासा और परशुराम बनाना चाहते थे।

'मंत्री के बयान पर आपका क्या कहना है?' बीसियों मुँहों से निकली एक उतावली का जवाब देने के लिए उसने सिर उठाया तो सामने दो उँगलियों से विक्ट्री साइन बनाए सुगंधा खड़ी थी, उसकी आँखें थिरक रही थीं, सनातन ने उन आँखों की शरारत का जवाब अपनी आवाज से दिया, 'टैक्स तो किसी की भी आमदनी और खर्च से बिना पूछे काट लिया जाता है, अगर मौका मिले तो लोग देने नहीं, बचाने की कोशिश करता है; नहीं बचा, रपट पड़े तो "हर गंगे" बोल देता है, इसलिए मंत्री को टैक्सपेयर का धौंस नहीं देना चाहिए।'

'वह छोड़िए, उन्होंने कैंपस में शराब और कंडोम के बारे में जो कहा है, उस पर आप क्या कहेंगे?'

'ये दोनों चीज़ें उसकी कल्पना की उपज हैं, उसको ही दिखाई पड़ता होगा। मेरा दावा है कि उसको काम, संभोग और सेक्स का अंतर भी नहीं पता होगा। मैं इस पर शोध करने के कारण आप लोगों के माध्यम से कह रहा है कि भारतीय ग्रंथ परंपरा के अनुसार संवैधानिक पद पर बैठे किसी व्यक्ति को कुर्सी के स्पर्श से जो सुख मिलता है वह भी "काम" है।'

'बयान पर बोलिए।'

'देखिए, अभी हमारे देश में ऐसे घर नहीं बने हैं, न कभी बन पाएगा जहाँ युवा अपने मन का जीवन जी सकता है, वह इसके लिए यूनिवर्सिटी करता है। यह सिर्फ डिग्री बेचने की दुकान नहीं है बल्कि उन्मुक्त विचार और जीवन का भी जगह है, अगर दो लोग आपसी सहमति से सेक्स करता है तो किसी मंत्री को क्यों एतराज होना चाहिए। अगर यह बात अकेला मंत्री नहीं बोला बल्कि सरकार कह रही है तो युवाओं को पहले बधिया करके तब यहाँ एडमिशन देना चाहिए।'

'तो माना जाए कि आप कैंपस में शराब और सेक्स के सपोर्ट में हैं!'

'मैं किसी के सपोर्ट में नहीं है, और ये भगवा उनके और आप लोगों के लिए नहीं, अपनी जरूरत से पहना है। लोकतंत्र के जितने स्तंभ हैं,

उनमें सबसे अधिक आप लोग निराश किया है इसलिए आपसे अब और अधिक बात नहीं हो पाएगा।'

वह रिपोर्टरों के बीच से निकलकर तेजी से सुगंधा की तरफ बढ़ा लेकिन वह वहाँ नहीं थी, फिर से लापता हो चुकी थी या उसका जरा देर के लिए दिखाई पड़ना उसकी आँखों का भ्रम था, वहाँ उसका भाई अभिनव खड़ा था जो अपने माथे पर हाथ मारते हुए कह रहा था, 'जब सामने में रहती है तो आपको क्या हो जाता है जी, एकदम्मे भेड़ा हो जाते हैं। ऐसे पालिटिक्स कीजिएगा।'

'मैं कुछ गलत बोला है क्या?'

'यही बोलवाने के लिए तो वो लोग उसको यहाँ भेजा था।'

'कौन लोग?'

'वही सेकुलरवा सब और कौन, सही बताइए एतना बुतरू हैं जी आप।'

उसने हर ओर नजर घुमाई, वह कहीं नहीं थी। कहीं वास्तव में ऐसा तो नहीं है कि उसमें कोई रहस्यमय शक्ति है, वह जानती है कि मेरे दिमाग को कंट्रोल कर सकती है और अपना काम बनते ही निकल गई। लेकिन मैं ऐसा क्यों सोच रहा हूँ? इसका मतलब है कि वह सामने न पड़ती तो मैं कुछ और बोल सकता था, जो बोलता उससे भाई की राजनीति को फायदा होता लेकिन हमारे संबंध का वह बीज जल जाता तो बहुत दिनों से सूखी मिट्टी में पड़ा है, हो सकता है वह मुझसे कुछ बोलवाने नहीं बीज बचाने आई थी। मेरे ही कारण जो छात्र उसे बिल्कुल नहीं जानते, वे भी यह जानते हैं कि यहाँ एक लड़की है जिसको बाइक पर बैठने से हँसी आती है। वे इसे ऐसे कहते हैं जैसे दर्शनशास्त्र और मनोचिकित्सा इश्क में भाग निकले हैं, लेकिन मेरा नुकसान क्या हो गया? वॉर्डन ने तो हीटर वापस कर ही दिया है। मुझे मंत्री, मीडिया या मेरे भाई ने भगवा नहीं पहनाया है, मैंने खुद पहना है ताकि वहाँ पहुँच सकूँ, जहाँ वे मुझे नहीं

ले जा सकते, उनसे अलग हटकर बोलना, मेरे संस्कृत अध्यापक होने में कहीं से बाधा नहीं है।

सनातन को महसूस हुआ जैसे कैंपस में सुगंधा को खोजना पहले से आसान हो गया है; अब कई आँखें उसके साथ मिलकर खाली रास्तों की ओर उठती हैं, साथ निराश होती हैं और अनिच्छा से अलग होकर पछताने लगती हैं। ऐसी सभी आँखों में एक ही ऊर्जा है जो हम दोनों को साथ देखना चाहती है।

वह एक दिन शाम को हॉस्टल लौटा तो दरवाजे के कुंडे से गेंदे की एक माला, पॉलिथिन में बेसन के कुछ लड्डू और तीन सेब लटके थे। गार्ड ने बताया एक मजदूर अपनी बीवी और तीन बच्चों के साथ आपसे मिलने आया था, सबसे पूछ रहा था स्वामी जी का स्थान कहाँ है, मुझे लगा आप कमरे में हैं इसलिए जाने दिया।

भूख लगी थी, उसने दो सेब खा लिए, बाकी नाश्ते के लिए अलमारी में किताबों के बीच रख दिए लेकिन अगली सुबह तक नया बवाल खड़ा हो चुका था। मीडिया के कैमरे उसे खोजते हुए कैंपस में मंडरा रहे थे। दो लड़कों ने वॉर्डन को ई-मेल करके शिकायत की थी कि वह हॉस्टल के भीतर एक मंदिर बनवा रहा है जहाँ होने वाले भजन-कीर्तन और मेलों से उनकी पढ़ाई में बाधा ही नहीं पहुँचेगी बल्कि यह हमारे सेकुलर राज्य के बुनियादी सिद्धांतों के भी खिलाफ है, इसे तुरंत रोका जाना चाहिए।

वॉर्डन जब सिक्योरिटी गार्डों के साथ मौके पर पहुँचा, शिकायत करने वाला एक छात्र मंदिर पर सफेद पेंट स्प्रे करने लगा। तभी सुबह से गेट पर मुस्तैद खड़ा अभिनव, छात्रों के एक जुलूस के आगे "वंदे मातरम" और "भारत माता की जय" के नारे लगाता आया, जुलूस ने धक्के मारकर स्प्रे करने वाले छात्र को भगा दिया, वे कैमरों के आगे विजयी मुद्रा में चीखने लगे, 'सनातन स्वामी जी, भारत माता का मंदिर यहाँ नहीं तो क्या पाकिस्तान जाकर बनवाएँगे?' इसका जवाब किसी के पास नहीं

था। हॉस्टल के भीतर मंदिर का विरोध करने वाले कमजोर पड़ते जा रहे थे क्योंकि वे जिस चीज़ को पढ़ाई में बाधा कह रहे थे, वह मीडिया के अनुसार भारत माता का आशीर्वाद था और यह खास तरह की पढ़ाई टैक्सपेयर के पैसे से चलने वाली यूनिवर्सिटी के फाइवस्टार हॉस्टल में रहकर देशद्रोही गतिविधियाँ चलाने का बहाना थी, लॉन में पड़ी स्प्रे पेंट की बोतल देशद्रोह का सबसे बड़ा सबूत थी।

उसे सोशल मीडिया पर बिखरे वीडियो देखकर पता चला कि दोपहर में उसका इंतजार करते मजदूर के बीवी-बच्चों ने माली से खुरपी माँगकर लॉन में झंडा फहराने के पोल के आसपास की घास छीली थी, मजदूर ने चबूतरे की सफाई करके पोल पर तीन फीट ऊँचाई तक सरसों के तेल और सिंदूर का लेप लगा दिया था, वे वहाँ अगरबत्ती जलाकर, फूल और लड्डू चढ़ाकर माथा नवाने के बाद उसका काल्पनिक आशीर्वाद लेकर, प्रसाद दरवाजे के कुंडे में बाँधकर वापस लौट गए थे।

पेट में भय की लहरें उठने लगीं, लगने लगा मीडिया वाले दरवाजा तोड़कर घुस आएँगे, वह तब कमरे से बाहर निकला। उन्हें हिकारत से देखते हुए नाक की सीध में चलता हुआ झंडे के पोल के पास जाकर हाथ जोड़कर खड़ा हो गया। नारे अचानक तेज़ हो गए, उछलते-चिल्लाते लड़कों ने उसे चारों तरफ से घेर लिया, अभिनव ने स्प्रे पेंट की बोतल उठाकर उसके हाथ में थमा दी जैसे वही उसे कब्जे में रखने का अधिकारी हो। एक लड़के ने अपने कमरे से शेर पर सवार भारतमाता का एक कैलेंडर लाकर पोल से बाँध दिया, पलक झपकते ही मंदिर की स्थापना का काम पूरा हो गया।

चारों ओर कैमरे ही कैमरे, जिनके बीच से माइक चाकुओं की तरह हवा में भोंके जा रहे थे। उसने सहारे के लिए बहुत उम्मीद से पहले सामने, फिर चारों ओर देखा। उसे लग रहा था कि अचानक सुगंधा कहीं से प्रकट हो जाएगी और उसे जो कहना है, उसकी आँखें देखते ही दिमाग

में आ जाएगा लेकिन उसका कई दिन से कहीं पता नहीं था। दस मिनट बाद, उसने हाथ जोड़कर विरह के क्षोभ और इंतजार की निराशा के साथ मीडियावालों से कहा, 'आप लोग जाकर हॉस्टल में कंडोम गिनिए, यहाँ क्या कर रहे हैं?'

'मंदिर...मंदिर...मंदिर।'

'चारों स्तंभों में सबसे अधिक आपने निराश किया है।'

वह स्प्रे पेंट की बोतल जेब में रखकर, एक हाथ से लुंगी उठाकर चप्पलें फटकारता हुआ हॉस्टल के गेट के बाहर निकल गया, वहाँ अचानक सुगंधा को खोजना फिर से मुश्किल हो गया था। जो आँखें उसके साथ मिलकर रास्तों की तरफ उठने लगती थीं, उनमें अब भय और पछतावा था। पीछे मीडिया लपकता चला आ रहा था, वह सड़क छोड़कर जंगल में उतर गया, कुछ दूर तक पीछा करने और चिल्लाने के बाद वे लौट गए। उसे झाड़ियों के बीच से होकर जाती पगडंडी पर चलते हुए अचानक महसूस हुआ जैसे वह कभी अपने गाँव से यूनिवर्सिटी नहीं आया था, बल्कि यूनिवर्सिटी गाँव पहुँच गई है, जहाँ पंचपरमेश्वर का भेष बनाए धूर्तों की पंचायत बैठी है, वह जिसका बहिष्कार करके बाहर जा रहा है लेकिन उसके जिंदाबाद के नारे लग रहे हैं।

जंगल जैसे घना हो रहा था, उसके भीतर कुछ ठोस और भारी होता जा रहा था। नीचे उतरती पगड़ंडी से घाटी के पेड़ सुगंधा के घुंघराले बालों की तरह दिखाई देने लगे, उनके बीच की खाली जगहों में उलाहने से भरी दो आँखें झलक जाती थीं। वे पूछ रही थीं, तुमने ऐसा क्यों किया, क्या तुम्हारी भारत माता सिर्फ एक फोटो है, क्या वह तुम्हारे फूहड़ दिखावे के बिना जिंदा नहीं रह सकतीं, तुम तो यह भी कह सकते हो कि भारत माता सपने में आकर रो रही थीं, उन्होंने तुमसे अपना मंदिर बनवाने की विनती की, तुम देशप्रेम को सबके लिए भगवान की भक्ति की तरह दिन में कई बार घर में घंटी और बाहर लाउडस्पीकर से दिखाने जैसा जरूरी क्यों बना देना

चाहते हो, तुम भक्ति और प्रेम का अंतर जानबूझकर मिटाते हो लेकिन यह तो देख रहे हो न कि दिखावा करने वालों ने धर्म को खा लिया है। उसी तरह का दिखावा करने वाले लंपट, देश के लिए चुपचाप खपने वाले लोगों को देशद्रोहियों में बदल रहे हैं। समझ लो सनातन, यहीं मेरा और तुम्हारा देश अलग होते हैं। तुम्हारा देश काल्पनिक है जो कल "सोने की चिड़िया" था, कल "विश्वगुरु" और परसों "सुपर पावर" होने वाला है, ऐसा सुजलाम सुफलाम शस्य श्यामलाम कि रत्ती भर कोई खोट हो ही नहीं सकता लेकिन मेरे देश के ज़्यादातर जंगल कट चुके, ग्लेशियर नंगे हो गए, जमीनें हाथी के दाँत जैसे देशभक्तों के पास जा चुकीं, जलवायु बदल गई, मैले आँचल वाली भारत माता की शक्ल भूखे, अनपढ़, अधनंगे, धर्मांध लोगों जैसी है जिसका मंदिर बनाना वैसा ही छल है जैसा नवरात्र में लड़कियों को थोड़ी देर के लिए देवी कहकर सम्मानित किया जाता है और यह काम तुम कर रहे हो... मैंने ऐसा कब किया... पैरों के साथ उसका दिमाग चलता जा रहा था, शायद अभिनव ने मेरे प्यार से ईर्ष्या के कारण यह प्रपंच खड़ा किया है ताकि मेरे और तुम्हारे रास्ते हमेशा के लिए अलग हो जाएँ। नहीं, वह प्रेम वगैरह से आगे जा चुका है, सोचता है ताकत और पैसा होगा तो प्रेमिकाएँ गुड़ पर मक्खियों की तरह आएँगी। उसे भगवा की ताकत और कमजोरी दोनों का पता है, वह जानता है कि भले जमीन कब्जा करने के लिए खून बहाकर बनाया गया मंदिर हो, पुजारी बलात्कारी और मूर्तियों का तस्कर हो लेकिन उसके सामने हाथ न जोड़ने का मेरा अधिकार छिन चुका है। पिछली बार चूक गया था तो पछतावे से अपना सिर पीट रहा था, उसने इस बार चालाकी से मुझे अपनी राजनीति में खींच लिया है।

खैर नतीजा वही है, उसके पहले ही झटके में मेरे और सुगंधा के बीच का नाजुक धागा टूट चुका है।

उसे पता नहीं चला, कब घाटी पार करके दूसरी तरफ ऊपर चढ़ने लगा। लोग परिवार और समाज के खटराग से निकलकर परमस्वतंत्र

होने के लिए साधु बनते हैं लेकिन यहाँ मेरे अपने भाई जैसे उस्ताद भी हैं जो उन्हें नकेल डालकर ऊँटों की तरह अपने पीछे घुमाते हैं। उसने दाहिनी ओर झाड़ियों से आती आवाज की ओर देखा, कुछ नहीं था लेकिन झाड़ियाँ हिल रही थीं, जरा देर रुकने के बाद दिखाई देने लगा, यह एक नीलगाय था जो पराठे की उम्मीद में दूरी बनाकर उसके साथ चल रहा था। उसकी गर्दन और पूँछ में बहुत कम बाल बचे थे, आँखों के नीचे आँसुओं की लकीरें थीं, पेट एक तरफ ज़्यादा फूला हुआ था जिससे चाल असंतुलित हो चुकी थी। वह उसका माथा सहलाने के लिए रास्ते से उतरा लेकिन वह लड़खड़ाकर झाड़ियों के पीछे चला गया जहाँ पत्तों के बीच से कई जोड़ी आँखें दिखाई दे रही थीं। क्या इन्हें लगता होगा कि यह अब भी आजाद हैं, जबकि इनके चरने और भागने की जगह कब की छिन चुकी है। नमक-तेल-मैदा खिलाकर की जाने वाली दैनिक दया से बीमार बनाया जा चुका है। साधु-महात्मा भी ऐसे ही जंगल में विचरती, ऐसी ही नीलगाय बनाए जा चुके हैं क्योंकि उनके भोजन और विचारों की सप्लाई पर किसी और का नियंत्रण है। बात सिर्फ भोजन की होती तो वे भीख माँगते हुए आत्मखोज में लगे रह सकते थे लेकिन कौन गुमनामी में टिका रह पाता है, सब मेरी ही तरह अपने सोचने के सीमांत की किसी-न-किसी महत्त्वाकांक्षा के गुलाम हैं, मैं नौकरी के पीछे हूँ तो वे भी संपत्ति और अपनी धार्मिक सत्ता चाहते हैं। कोई आश्चर्य की बात नहीं है कि सिर्फ कपड़ों और नाम के कारण मुझे इतनी आसानी से संन्यासी मान लिया गया है बल्कि जैसा कहा गया, मानना पड़ा क्योंकि उनमें और मुझमें सचमुच कोई अंतर नहीं है। इस तरह हर मंदिर को धर्म की राजनीति करने वालों का दफ्तर होना चाहिए। खैर, मैं इन्हें न सही खुद को तो कठपुतली-संन्यासी कहते हुए सोच ही सकता हूँ कि क्या मुझे इस नीलगाय जैसा जीवन जीना है या धर्मक्षेत्र में चरती सचमुच की नीलगाय होना है, इससे ज़्यादा कुछ सोचा भी नहीं जा सकता क्योंकि

अगर आजादी सिर्फ शब्दजाल नहीं है, उस परमेश्वर के समक्ष सभी प्राणी समान हैं, अगर उनमें वही टिमटिमा रहा है तो एक नीलगाय, एक लोमड़ी और एक युवा की आजादी में कोई अंतर नहीं है।

वह विचारों की रौ में चलता हुआ एक खड़ी चट्टान के ऊपर जाकर बैठ गया, जहाँ की ऊँचाई से एक सर्पिल सड़क में पगडंडियों से गुँथे हुए एक जैसी लाल ईंटों से बने प्रशासनिक भवन, फैकल्टी, लाइब्रेरी, हॉस्टल, खेल के मैदान, पानी की टंकियाँ और बस स्टैंड दिखाई दे रहे थे।

सुगंधा सनातन के भीतर कैंपस के जंगल से बड़ा इलाका घेरे हुए थी, इसलिए वह इतने दिनों से यहीं रहने के बावजूद कैंपस को पूरी तरह कभी नहीं देख पाया था, आज अपने और यूनिवर्सिटी के बीच का विराट खालीपन दिखाई दे रहा था जिसे हमेशा खाली रहना था। समय बीतने के साथ हॉस्टल का मंदिर ठोस आकार ले रहा था और वह विलीन हो रही थी, इतने सालों की दोस्ती किसी हिंसक और धारदार चीज़ से हफ्तों, महीनों, मिनटों में कटकर घाटी के घुंघराले सिर वाले पेड़ों के ऊपर बह रही थी। उस हिंसक चीज़ को बनाने में उसकी कोई भूमिका नहीं थी, समर्थन भी नहीं था लेकिन इनकार भी नहीं कर सकता था। कैसे कर देता, उसका कोई भरोसा भी तो नहीं था। वह जितनी आजाद रहती थी, उतनी ही मोहक, सुंदर और पास लगती थी। उसके भीतर वह क्षमता नहीं थी कि उस आजादी के भीतर अधिकार का एक फंदा बना लेता और अब सबकुछ खत्म हो रहा था।

वह कभी नहीं मिलेगी लेकिन उसके साथ के ये पाँच साल मिले थे, वह इस समय को स्मृति के बचत खाते में डालने के लिए खड़ी चट्टान से सरककर नीचे आ गया। उसने स्प्रे पेंट की बोतल का नॉज़ल दबाया, अपने आप उसके कद को अपने भीतर समाता सफेद रंग का बड़ा गोला बन गया, वह चट्टान पर आगे बची जगह का अनुमान लगाते हुए कुछ देर गर्दन हिलाता खड़ा रहा फिर लिखा, 'बाइक हँसी'।

वह बोतल खालीकर एक झपाटे में घाटी के ऊपर उड़कर दूर एक लकीर-सी दिखती सड़क पर पहुँच गया, कोई इसे वहाँ से देखेगा तो क्या सोचेगा—एक पहेली, एक खब्त, एक रहस्य! मेरे भीतर इस विकलांग प्रेम को अब कुछ इसी तरह तो रहना है।

अँधेरा होने के बाद वह अपने कमरे में लौटा, मंदिर में चढ़ाए दो सेब खाकर सोने के लिए लेट गया।

सनातन कुछ दिन कमरे से बाहर नहीं निकलना चाहता था। वह बुरी तरह चाह रहा था कि भविष्य सिकुड़कर कुछ घंटों में समा जाए, बहुत तेजी से थीसिस जमा हो, पीएचडी अवॉर्ड हो और यहाँ से सदा के लिए चला जाए लेकिन भगवा के कारण आम छात्र की तरह दुखी होना भी संभव नहीं रह गया था। अगले ही दिन तीन परिवार आए जो भारतमाता मंदिर में पूजा करने के बाद उससे मिलकर अपनी समस्याओं का निदान चाह रहे थे, उसने दरवाजा नहीं खोला तो चढ़ावा कुंडे में लटकाकर, मन्नतों के रंगीन कपड़े खिड़की की छड़ों में बाँधकर लौट गए।

वह खुद को नुमाइश के लिए बाड़े में बंद जानवर जैसा महसूस करने लगा तो मजबूरन सुबह सेंट्रल लाइब्रेरी के खुलते ही जाकर एक खिड़की के पास दिन भर बैठा रहता था, जहाँ से दूर जंगल के छोर पर हाथी जैसी वह चट्टान दिखाई देती थी जहाँ अपने भीतर का खालीपन अथाह महसूस हुआ था। देर शाम मिठाई के डिब्बों, फलों की थैलियों और चिड़ियाघर बन चुके हॉस्टल की खिड़कियों और सीढ़ी की रेलिंग पर चिथड़ों में बँधी भावनाओं के बीच से गुजरकर अपने कमरे का ताला खोलता था।

कुछ ही दिनों में चढ़ावे के सड़ने से दुर्गंध फैलने लगी, सफाई करने वाला उन डिब्बों को पवित्र जानकर छूता नहीं था। पहली मंजिल पर एक छात्र को बंदरों ने दौड़ाया, नीचे कूदने से उसकी टाँग टूट गई, छात्रों ने वॉर्डन से शिकायत की जो कुछ नहीं कर सकता था लेकिन छात्र एक-दूसरे पर गंदगी फैलाने, नास्तिक होने, बंदरों और चिड़ियों के साथ क्रूरता

से पेश आने, आस्था को चोट पहुँचाने के हवालों से रोज झगड़ने लगे, तब अभिनव एक दिन यूनिवर्सिटी गेट के सामने एक फल की रेहड़ी लगाने वाले को अपने साथ लेकर आया। उसने सनातन से कहा, 'ये रोज रात को आकर डिब्बे और पन्नियाँ उठा लेगा, वजन के हिसाब से आधा पैसा दे दिया करेगा, आपको कोई एतराज तो नहीं है!'

उसने छोटे भाई को हैरानी से देखा, देखता ही रह गया, रेहड़ी वाले ने हाथ जोड़कर कहा, 'सर, खराब होने से तो अच्छा है किसी के काम आ जाए। मुसलमान हूँ, इस एरिया के कई मंदिरों का काम मेरे पास है।'

'क्यों, हिंदू ये काम नहीं करते क्या?'

'करते हैं लेकिन एक चौथाई देते हैं, किसी से पूछ लीजिए मेरा रेट बेहतर है।'

सनातन ने रेहड़ी वाले को जाने को कहा और लुंगी समेटकर लॉबी में जाकर झाड़ू लगाने लगा, उसने दो घंटे में सड़ती मिठाइयों, बंदरों के अधखाए फलों, फटे डिब्बों, पैकेटों को बटोरकर डस्टबिनों में भर दिया, खिड़कियों में बँधे कपड़ों को रहने दिया क्योंकि उनकी गाँठों को खोलने की हिम्मत नहीं हुई। अभिनव थोड़ी देर उसे काम करते देखता रहा, फिर बिना कुछ बोले चला गया।

वह रोज सुबह लाइब्रेरी जाने से पहले पैकेटों और पन्नियों को हॉस्टल के गार्डों के पास रख देता ताकि वे उसे छात्रों और आने-जाने वालों में बाँट दिया करें। अब कुछ नहीं बचता था क्योंकि दोपहर में बहुत से छात्र कैंटीनों की ओर जाने से पहले गार्ड के केबिन में झाँककर प्रसाद की पुकार लगाते थे, जो बचता था, शाम को गार्ड, माली, मेस के कर्मचारी, उनके साथ दिन काटने वाले ठलुए निपटा देते थे लेकिन मंदिर आने वाले बढ़ रहे थे जो पूजा के बाद छात्रों के कमरों के दरवाजे खटखटाकर स्वामी जी का पता पूछते थे और उनके पास धोती, अँगोछा, शॉल, बर्तन, नकद रुपए, अपने विजिटिंग कार्ड छोड़ जाते थे। छात्र उन्हें मना करते, तो वे

उन्हें जहाँ डस्टबिनों में कंडोम और शराब की बोतलें पाई जाती हैं, ऐसे अधार्मिक स्थान के नास्तिक निवासी बताकर लड़ने लगते थे।

रोज लड़ाई और समझौते के बीच उसने अपने आसपास एक भयानक ताकत को मचलता महसूस किया जिसके इस्तेमाल से हॉस्टल को मठ में बदलकर बहुत आसानी से यूनिवर्सिटी के भीतर एक समानांतर सत्ता बन सकती थी। एक ही डर था, यदि कोई धर्म का कारीगर उसी ताकत को उसके खिलाफ मोड़ देता, तब तबाही आ सकती थी। इस दोमुँहेपन से उसे डर लगा, उसने अनजान नंबरों से आने वाले फोन उठाने बंद कर दिए, वह एक दिन लौटा तो देखा कमरे के आगे एक सिंहासननुमा सोफा, उस पर दो विजिटिंग कार्डों के साथ मेवे का बड़ा थाल और चाँदी का एक त्रिशूल रखा था, यह एक यूनिवर्सिटी में जेंडर स्टडीज विभाग की प्रमुख और उनके विश्वविद्यालय अनुदान आयोग के सदस्य पति थे जो मिलना चाहते थे।

अगले दिन बहुत सुबह अभिनव ने आकर कहा, 'समय बताइए, आज वे लोग आएँगे, उनकी पाँच साल की बच्ची हँसना भूल गई है, काम के लोग हैं, मिल लेना चाहिए।'

'का बात करता है जी, पाँच साल की बच्ची और हँसना भूल गई?'

सनातन चौकन्ना था कि इस बार अभिनव कोई नई चाल न चल दे। नहीं मिलना चाहता था लेकिन इन दिनों उसके कानों में आँधी में हिलती घंटियों जैसी एक हँसी गूँजती रहती थी, वह हर तरह की हँसी को खोजने और समझने में लगा हुआ था, खुद पर काबू नहीं रख पाया।

'एक बार हँसा दीजिए, फिर देखिए न, क्या होता है?'

'बच्चा को हँसाना कौनो काम है, महाराज! लेकिन इस बार अपना सियार बुद्धि मत लगा दीजिएगा।'

अभिनव उसे नरम देखकर दिल खोलकर हँसा, उसने कहा, 'शहर में पाँच किलो आटे का कट्टा उठाना बहुत बड़ा काम है, उसके बोझा से

परिवार टूट जाता है, ये भी वैसा ही है, आप फोन नहीं उठा रहे थे इसलिए वो लोग हमको पकड़ लिया, जब से मंदिर बना मेरा काम खत्म, उस दिन से इधर झँकबो नहीं किए हैं।'

'ठीक है।'

दोपहर में बच्ची के साथ पति-पत्नी आए, पैर छूकर बैठ गए, वह उनके बीच खड़ी पूरे समय सनातन को घूरती रही, पति मोबाइल फोन में समा गया। वह शादी के दस साल बाद आईवीएफ से पैदा हुई थी, एक साल से किसी बात से चकित नहीं होती थी और मजाक की स्थितियों को नहीं समझ पाती थी, घर में गुमसुम बैठी रहती थी या टीवी का वॉल्यूम ऊँचा करके देखती रहती थी। आँसू बहते थे, चक्कर आते थे, चलने में लड़खड़ाती थी लेकिन टीवी में उसके छिपने की एक जगह बन गई थी जहाँ से किसी भी प्रलोभन से नहीं निकलती थी। गुदगुदाने पर हाथ-पैर कड़े हो जाते थे, मुँह से हिंसक जानवर जैसी आवाजें बाहर आती थीं। पिछले महीने उसका जन्मदिन था, पिता ने उसे सोने के झुमके गिफ्ट करते हुए कहा था, 'नहीं पहनोगी तो कुत्ते को पहना देंगे!' रात में वह चुपके से घर के बाहर गई और एक कुत्ते को झुमके पहनाने लगी, जो खो गए, कुत्ते ने काट लिया, रेबीज के इंजेक्शन की तकलीफ के बाद और अधिक डरी हुई थी। उसकी माँ ने रोते हुए कहा, 'स्वामी जी, ऐसा लगता है हमारी बच्ची मेले में खो गई है और हम लोग फिर से निःसंतान हो गए हैं, अब आप ही का आसरा है।'

सनातन ने मोबाइल फोन में गुम विश्वविद्यालय अनुदान आयोग के सदस्य को देखा, उसने कवच पहन लिया था जिसे भेदकर भयभीत बच्ची की आँखें और पत्नी के आँसू उस तक नहीं पहुँच सकते थे। उसके जी में आया, उसे सुंदरवन के दलदल में नंगे पैर जाकर सुन्न तंत्रिकाओं को जागृत करने वाला एक कुंटल ब्राह्मी का साग सिर पर रखकर लाने के लिए कह दे लेकिन उसने कहा, 'आप लोग जाइए लेकिन फोन मत

कीजिएगा, न मिलने का प्रयास कीजिएगा, एक जगह हँसी का खजाना है, जाकर देखते हैं।'

वह शाम को सुगंधा के हॉस्टल के गेट पर पहुँच गया, गार्ड को बुलाने के लिए कहकर इंतजार करने लगा, वह काफी देर बाद आई। उसके देखने में एक दूरी आ गई थी जिसे महसूस करके उसका दिल बैठने लगा इसलिए उसने अभिनव की तरह सीधी बात करने का फैसला किया। सुगंधा ने सतर्कता से कहा, 'बताओ, पहली बार तुम मेरे हॉस्टल तक आए हो, वरना मैं ही जाती थी।'

सनातन ने हकलाते हुए कहा, 'यार, एक पाँच साल की बच्ची है, हम लोग उसे बाइक पर बीच में बिठाकर हफ्ते में एक दिन कैंपस में घुमा सकते हैं क्या?'

उसने गुस्से से अपना सिर हिलाकर कहा, 'और पहले उसे भारत माता की तरह साड़ी पहनाना, मुकुट और प्लास्टिक के तिरंगे से सजाना भी तो होगा!'

वह सनाका खा गया लेकिन संभलकर बोला, 'अरे वो बात नहीं है। मैं कभी मंदिर नहीं बनवाना चाहता था। कुछ समझ पाता कि उसके पहले बन गया लेकिन अब भाग भी नहीं सकता। देखो, तुम जानती हो कि पीएचडी की सीटें बहुत कम हो गई हैं, एडमिशन मुश्किल हो गया है। तुम्हारी चेयर तुम्हारी राजनीति के कारण मुँह फुलाए रहती है। यह बच्ची हँसना भूल गई है, तुम आसानी से हँसा सकती हो। फादर यूजीसी का मेंबर है, माँ यूनिवर्सिटी में जेंडर स्टडीज की चेयर है, बहुत दुखी है। एक बच्चे को हँसाना है फिर पीएचडी से लेकर नौकरी तक कोई दिक्कत नहीं होगी। बोलो, क्या कहती हो?'

वह एक कदम पीछे हटी और पैर पटकते हुए उसके सामने आधी गोलाई में टहलने लगी, 'मिस्टर सनातन, कृपा करके मुझे जरा सोचने दीजिए, मैं अपनी मौज में किसी के भी साथ हँस सकती हूँ लेकिन आपने

इस मामले को एक धार्मिक अनुष्ठान बनाकर वह रास्ता बंद कर दिया है, आप यह तो नहीं चाहते होंगे कि वह बच्ची बिना आपकी मध्यस्थता के हँसने पाए... तो आपने मान लिया है कि मैं हँसी की एक्सपर्ट हूँ, किसी को भी हँसा सकती हूँ, जैसे आपने मान लिया है कि आप एक सिद्ध महात्मा हैं किसी को भी आँख बंद करके अपना सड़ियल आशीर्वाद दे सकते हैं, आपका यह भी मानना है कि हँसी का कोई मंत्र या एप है जिसे बच्ची के दिमाग में डाला जा सकता है, फिर शरीर में चलाया जा सकता है, ये नहीं देखा कि वह किन परिस्थितियों में रह रही है। बहरहाल संत को इन सबसे क्या मतलब, उसे तो हर हाल में परफॉर्म करना है, रिजल्ट देना है और मुझे बिना बाधा के पीएचडी करने और एक बड़ी नौकरी पाने के लिए ये छोटी-सी नौकरी करनी होगी। मैं बहुत अच्छी तरह जानती हूँ कि जिस दिन मैं नौकरी पाने के लिए लोगों को हँसाने लगी, खुद मुझे हँसी आनी बंद हो जाएगी, उस बच्ची जैसी ही हो जाऊँगी, सॉरी यह नहीं हो सकता।'

'लेकिन यह बता दो कि तुम्हें बाइक पर बैठने से हँसी क्यों आती है? मतलब उस समय क्या सोचती हो?'

उसने हैरानी से देखते हुए कहा, 'अच्छा! तुम वह भी किसी पत्थर पर लिखवा दो और मैं कैरेक्टरलेस मशहूर हो जाऊँ।'

उसके भीतर खुशी की महीन-सी लहर उठी, उसने कहा, 'इसमें कैरेक्टरलेस होने जैसा क्या है?'

'तुम नहीं समझ सकते, शायद कभी नहीं समझ सकते, गेट लॉस्ट! फिर कोई लालच देने यहाँ मत आना।'

वह मुड़ी और वापस चली गई।

वह जानता था, वो कैसा जवाब देगी। फिर भी एक बार मिलने के बहाने को साकार करने के लिए बच्ची के माँ-बाप को बुला लिया था और बिना कुछ समझे अभिनव की अपेक्षा के अनुरूप व्यवहार करने लगा था। इस बार वह खुद फँसा था इसलिए ज़्यादा चिढ़ हो रही थी।

अपनी कमजोरी के जाल से कैसे निकला जाए, इस समस्या का क्या हल हो सकता है? उसने सुगंधा के बोलने के ढंग को याद करते हुए, उसकी तरह ठहरकर सोचने की कोशिश की। उसे पता चल गया है कि मैं उसे याद करता हूँ, चिढ़ कम होने के बाद उसे अचानक लगा कि जो भी उपाय हो, उसे बच्चे की हँसी जितना सरल और माँ-बाप के जीवन जितना जटिल होना चाहिए। हँसी का मसला है इसलिए थोड़ा हास्यास्पद भी होना चाहिए; सरलता और जटिलता का तनाव जो संतुलन बनाएगा उससे मैं बचा रहूँगा, इतनी दूरी तो रखनी पड़ेगी, वर्ना जो शक्ति वे मुझमें देख रहे हैं, पलक झपकते गायब हो जाएगी। अगर बच्ची माँ-बाप से अधिक जटिल हो चुकी है तो सदमे से हँस देगी, अगर माँ-बाप अपनी जटिलता को नहीं छोड़ सकते तो अपराधबोध के कारण मेरे पास दोबारा नहीं आएँगे। उसने बच्ची के पिता को फोन करके अगले दिन अकेले आने को कहा।

वह जब आया तो सनातन ने भक्तों से उपहार में मिले कपड़ों के ढेर में से भगवा रंग के दो मोजे उसकी तरफ फेंकते हुए कहा, 'खजाने से यह विधि हाथ लगी है। आप कल बच्ची साथ लेकर बंगाल के सुंदरवन चले जाइए, एक महीने आप दोनों को नंगे पैर रहना होगा, उसे रोज एक बार ब्राह्मी का ताज़ा साग खिलाइए और...' उसने रबर बैंड का एक पैकेट देते हुए कहा, 'ये मोजे हर समय आपको कान में पहनने होंगे, हर समय, आप इन्हें सोते समय भी नहीं उतारेंगे। एक महीने में बच्ची हँसने लगेगी, वापस लौटने के बाद भी आप घर में ये मोजे दिन-रात तब तक पहने रहिए जब तक कि बच्ची आप दोनों को खुद न हँसाने लगे।'

'लेकिन स्वामी जी इतनी लंबी छुट्टी, इतना समय?'

'समय प्रेम के अधीन है मेरे नहीं, उसकी व्यवस्था की प्रेरणा खोजिए।'

रमजान का महीना आया, भारत-पाकिस्तान जोहानसबर्ग में टी-ट्वेंटी वर्ल्डकप के फाइनल में पहुँच गए और स्टुडेंट यूनियन के चुनाव हो रहे

थे। कैंपस में मजहब-देशभक्ति-लोकतंत्र गलबहियाँ डाले घूम रहे थे, रोज ही उनकी टाँगें आपस में उलझ जातीं, शिकायत करते हुए अलग होने लगते तो एक-दूसरे को जरा-जरा खरोंच देते। करोड़ों में नीलाम हुआ खिलाड़ी तुम्हारे देश का हीरो नहीं, किसी पैसे वाले का तीतर है, जिस पर सट्टा लगाने वाला तुमसे बड़ा देशभक्त है क्योंकि सट्टे का दाँव तुम्हारे गर्व से गहरी वास्तविकता पर आधारित है। फेस्टिवल है, रोजेदारी में अपने पर कुछ कम सख्ती करोगे तो भी चलेगा क्योंकि आदमी की फितरत कुछ और है। जरा सोचो, तुम्हारी गाइड बुक में कहा गया है, तीन दिन खाना न मिले तो सूअर खा सकते हो लेकिन कैसी भी सूरत में शराब मत पीना, तब से अब तक का सिलसिला देखो, कोई सूअर नहीं खाता लेकिन शराबी बढ़ते जाते हैं। डेमोक्रेसी की नर्सरी में आ खिले हो तो इठला लो लेकिन जाना उसी बंजर में है, जहाँ सड़क किनारे दीवार पर धार मारता आदमी तुम्हारे लिए यूरिया का इंतजाम कर रहा है।

असलियत की हड्डी दिखाई देने लगती थी इसलिए वे इन खरोंचों को सहलाते हुए साथ बने रहते थे।

फाइनल मैच ग्यारह बजे रात में शुरू हुआ, हॉस्टल का कॉमनरूम एक बार फिर से भावनाओं से उफनते स्टेडियम में बदल गया। टेबल टेनिस की मेज पर रखे टेलीविजन की स्क्रीन पर राजनीति, देशभक्ति, फैशन, काम, व्यापार, धर्म और कला समेत बहुत से खेल चल रहे थे जो क्रिकेट के धीमा होने पर निखर आते थे, तेज़ होता तो गायब होने लगते थे। आवाजों की लहरों का उठता-गरजता-गिरता शोर था जिसमें छात्र उतरा रहे थे। राजनीति ने खेल को मनुष्य की तरह देखना असंभव बना दिया था, अब देखने के लिए एक ऐसा नागरिक होना जरूरी था जो खेल में डूबता था तो देश से दूर होने लगता था, जितना चिल्लाता था देश के करीब आने लगता था। अपने भीतर ठुँसी विरोधी टीम और उसके देश के विध्वंस की इच्छा को जताने के लिए हमेशा घर

में पटाखे तैयार रखता था, जिन्हें फोड़ने का अवसर कुछ दिनों तक न मिले तो राष्ट्र को अवसाद घेरने लगता था। इस बीमारी की एक ही दवा थी—अपने आसपास के मुसलमानों को अपमानित किया जाए, वरना आराम नहीं मिलता था।

हॉस्टल के मेस में कुछ घंटे बाद, भोर में होने वाली सहरी के लिए गिनती की थालियों में मेजों पर फल, खजूर, अंडे, दही और नारियल पानी के पैकेट ढँककर कर्मचारी भी मैच देखने के लिए दरवाजों के पास खड़े हो गए थे। रोजेदार लड़के एक झुंड में आगे बैठे थे जिनमें से कुछ के सिर पर जालीदार टोपियाँ थीं, उनके चेहरों पर भूख और थकान थी जिसे वे एक-दूसरे से छिपाने के लिए कुछ ज़्यादा ही जोर से हँस रहे थे।

अभिनव सनातन के पास हाथ में टीटी का बैट लिए बैठा था। उसने टोपियों की तरफ इशारा करके कहा, 'मिनी पाकिस्तान!'

'बै महाराज, आपका दिमाग सड़ गया है। एक-एक को जानता हूँ, सब इंडिया की जीत के लिए दुआ कर रहा होगा,' सनातन ने अपने सिर पर हाथ मारा।

पाकिस्तानी टीम में एक नए आए बॉलर ने इनस्विंगर फेंकी जो भारतीय बैट्समैन के बैट और पेट के बीच से निकलती हुई विकेटकीपर के पास चली गई। बैट्समैन अगर धनुष बनकर नहीं बचा होता तो चोट खाकर पैवेलियन पहुँच सकता था। एक टोपी पहने लड़का उस ओवर में हर इनस्विंगर गेंद के झूमने के साथ एक तरफ टेढ़ा हुआ जा रहा था, इस बार वह चकित हुआ और उसकी दोनों हथेलियाँ टकरा गईं, ताली बज गई। अभिनव की राजनीति को ऐसे ही एक क्षण की तलाश थी, सेंटर टू राइट सभी तरह के हिंदू और देशभक्त वोटरों को अपनी तरफ खींचा जा सकता था। अब ज़्यादा कुछ नहीं करना था, पाकिस्तान-परस्ती के पाँच-सात लक्षणों को चुनाव तक छात्रों के दिमाग में बिठाना था और भीड़ टाट के टुकड़े की तरह चरचराती हुई दो तरफ फटने लगती।

भरपूर तो नहीं लेकिन ताली बजने की आवाज हुई थी, दो बार, बजे न बजे। अभिनव ने गाँव के मेले में साबुन की बट्टी या चिप्स के पैकेट को जीतने वाले छल्ले की तरह टीटी का बैट टोपियों की तरफ उछाला, 'साले, पाकिस्तानी कहीं के!'

उसके "पाकिस्तानी" कहने में कामना पूरी करने वाली देवी के सुमिरन जैसा भाव था।

बैट एक लंबे लड़के के सिर पर लगा, अचानक दो लड़के उठकर उस पर घूँसे बरसाने लगे, अफरातफरी मच गई। सबको इस घटना की आशंका थी और वह हो चुकी थी, रोजेदार लड़कों ने बहुत-सी फरियाद में छिपा जरा-सा गुस्सा यह पूछते हुए दिखाया, 'क्या हम लोग पाकिस्तानी लग रहे हैं?'

स्टेडियम की भीड़ दोबारा मैच देखने में खो चुकी थी और वे जानते थे कि इस समय ज़्यादा बोलने से वे भी उनके खिलाफ जा सकते हैं जो अपने देवताओं से ज़्यादा क्रिकेट के भक्त हैं, इसलिए वे सिर झुकाकर अपने कमरों की ओर चले गए। उसने कुहनी मारकर कॉरिडोर में उनके कदमों की आवाज की ओर ध्यान दिलाते हुए सनातन से कहा, 'स्वामी जी, आप प्रेसिडेंट लड़ने की तैयारी कीजिए। बाबूजी से बात हो गई है।'

सनातन ने उसे भयभीत आँखों से देखा और उठकर सिर हिलाते हुए अपने कमरे की ओर चल पड़ा।

मैच तीन बजे खत्म हुआ, भारत जीत गया था। तिरंगे झंडे के साथ एक छोटा-सा जुलूस निकला जो उल्लास से "पाकिस्तान मुर्दाबाद" चिल्लाता हुआ मेस में गया और थालियों में रखे सहरी के फल और अंडे खाने लगा ताकि रोजेदार दिन भर भूखे रहें। पाकिस्तान के लिए तालियाँ बजाने वालों को रमजान में भूखा रखकर उनका सवाब बढ़ाने से अच्छी सज़ा और क्या हो सकती थी। काफी सामान था जो चार-पाँच देशभक्त नहीं खा सकते थे, पहले उसे बाहर के मैदान में फेंकने का इरादा किया

गया लेकिन कुछ देर सोचने के बाद लॉन में झंडा लगाने के चबूतरे पर भारतमाता मंदिर के सामने रख दिया गया, लौटते हुए उनका ध्यान एक अंडे पर गया जो फलों के साथ आ गया था। मोबाइल फोनों से वीडियो बनाकर रख लिए गए ताकि जरूरत पड़ने पर 'पाकिस्तान की हार से दुखी मुसलमानों ने भारतमाता को अंडा चढ़ाया' टैगलाइन के साथ सोशल मीडिया पर चुनाव कैंपेन चलाया जा सके।

आधे घंटे बाद रोजेदार लड़के मेस में पहुँचे तो वहाँ रोज एक कतार में रखी मिलने वाली थालियाँ इधर-उधर फेंकी हुई थीं। उन्होंने एक-दूसरे को ऐसे देखा जैसे कल किसी और देश में क्रिकेट मैच देखा था, अब यह कोई और है। मेस की फर्श पर सोए एक लड़के ने उनसे मंदिर की तरफ जाने को कहा। वे वहाँ जाकर सोचने लगे, *कहीं यह कोई नया फंदा तो नहीं है*, इतने में एक लड़का अल्लाह का शुक्रिया अदा करने के बाद फलों को उठाकर खाने लगा।

बाकी चिल्लाए, 'मंदिर का चढ़ावा है, हम कैसे खा सकते हैं?'

उसने कहा, 'अहमकों! यह माले-गनीमत है जिसे चढ़ाया नहीं गया, हिकारत से फेंक दिया गया है, खा लेने में कोई हर्ज नहीं है।'

कोई नहीं आगे बढ़ा, वह अकेला खाता रहा। पूरा हॉस्टल दोपहर तक के लिए गहरी नींद में सो चुका था।

अभिनव ने उससे कई बार यूनियन का चुनाव लड़ने के लिए कहा लेकिन उसने अनसुना कर दिया। वह छोटा भाई था लेकिन अचानक उसका इस्तेमाल शतरंज के मोहरे की तरह कर बैठता था। आजकल उसके व्यक्तित्व के दो टुकड़े ज़्यादा साफ नजर आ रहे थे, यह तय करना मुश्किल था कि वास्तविक कौन है। दोनों वास्तविक थे, उसने धार्मिक भावनाओं की राजनीति को जीवन में उतार लिया था या जीवन को ही कच्चे माल की तरह राजनीति में लगा रहा था। मैच वाली घटना के बाद दूसरे संगठनों के लड़के उसे पीटने के लिए खोज रहे थे क्योंकि उसकी मौजूदगी में तीन हॉस्टलों में

पाकिस्तान का नाम लेकर उसी तरह की घटनाएँ हुई थीं।

उसने एक दिन सुबह आकर कहा, 'तैयार रहिएगा, शाम को मंत्री जी के यहाँ चलना है। आपको बुलाया है, चार बजे गाड़ी आ जाएगी।'

'मंत्री नाराज होगा और तुम फिर हमको फँसा रहा है।'

'आप तो सब बंधन से ऊपर हुए, कौन साला फँसा सकता है।'

'अब तुम कहीं यूनिवर्सिटी से रस्टिकेट तो नहीं कराने वाला है?'

'आपको खुदै अपना ब्रांड भैलू नहीं पता है, छोटा सोचते हैं। चलिए, आपको कुछ बोला तो पहले मैं देखेगा।'

'एक बात जान लो, मैं तुम्हारा राजनीति में नहीं है, न ही चुनाव-फुनाव लड़ेगा।'

'वो मैं समझता है लेकिन अब बुलाया है तो डर के भागना भी ठीक नहीं होगा, देखा जाए कि कहता क्या है।'

कहते हुए अभिनव ने घर में बाबूजी को फोन लगा दिया, 'समझाइए इनको, कह रहे हैं कि मंत्री जी के पास नहीं जाएँगे।'

बाबूजी से उसकी कभी-कभार बात होती थी; अभिनव उन्हें अपनी राजनीति में तरक्की से रोज अपडेट करता था। कोई और मौका होता तो वे चिल्लाते, माँ-बहन की गालियाँ देते हुए कहते, 'क्या मैंने तुम्हें गाँव-गाँव घूमकर सत्यनारायण की कथा कहते हुए सीधा-पिसान बटोरने के लिए यूनिवर्सिटी भेजा है? क्यों अपने ही भाई के भाग्य से जलते हुए, उसके नक्षत्रों का रास्ता राहू की तरह रोक रहे हो, मंदबुद्धि! क्यों जब धर्म-अर्थ-काम-मोक्ष सब एक साथ सधने का मौका आया है तो राजा हरिश्चंद्र का स्वांग करते हुए हम लोगों से कफन माँग रहे हो? सत्ता सभी पुरुषों को अपने पास नहीं बुलाती, सिर्फ उन्हें बुलाती है जो अपने ज्ञान या बल से उसके शत्रुओं का संहार करने में सक्षम होते है। तुम बहुत बड़े धर्मात्मा हो तो उनके शत्रु को अपना शत्रु मानो, हर काल में यही होता आया है; बड़े ज्ञानी हो तो बताओ, धर्म कब सत्ता

के विरोध में रहा है, म्लेच्छों को सिर पर बिठाकर क्या पाओगे, कैसे ब्राह्मण कहलाओगे...' लेकिन फोन के स्पीकर पर सिसकियाँ सुनाई दे रही थीं, वे रो रहे थे।

वह खूब जानता था यह कपट रुदन है, बचपन से देख रहा था। वे जब चारों ओर से घिरकर असहाय हो जाते थे तो अपने अंतिम अस्त्र का इस्तेमाल करते थे और श्राप देने लगते थे। उसने धीरे-से भावहीन ढंग से कहा, 'अच्छा, चले जाते हैं।'

दोनों मंत्री के बंगले पर पहुँचे, शाम हो चुकी थी। उसे देखकर गेट पर तैनात गार्ड पैर छूने के लिए लपके, उसने बिना देखे आशीर्वाद मुद्रा में हाथ उठा दिया। ड्राइंग रूम में पहुँचने पर एक रौबीला दिखता आदमी पीतल की परात में पानी लाकर उसके पैर धोने लगा, अभिनव फोन निकालकर वीडियो बनाने लगा। अपने पैरों से उठते संकेत पर उसने कनखियों से उस आदमी को देखा, उसकी घनी मूँछें थीं लेकिन रौबीला बिल्कुल नहीं था, उसकी आँखों में दीनता थी, पानी के भीतर विनम्र हाथों के चलने में एक कोड था जो उसके आनुवांशिक कोड के खाली खाँचों से मिल रहा था। अगर उसका दिमाग इस समय सतर्क और भयभीत न होता तो प्राचीन ताला खुलने के आनंद से उसकी आँखें बंद हो चुकी होतीं। सामने मेज पर प्लेटों में कई तरह के केक-बिस्किट-मेवे-मिठाइयों के बीच एक नाजुक जापानी टी-सेट में चाय रखी जा चुकी थी।

मंत्री ने एक नौकर के साथ कमरे में आकर उसे एक श्रीफल और चेक थमाया, कंधों पर एक कीमती शॉल ओढ़ाकर स्वागत किया। वह श्रीफल का वजन महसूस करते हुए आभार से झुका लेकिन भय की वजह से तत्परता के बजाय एक हिचक और सख्ती दिखाई दे रही थी, मंत्री ने भाँप लिया और बैठते हुए कहा, 'स्वामी जी, क्षमा कीजिएगा समय बदल गया है, उसको पहचानने में मुझसे भूल हो गई थी। मेरे बच्चे भी वही कहते हैं जो आपने कहा था, सही बात है, ऐसे मामलों में अब बड़ों को दखल देना बंद कर देना चाहिए।'

सनातन को कुछ महीने पहले हुआ कंडोम वाला लफड़ा याद आया, उसने राहत की लंबी साँस छोड़ते हुए कहा, 'जी।'

मंत्री ने दो कपों में चाय निकालकर उनकी ओर बढ़ाते हुए कहा, 'आपके चुनाव न लड़ने की इच्छा का सम्मान है। आप हमारे धर्म और संस्कृति के गौरव हैं, आपका अभिनंदन करना हमारा कर्तव्य है।'

उसने हाथों को आपस में मिलाकर धन्यवाद कहते हुए अभिनव की ओर देखा जो मंत्री के आने के बाद से हाथ जोड़कर ऐसे बैठा हुआ था, जैसे किसी श्रेय का सबसे गोपनीय हिस्सा लगातार मिल रहा था जिससे उसकी आँखों की चमक बढ़ती जा रही थी।

'देखिए, अब चुनाव में बस एक हफ्ता बचा है। आपको कल सुबह से विश्वविद्यालय परिसर को म्लेच्छ विहीन करने का संकल्प व्यक्त कर देना चाहिए।'

'वहाँ म्लेच्छ कौन है?'

अभिनव ने जल्दी से जुड़े हाथों को झकझोरते हुए कहा, 'नहीं सर, म्लेच्छ से तो दलित और आदिवासी सबसे पहले रिएक्शन में जाएगा, कोई कन्फ्यूजन न हो इसके लिए "एम" ही ठीक रहेगा।'

'तो ठीक है, आपकी तरफ से "एम" विहीन करने का संकल्प व्यक्त हो जाए।'

उसे अब समझ में आया कि मंत्री ने क्यों बुलाया था, उसने अभिनव को नाराजगी से देखते हुए कहा, 'आप मेरे भाई से पूछ लीजिए, मैं किसी पॉलिटिकल पार्टी या संगठन का नहीं, संस्कृत ग्रंथ परंपरा का आदमी है जो सभी मनुष्यों को बराबर मानता है और हर प्राणी में उसी एक का अंश देखता है। मैं ऐसा कैसे कर सकता है।'

'तो आप कैंपस की किसी एक सड़क का नाम लीजिए, कहिए, "उस पर जब तक पाकिस्तान के समर्थकों के कदम पड़ेंगे, मैं उस पर नहीं चलूँगा," अब तो आपको कोई एतराज नहीं होना चाहिए।'

'कैंपस में अड़तालिस देश का बच्चा पढ़ता है, आठ-दस पाकिस्तानी भी होगा, वो अपने देश का सपोर्ट तो करेगा ही। कई और देश का बच्चा पाकिस्तान के सपोर्ट में रहता है, वो लोग अपने एम्बेसी में जाकर शिकायत करेगा,' उसने अभिनव से कहा।

मंत्री ने कहा, 'ये भी नहीं, वो भी नहीं तो आप खुद बताइए कि क्या कर सकते हैं।'

'मैं चुनाव में है ही नहीं, एक वोट दे सकता है।'

मंत्री हँसने लगा। उसकी हँसी के भीतर कई तरह के झटके थे, जिनसे जाहिर था, वह सम्मान वगैरह को किनारेकर उसे एक नई नजर से देखना शुरू कर चुका है। अभिनव अपने बालों को देर तक मुट्ठियों में भरकर खींचने के बाद खड़ा हो गया, यह मुलाकात का समय खत्म होने का संकेत था।

उसने कहा, 'स्वामी जी, आप कुछ मत कीजिए। कल से वोटिंग होने तक सिर्फ अपने कमरे में सोइए। बाकी हम लोग देख लेंगे।'

मंत्री ने हाथ जोड़कर कहा, 'स्वामी जी, अब इसमें तो कोई समस्या नहीं होनी चाहिए। आशा है, आप निष्क्रियता का पालन करेंगे।'

वह भी अभिनव के पीछे उठकर बाहर निकल आया। वह तनाव में था, रास्ते में उन दोनों में कोई बात नहीं हुई।

सनातन यूनियन के चुनाव में हर साल अभिनव के साथ घूमा करता था लेकिन पहली बार वह कहीं नहीं गया। किसी के लिए वोट नहीं माँगा, एक संन्यासी की तरह माया से तटस्थ रहा। अभिनव के संगठन का कैंपेन कहीं से शुरू हो, हर रात हॉस्टल के भारतमाता मंदिर के आगे "पाकिस्तान मुर्दाबाद" के नारे लगाकर खत्म होता था, वह दूर खड़ा सतर्कता से देखता रहता था। वोटिंग के दिन उसके गाइड का फोन आया, 'सनातन स्वामी, आप इतनी लंबी तपस्या करेंगे तो रिसर्च कौन करेगा, क्या भविष्य में अब मुझे ही आपसे मिलने हॉस्टल आना होगा?'

इससे पहले सुगंधा का फोन आया था, 'स्वामी, सुना तुम मुसलमानों को कैंपस से भगाने के लिए तपस्या कर रहा है।'

इससे भी पहले वह फोन में देख चुका था, कैंपस के अधिकांश व्हाट्सएप ग्रुपों और सोशल मीडिया पर पचास से ज़्यादा हैंडिलों पर उसकी फोटो के साथ एक घंटे पहले कैंपेन शुरू हुआ था कि उसने कैंपस को पाकिस्तान समर्थकों से मुक्त कराने के लिए विशेष मंत्रों के जाप के साथ तपस्या आरंभ कर दी है। जब तक यह संकल्प पूरा नहीं होता वह अपने कमरे से बाहर नहीं निकलेगा। हॉस्टल के गेट पर "सनातन स्वामी जिंदाबाद" के नारे भी सुनाई पड़े थे लेकिन वह जानता था कि अभिनव वहाँ होगा, कोई नया बखेड़ा न खड़ा कर दे इसलिए अपने कमरे में ही बना हुआ था लेकिन बेचैनी के कारण कमरे में रहा भी नहीं जा रहा था। अंततः उसने बाहर निकलकर लॉबी का एक चक्कर लगाना चाहा लेकिन कमरे का दरवाजा बाहर से बंद था, वह घबराकर दरवाजा पीटने लगा लेकिन बाहर से कोई जवाब नहीं आया। वह सन्न रह गया।

वह अभिनव को फोन करने लगा, उसका नंबर बिजी जा रहा था या उसने ब्लॉक कर दिया था। आधे घंटे बाद दरवाजे पर ईंट मारकर ताला तोड़ने की आवाजें आने लगीं, ताला नहीं टूटा लेकिन कुंडा उखड़ गया। झटके के साथ दरवाजा खुल गया, सामने सुगंधा खड़ी थी, वह उसका कुर्ता पकड़ कर चिल्लायी, 'स्वामी, जल्दी से ये सब उतारकर फेंको। आज तुम अपना सबसे कलरफुल शर्ट निकालो, जीन्स पहनो, बाइक निकालो, आज हम दोनों कैंपस में घूमकर आते हैं।'

वह दरवाजा बंदकर बाहर खड़ी हो गई। सनातन ने उससे आँखें मिलने के बाद अपने भीतर ऊर्जा का तेज़ उफान महसूस किया जो इस बात का पुराना संकेत था कि वह सही रास्ते पर है। एक मिनट भी नहीं लगा, वह कमीज के बटन बंद करता हुआ बाहर निकला। उसने उसका हाथ पकड़कर झटका दिया, 'बुद्धू! आज सब बटन खुले रखो और तुम्हारा गॉगल कहाँ है?'

'गॉगल!'

'अरे वही तुम्हारा धर्म दर्शक।'

'ओके।'

'समय कम है, जल्दी करो।'

उसने लपककर अलमारी में किताबों के बीच से खोजकर गॉगल आँखों पर लगा लिया।

'क्या आज के दिन डेट पर जा रहा है तुम लोग?' एक कमरे से लॉबी में निकलकर वह लड़का चिल्लाया जिसने कुछ दिन पहले भारतमाता मंदिर के सामने माले-गनीमत से दिन भर के लिए खुद को चाकचौबंद किया था। उस दिन के बाद से उसका नाम गनीमत पड़ गया था।

सुगंधा ने उसका हाथ पकड़कर हॉस्टल के गेट की ओर भागते हुए आँख मारकर कहा, 'आज डेट नहीं है, सिर्फ सेल्फी डे है, खच्चाक...खच्चाक।'

तो मैं भी साथ चलेगा, 'स्वामी जी, जिसके लिए न्यू तपस्या करने जा रहा है, वही साथ नहीं देगा तो कैसे होगा?'

'ठीक है, तुम टोपी लगाकर आओ।'

'नहीं है मेरे पास! मैं नहीं लगाता।'

सुगंधा ने हाँफते हुए कहा, 'आप्टिक्स गनीमत आप्टिक्स, आज लगाना होगा, किसी से माँगकर ले आओ।'

वह कुछ कदम पीछे जाकर एक कमरे में घुसा और वापस आकर अपने सिर पर एक बुर्राक जालीदार टोपी जमाता हुआ दौड़ने लगा।

तीनों तेजी से हॉस्टल के गेट पर पहुँचकर बाइक पर बैठ गए, कुछ दूरी पर रामनामी गले में डाले लड़के मशीनों की तरह "पाकिस्तान मुर्दाबाद-सनातन स्वामी जिंदाबाद" के नारे लगा रहे थे। सुगंधा ने बीच में बैठकर सनातन को अपना फोन देते हुए कहा, 'पहली सेल्फी तो अभी ले लो, बाद में मौका मिले-न-मिले।'

पीछे गनीमत उँगलियों से विक्ट्री साइन बनाकर तैयार था...खच्चाक!

सुगंधा ने उसे तुरंत सोशल मीडिया पर 'तपस्या के लिए वन को प्रस्थान' कैप्शन के साथ पोस्ट कर दिया। यूनियन चुनाव में शिकायतों के लिए बनाए गए व्हाट्सएप ग्रुप में डालते हुए कहा, 'तेजी से निकलो, ये लोग तुम्हें रोकने की कोशिश करेगा, एक-दो को थोड़ा चोट भी लगती है तो लगने दो लेकिन बाइक मत रोकना।'

'बस तुम हँसना मत!' कहते हुए सनातन ने बाइक स्टार्ट की, दस कदम बाद ही उसकी कमीज दोनों तरफ से उड़ने लगी, वे आसानी से नारे लगाते लड़कों के बगल से होकर आगे निकल गए, उन्होंने कुछ नहीं कहा।

गनीमत ने किलकारी मारी, 'बोकाचोदा, इमैजिन ही नहीं कर पाया कि आज किसकी सवारी निकली है।'

सुगंधा ने कहा, 'सबसे बड़े पोलिंग बूथ पर चलो।'

वे ट्रिपल एस के बूथ पर गए, भीड़ में घुसकर तीन सेल्फियाँ लीं, अपने सोशल मीडिया हैंडिलों से दोस्तों को टैग करते हुए पोस्ट करके आगे बढ़ गए। फिर सोशल स्टडीज के बूथ पर गए, वहाँ भी वोट डालने वालों की कतार की बगल में खड़े होकर सेल्फियाँ लीं और पोस्ट करने लगे, इस बार कई छात्रों ने उनकी फोटो पहले ली और पोस्ट करने में उनसे कुछ सेंकेंड के अंतर से बाजी मार ले गए। वोटिंग धुआँधार हो रही थी, एक-एक सेकेंड की कीमत थी, हर हाथ में सूचनाएँ उगलता एक फोन था, यह एक इमेज ओपियन, समीकरण, नतीजा—सबकुछ बदल सकती थी।

सनातन ने तीसरे बूथ की ओर जाते हुए रियर व्यू मिरर में देखा, जैसे सड़क पर उनके पीछे आग चल रही है, हवा में फड़फड़ाते गेरुआ गमछों और पीली-नारंगी रामनामियों के सिवा कुछ नहीं दिखाई दे रहा है, उसने कहा, 'अभिनव है क्या?'

गनीमत ने पीछे देखकर कहा, 'वही है।'

सुगंधा ने उसका कंधा दबाकर कहा, 'हो सकता है वही हो लेकिन तुम स्पीड कम मत करना, ऐसे चलो जैसे तुम्हें कुछ पता नहीं है और जो पहला मोड़ मिले, मुड़ जाना।'

पीछे से कई मोटरसाइकिलें और कारें गरजती हुई आगे निकलीं और कुछ दूरी पर पूरी सड़क को घेरकर थम गईं, दाएँ-बाएँ दोनों ओर जंगल था, सनातन को ब्रेक लगाना पड़ा, साथ ही पीछे घिसटती मोटरसाइकिलों के ब्रेकों की आवाज एक साथ सुनाई पड़ी। अभिनव एक कार से टेक लगाए खड़ा था, वे कुछ बोल पाते कि पीछे से आए लड़के अपने हेलमेट उतारकर सनातन को मारने लगे, सिर बचाने में उसका हाथ टूट गया। वह गिरा तो बचाने के लिए उसके ऊपर सुगंधा लेट गई। गनीमत को अलग खींचकर मारा जा रहा था, वह लंगड़ाते हुए भागकर आया और सनातन के सिर को अपने पेट में छिपाकर बैठ गया। जंगल में उनके शरीरों से टकराकर गेंदों की तरह उछलते और नाज़ुक जगहों पर धँसते हेलमेटों की आवाजें पाँच-सात मिनट गूँजी होंगी कि सायरन बजाती सिक्योरिटी की पेट्रोलिंग कार आ पहुँची। सड़क पर धधकती आग गायब हो गई लेकिन तब तक सड़क पर कई धब्बे बन चुके थे, तीनों के सिरों से रिसता कत्थई खून उनके चेहरों पर बह रहा था।

वे कुछ देर कराहने-चिल्लाने के बाद बेहोश हो गए। आधे घंटे बाद एक एम्बुलेंस छात्रों के भीड़ में रास्ता बनाती आई और उन्हें लेकर अस्पताल चली गई।

थोड़ी देर बाद वोटिंग फिर से शुरू हो गई। मुद्दा बदल गया था। अब क्रुद्ध वोट सनातन-सुगंधा के प्रेम और गनीमत की दोस्ती के मुद्दे पर पड़ रहे थे।

अस्पताल में उनके घावों की ड्रेसिंग हो गई, टूटी हड्डियाँ प्लास्टरों में बाँध दी गईं, दर्द निवारक इंजेक्शनों से उन्हें आधा सुन्न कर दिया गया। एक डॉक्टर ने सनातन के कान में बताया, इस बार आपकी यूनिवर्सिटी में रिकॉर्ड वोटिंग हुई है, छात्रसंघ चुनाव के इतिहास में सबसे ज़्यादा!

बगल के बेड पर लेटी सुगंधा नीम बेहोशी में लगातार फोन देखे जा रही थी। उसने गनीमत से कहा, 'लग रहा है, इस बार गिलहरियाँ और लोमड़ियाँ भी वोट देने निकली हैं।'

देर रात अस्पताल के बाहर मीडियावालों और छात्रों की भीड़ को अंदर आने से रोकने के लिए डंडे पटके जा रहे थे, अचानक नारे लगने लगे जो भटके हुए संगीत के टुकड़ों की तरह उन तक पहुँचे।

अभिनव के संगठन के सभी कैंडिडेट भारी मतों से हार गए थे।

दो दिन बाद दोपहरी में अस्पताल के वॉर्ड की खिड़कियों के बाहर चिलचिलाती धूप थी, भारी परदों से गुनगुनी गर्म हवा आ रही थी, त्वचा पर कहीं दूर बारिश की महीन सनसनाहट महसूस हो रही थी, अलसाया पसीना बाहर निकलने के लिए चलता था लेकिन रोमकूपों के भरने से पहले ही थक जाता था। तीमारदारों को बाहर भेज दिया गया था, गनीमत समेत ज़्यादातर मरीज ऊँघ रहे थे, एक बूढ़ा पीड़ा, आशा-निराशा या आशंकाओं के डाँवाडोल होने से नींद के बीच बेचैनी से मुँह चलाता, कराहता, चौंककर खिड़कियों को देखता, फिर ऊँघने लगता था। अस्पताल की आवाजें पानी से होकर आती लग रही थीं। सुगंधा सनातन की एक उँगली पकड़कर सहला रही थी, दोनों काफी देर से एक-दूसरे को देख रहे थे या उनमें कुछ बदल गया था जिसे मन के बक्सों में इत्मीनान से तहें लगाकर बिठा रहे थे। इस देखने में एक लय थी जो बहुत दिनों बाद अपने पुराने सम पर टिक गई थी।

सनातन के पैर में फ्रैक्चर था लेकिन बेखयाली में टॉयलेट जाने के लिए उठना चाहा क्योंकि नर्स उसका चैंबर पॉट बिस्तर के पास रखना भूल गई थी। सुगंधा ने उसकी उँगली पर दबाव बढ़ा दिया, उसकी आँखों में शरारत की चमक आई और चली गई। उसने अपने बेड के पास एक छोटे स्टूल पर रखे अपने पॉट की ओर इशारा किया, 'ले लो, यूरीन तो हाइजेनिक होता है, हम लोग बचपन में छिल-कट जाने पर आपस में मिलबाँटकर इस्तेमाल किया करते थे।'

सनातन ने बिस्तर पर लेटते हुए कहा, 'उतना जरूरी नहीं है लेकिन... तुम्हें बाइक पर बैठने में इतनी हँसी क्यों आती है?'

'वो मेरा निजी सत्य है, किसी और को बताने के लिए नहीं है।'

'इतना निजी है!'

'बहुत!!'

'कितना!'

'हम्म... लगता है, तुम नहीं मानोगे।'

'मन तो नहीं करता मान जाने का।'

'लो सुनो,' वह अपना तकिया खिसकाकर और करीब आ गई। बेड से बाहर झुककर उस आवाज में बोलने लगी जो जरा-सी ढीली होने पर फुसफुसाहट में बदल जाती थी... "बचपन में हम लोग कोचीन शहर से एयरपोर्ट जाने वाले रास्ते पर एक नदी किनारे के गाँव में रहते थे। मेरे पापा तब एक डिग्री कॉलेज में साइंस पढ़ाते थे लेकिन बहुत बड़े शिव-भक्त थे। उनके पास लाल रंग की एक पुरानी राजदूत हुआ करती थी जिसकी हेडलाइट पर रोज फूलों की एक माला चढ़ाई जाती थी। मैं बारह-तेरह साल की थी। एक बार शिवरात्रि की सुबह हम लोग गाँव से कुछ दूर के मंदिर में जल चढ़ाने निकले। मैं हाथों में दो लोटे लेकर बीच में बैठी थी, मम्मी अपना लोटा लेकर पीछे। जहाँ भी शिव मंदिर या अरघा था, लोग धतूरा, बेलपत्र, दूध और जल चढ़ा रहे थे। आसमान में फीका-सा वैसा चाँद था, जैसा उनके माथे पर रहता है। लाउडस्पीकरों पर भजन बज रहे थे, कुछ भांग खाए झूम रहे थे, घास पर ओस थी, चिड़ियों की आवाजों के बीच रह-रहकर कहीं दूर मृदंगम बज रहा था, नारियल-सुपारी के पेड़ लचक क्या रहे थे जैसे जरा-सा नाचकर थम जाते थे। बहुत प्यारी, ताज़ा और खुशनुमा सुबह थी, सच कह रही हूँ... ऐसी सुबहें बचपन में कभी-कभार के बाद दोबारा फिर कभी महसूस नहीं होतीं। सड़क किनारे आम के एक बाग से पूँछ उठाए भागती एक गाय निकली, उसके पीछे एक बहुत बड़ा, विशाल सींगों वाला सांड़ हुँकारता-डकारता चला आ रहा था। हम लोगों के आगे एक मारूति कार थी जो धीमी हो गई, गाय उसके पास से निकलने लगी तभी सांड़ ने टक्कर मारकर कार को एक तरफ से पिचका दिया और हम लोगों की तरफ बढ़ा।

पापा बाइक रोककर खड़े हो गए, हम तीनों की साँसें रुक गईं, कनपटियों पर खून के नगाड़े बजने लगे, मेरा दिल मछली की तरह लंबा होकर मुँह से बाहर निकलने वाला था लेकिन मैंने किसी लोटे का दूध छलकने नहीं दिया। सांड़ उछलता हुआ आया और बाइक के सामने सिर झुकाकर खड़ा हो गया, अपनी सींगों और फुफकार से समय को थामे खड़ा ही रहा क्योंकि उसका बीतना बंद हो गया था। काफी देर बाद पापा बाइक को जरा-सा पीछे कर पैरों से धीरे-धीरे धकेलकर दूर ले गए, तब जाकर वह कँपकँपाया और फिर से गाय के पीछे भागने लगा, दोनों के चले जाने के बाद पापा ने हाथ जोड़कर बाइक की टंकी पर माथा टिकाते हुए कहा, 'जरूर, इस बाइक को बनाने वाला शिव का कोई भक्त होगा।'

'बोधि का क्षण कह लो, *मोमेंट ऑफ रियलाइज़ेशन* कह लो, वह मेरे लिए वैसा कुछ था, अचानक सबकुछ बदल गया। मैं बहुत गहरे समझ गई थी, बाइक की टंकी को तुम लोगों के उसके आधार पर डिजाइन किया गया है। उस दिन के बाद से मैं किसी भी मॉडल की बाइक को देखती हूँ तो यही लगता है कि एक मर्द अपना वो गर्व से ताने चला जा रहा है।

सनातन की घायल पसलियों को झकझोरकर टीस उठाती भीषण हँसी छूटी जो वॉर्ड में गूँजने लगी, मरीज हड़बड़ाकर देखने लगे, एक नर्स भागती हुई आई।

सुगंधा ने शरारत से आँखें नचाईं, 'और जब मैं अपना पर्स खोलती हूँ तो तुम हमेशा अजीब तरह से क्यों देखते रहते हो?'

'उसके बिना शिव का अरघा पूरा नहीं होगा, अर्घ्य देना संभव नहीं रह जाएगा। निचला हिस्सा ही उसे पूर्ण करने वाला है।'

इस बार दोनों मिलकर इस तरह हँसे कि अस्पताल के ऊँचे रोशनदानों पर बैठे कबूतर घबराकर उड़ गए।

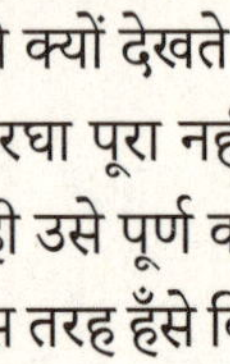

व्हाटसैप अंकल के बच्चे

उस समय चीज़ें बहुत तेजी से और एक साथ बदल रही थीं।

हम दोनों एक बार छुट्टियों में बोर्डिंग स्कूल से घर आए तो देखा, हमारा कुत्ता गब्बर बदल गया है। वह महदू चचा की गोश्त की दुकान के सामने बैठने लगा है और उन्होंने स्केच पेन से लिखकर "हलाल" की तख्ती टाँग ली है। गब्बर को पापा ने ही लगातार कई दिन पीटा था, वरना कभी न जाता; उनको तभी से नफरत थी जब हम दोनों उसे रेल की पटरियों के पास से उठाकर लाए थे। वह सड़क छाप नहीं, खूँखार दिखने वाला एक ऊँची नस्ल का कुत्ता पालना चाहते थे ताकि लोग डरें।

बरामदे के आगे एक टिन शेड डाल देने से घर बड़ा हो गया था। वहाँ रखी नई लंबी बेंचों पर कई ऐसे लड़के बैठने लगे थे जो पहले अहाते में घुस नहीं सकते थे। हमारी हैसियत बदल गई थी, गर्व से तना हमारा घर एक बहुत ऊँचे झंडे की परिक्रमा करने लगा था, चलते-चलते उसके सम्मान के लिए चिंतित होकर चेतावनी देने लगता था, सभी पर उसके खुशनुमा प्रभाव से संतुष्ट होकर मुस्काता था। उसके आसपास दुश्मनों की हाजिरी का लिहाज करते हुए, इस तरह बात की जाती थी कि हमें औरों से ज़्यादा जिम्मेदारी और अधिकार महसूस होने लगता था।

पापा ने यह झंडा एक साल की दौड़-धूप से रेलवे लाइन और दुकानों के बीच की फालतू जगह में कूड़ा बीनने वालों की एक झुग्गी बस्ती के पास लगवाया था जो पहले धतूरा, मदार और बेर की झाड़ियों से घिरी थी। अक्सर पड़ोसी हमें बताते थे कि उसकी ऊँचाई पंजाब के अटारी में भारत-पाकिस्तान सीमा पर लगे झंडे से कुछ सूत ही कम है, अब हमारा कस्बा अन्य औसत कस्बों जैसा नहीं है, हमारे पास कुछ है जो बहुत दूर से आसमान में तना हुआ दिखाई देता है, जल्दी ही यह जगह एक टूरिस्ट स्पॉट हो जाएगी और विदेशी मुद्रा आने लगेगी।

हम दोनों शहर, गाँव और कस्बे की नक्शेबाजी से कभी राजी नहीं थे, इस जगह को 'गस्बा' कहते थे क्योंकि यह गाँव और कस्बे के बीच थी। अगर हवाशाह बाबा रेलवे स्टेशन न होता तो यहाँ कुछ नहीं होता।

झंडे की देख-रेख के लिए एक ज़बानी कमेटी बन गई थी जिसमें हर कोई था, घर के आसपास की जगह कुछ रियासत जैसी लगने लगी थी क्योंकि बाजार में अपनेआप एक सरकार बन गई थी, उसके अभिसूचना—न्याय-दंड विभागों का ध्यान हमेशा झंडे के चबूतरे पर खेलने वाले झुग्गी के बच्चों पर लगा रहता था।

मैं और आदित्य जुड़वाँ हैं, मेरा नाम साक्षी है। जुड़वाँ होने के कारण हम दोनों गर्भ से ही विचारों को साझा करते हैं, आगे क्या होगा पता नहीं लेकिन हम हमेशा साथ रहते आए हैं। रेलवे लाइन के पार कुछ दूरी पर हमारा गाँव है। यहाँ हमारा एक छोटा-सा खेत हुआ करता था। पापा सेना में सूबेदार मेजर के पद पर थे, रिटायर होने के बाद घर बनाकर यहीं रहने लगे हैं।

हवाशाह गस्बे में कुछ बातें बिल्कुल गस्बे वाली थीं। जैसे मंगलवार को महदू चचा की दुकान बंद रहती तो उनसे संबंध खत्म हो जाते, उनका नाम महमूद हो जाता, अफवाह उड़ा दी जाती कि वह मुसलमानों के किसी गाँव में गाय काटने गया हुआ है। वो लौटकर गालियाँ बकते तो

कोई भी हँसते हुए सूचित करता, लोग गाय नहीं नीलगाय कह रहे थे जिसकी वजह से खेती बर्बाद हो रही है और अब भी चाहो तो कलक्टर की परमिशन से नीलगाय मारकर किसानों की दुआ पा सकते हो।

जिस दिन दुकानों में ताश खेलने वाले उनसे देशभक्ति का लिखित सबूत माँगते या फौरन से पेश्तर पाकिस्तान चले जाने का हुक्म देते, वो कातर होकर गब्बर को पुकारने लगते। कल तक जो मजाक था, बदली हवा में अब पुराने घाव जैसी टीस देने लगा था। वो रोज अपने खाने से एक रोटी तो उसे देते ही थे लेकिन अब अक्सर दुकान से बाहर आकर सहलाने लगते ताकि लोग उनके रिश्ते को अच्छे से देख सकें।

उनके चेहरे पर डर के उतार-चढ़ाव को ताड़ने वाली आँखों की तादाद बढ़ रही थी।

हम दोनों बरामदे से देख रहे थे, उस दिन महदू चचा के पोते ने गब्बर को बुलाकर एक प्लेट में बचा हुआ खाना डाला जिसमें चमकतीं कुछ हड्डियाँ दूर से दिखाई दे रही थीं। अचानक पापा लुंगी समेटते अहाते से बाहर गए, उन्होंने पहले कभी नहीं सुनी गई भाषा में ललकारा, 'क्यों तुम हमारी आस्था को चोट पहुँचा रहे हो?'

उन्होंने हकलाते हुए कहा, 'बाबूसाहेब, अब कुत्ता है तो हड्डी ही न खाएगा।'

पापा ने आँखें दिखाते हुए तीन बार अलग-अलग तरह के गुस्से से पूछा, 'क्या वो कुत्ता है?'

किसी अजनबी की तरह बूढ़े महमूद ने अपनी दाढ़ी मुट्ठी में पकड़कर हर ओर गर्दन घुमाते हुए स्टेशन की लाल इमारत, कीचड़ भरे रास्ते पर कुत्तों के झुंड, दुकानों पर लगे झंडों और आते-जाते लोगों को देखा, जैसे वह पहली बार यहाँ आया हो।

पापा को अक्सर गुस्सा आ जाता था लेकिन उसमें कोई खरोंचने वाली भी चीज़ थी जिससे सबकुछ का रंग बदल रहा था, क्या पता पुराना

रंग पहले ही उड़ चुका हो और अब पापा की आवाज में नई रोशनी थी, जिससे इतना चटक बदरंग पहली बार दिखाई दे रहा था। एक नई डरावनी दुनिया आसपास उभर रही थी।

वह हड़बड़ाते हुए दुकान से उतरकर हड्डी चबाते कुत्ते को विनम्रता से देखने लगे जैसे उसके भीतर से अभी कोई और जीवधारी प्रकट होगा जिसे पहचानकर बता देंगे कि वह असल में क्या है, काफी देर झुके रहने के बाद भी कुछ नहीं हुआ तो भ्रम की हालत में फुसफुसाए, 'आप ही का तो कुत्ता है।'

शाम को टिन शेड में समय काटने के लिए मँडराने वाले लड़कों और कुछ पुराने दुकानदारों की मीटिंग बैठी जो पहली बार मुसलमानों को जानने के आश्चर्य से चमकते हुए गालियाँ दे रहे थे। देवदर्शन चाचा अपने कुर्ते से पंखा झलते एक कुर्सी पर पैर रखकर बैठे थे। काफी देर पहले एक आदमी महमूद मियां को बुलाने के लिए भेजा गया था लेकिन दोनों अभी तक आए नहीं थे। जब लड़के हिंदुओं की हर चीज़ को खराब करने वालों को सबक सिखाने की अपनी इच्छाओं को ढील देते तो उनके भीतर से नए आदमी झाँकने लगते, जिनकी बहकती ताकत पर किसी का भी बस नहीं था, उनका आवेश संक्रामक था लेकिन देवदर्शन चाचा ऐसे देख रहे थे जैसे वे उनकी बासी जानकारियों और वीरता की नौटंकी से आजिज़ आ चुके हैं।

तभी महमूद मियां दिखाई दिए, दो-तीन लड़कों ने मशीन की तरह हाथ जोड़े। उन्होंने अपनी टोपी को ठीक से सिर पर बिठाकर बाँह के ताबीज को खींचकर ऊपर करते हुए कहा, 'हाँ महाराज, कहिए।'

देवदर्शन चाचा ने देर तक खँखारकर गला साफ करके कहा, 'महमूद मियां, आपका हवाशाह स्टेशन के समस्त हिंदू व्यापारियों, गाँव-कस्बे की जनता और यात्रियों की तरफ से स्वागत है। आपसे हमारे पुराने संबंध हैं। यहाँ पंचायत में उपस्थित सभी लोग आपके व्यापार की सफलता की कामना करते हैं।'

महमूद मियां ने हाथ जोड़े लेकिन बहुत धीरे, उन्हें अपने और देवदर्शन चाचा के बीच की पाँच कदमों की दूरी कई कोस की लगने लगी; लड़के औपचारिकता के जादू से चकित थे, आगे इस्तेमाल के लिए मन में बिठा रहे थे।

देवदर्शन दुबे बड़े खेतिहर थे, बहुतों के पुरोहित थे और बाजार में उनकी तीन दुकानें किराए पर चढ़ी थीं। उन्होंने कहा, 'सबको अपने धर्म और मर्यादा में रहना चाहिए। देखिए, बात खुल गई है तो कहनी पड़ रही है। आप सबकुछ जानते हुए एक हिंदू के कुत्ते को हलाल मांस खिला रहे हैं जो किसी भी दृष्टि से उचित नहीं है। आपको जानना चाहिए कि आपके इस कर्म से क्षेत्र के हिंदुओं में बड़ा रोष है। कोई बोल नहीं रहा है क्योंकि सबको आपकी सफेद दाढ़ी का लिहाज है।'

'कुत्ता है महाराज, उसका कौन मजहब हुआ। बच्चे ने एक हड्डी ही तो डाली थी,' वह बौखला गए।

लड़के गुर्राते हुए उनके ऊपर चढ़ने लगे, 'धर्म की बात करते हो, सूअर का कौन-सा धर्म होता है जो उससे तुम लोग इतना चिढ़ते हो।'

'सुनो-सुनो, हमारी बात सुनो,' देवदर्शन चाचा ने खड़े होकर लड़कों के हाथों को हवा में रोकते हुए कहा, 'जिस चीज़ की बारीकी नहीं जानते तो उत्तेजित नहीं होना चाहिए। समझना चाहिए। काल भैरव के मंदिर के आगे किसकी पूजा होती है? जानते हो, कुत्ता शंकर भगवान का गण है। महाभारत के युद्धिष्ठिर महाराज का नाम सुना होगा, उनके साथ स्वर्ग में उनके महाबली भाई भी नहीं जाने लायक थे। अकेला कुत्ता साथ गया था और तुम उसको हलाल खिला रहे हो!'

'हद है, कुक्कुर भी हिंदू-मुसलमान होने लगा,' उन्होंने एतराज किया जैसे उन्हें ठगा जा रहा हो।

एक लड़के ने पान की पीक उनके पैरों के पास थूककर समझाया, 'महमूद मियां, आप अपनी लड़की की शादी किसी हिंदू लड़के से तो नहीं

करेंगे न। कई जगहों पर ग्रह-दशा बहुत खराब होने पर पहले लड़की की शादी कुत्ते से कराई जाती है। उसे हिंदू माना जाता है तभी तो... नहीं तो क्या कोई ऐसा करेगा। जैसा देश है, वैसा भेष होना चाहिए। भारत में रहना है तो यहाँ का रीति-रिवाज मानना पड़ेगा।'

वह लड़का जब आदित्य के बारे में कुछ कहता था, उसमें मैं भी शामिल होती थी, तब उसकी आवाज में सेक्सोफोन बजने लगता था, इसे घरेलू और मोही होने का लक्षण माना जाता था।

पापा ने पंचायत खत्म करते हुए कहा, 'बस, सौ बात की एक बात, देश को सबसे पहले मानकर उसके हिसाब से चलिए। अब जाइए। आशा है, आगे से ऐसी गलती नहीं होगी।'

महदू चचा एक साथ हँसना और रोना दोनों करना चाहते थे लेकिन सिर झुकाए अपनी दुकान पर जाकर बैठ गए।

दो घंटे बाद कुत्ते से शादी की बात कहने वाले लड़के ने अहाते से चिल्लाकर कहा, 'मियां, डेढ़ किलो बढ़िया शिकार तौलकर रखिए। पाव भर कलेजी अलग से रहे तो अच्छा रहेगा।'

'गोल बोटी कि हड्डीदार?'

'जो भी हो एक नंबर रहे। खाने वालों को स्वाद आए और क्या चाहिए।'

वह अपने आकार से तीन गुना ज़्यादा जगह घेरकर धीमे-धीमे चलते हुए दुकान के आगे खड़ा हो गया। उसके हर कदम में देश और धर्म का वजन था, जिसे संतुलित करने के लिए पीठ पीछे तनती जा रही थी। महदू चचा ने उसे पन्नी में बँधा गोश्त थमाया और उम्मीद से देखने लगे। लड़के ने उनके चेहरे के सामने जादूगर की तरह हाथ नचाया, जैसे उनकी आँखों को मुट्ठी में समेट लिया हो, कुछ दूर खड़ी अपनी मोटरसाइकिल की ओर जाते हुए जबरदस्ती डकार और हुँकार के बीच की कई आवाजें निकालीं, चाभी से डिक्की खोलते हुए सबको सुनाकर कहा, 'वृंदावन में रहना है तो राधे-राधे कहना है।'

डेढ़ गली का लंबा बाजार था, हमारे अहाते से लगभग पूरा दिखाई देता था। दिन में कई बार झंडे के चबूतरे पर दौड़ने, लेटने और थूकने वाले झुग्गी बस्ती के बच्चों को पकड़कर गली में खड़ा किया जाता। कई दुकानदार उनकी चप्पल और डंडे से पिटाई करते, मुर्गा बनने को मजबूर करते, सजा के भय को उनके फड़कते अंगों में देखना, उनके अजीबो-गरीब बहानों पर हँसना, अंततः एक कतार में सजे चूतड़ों पर फुंसियों और चकत्तों को गिनना सबसे नया मनोरंजन हो चुका था।

मर्दानगी को दुकानदारी के लिए छिपाना पड़ता था लेकिन बच्चों की पिटाई के समय वह क्रूरता के हैरतअंगेज रूपों में प्रकट होती थी, जब तक वहाँ खड़े तमाशा देखने वाले चिल्लाने न लगें, उन्हें पता नहीं चलता था कि गला दबाने या सीने पर चढ़ बैठने से किसी बच्चे की जान जा सकती है। वे बाकी दिन नफरत के नशे की उठान में अचानक आने वाले ऐसे निर्णायक क्षणों और मृत्यु को बिल्कुल पास बुला लाने वाले अपने रहस्यमय क्रोध की बातें, एक-दूसरे को हत्यारा होने का उलाहना देते हुए किया करते थे। हमेशा से हत्यारा एक दुर्लभ शै थी।

कभी-कभार मदारी, नट, बहुरूपिये और ट्रेनों में फिरने वाले हिजड़े भी आते थे लेकिन उनमें वैसी बात नहीं थी, उनके पुराने करतबों को देखना और कुछ न देना खीझ पैदा करता था, अपने ओछेपन का ध्यान दिलाता था लेकिन बच्चों को राष्ट्रीय ध्वज का सम्मान करना सिखाना देशभक्ति थी जिसे बड़े से बड़ा वकील भी गलत साबित नहीं कर सकता था। अगर कोई देशभक्ति सिखाने के अधिकार पर सवाल उठाता तो आराम से देशद्रोही कहकर चुप कराया जा सकता था।

इन मरियल गंदे बच्चों से नफरत का एक कारण यह था कि वे सभी बांग्लादेशी थे लेकिन खुद को बंगाल या असम का बताते थे, असली भाषा छिपाकर हिंदी और भोजपुरी बोलते थे, पैदाइशी चालू और षड़यंत्रकारी थे। दूसरा कारण यह था कि वे बिना अस्पताल, नर्स, ऑपरेशन के टपक

पड़ते थे, कोई बला-बीमारी छूती नहीं थी, बिना कुछ खाए-पिए बाजार में खरहों की तरह भागते रहते थे, जबकि जिंदगी तबाहकर लेने के बावजूद दुकानदारों के अपने बच्चों में कुछ भी संतोषजनक नहीं था। तीसरा कारण यह था कि उनकी आँखें अवज्ञा से बनी थीं, वे किसी की बात नहीं सुनते थे, न बताया एक काम करते थे। उनमें कुछ जंगली था जिससे वे एक वयस्क आदमी के मुकाबले के लायक लगते थे।

सबसे बड़ा कारण यह था जो न चाहते हुए भी तमाशा देखकर अपना मन खराब कर लेने वाले कहते थे, जिस बच्चे को रोज बचपन से ही झंडे के कारण त्रास दिया जाएगा, वह बड़ा होकर आतंकवादी नहीं तो और क्या बनेगा!

पिटाई देखकर बहुत छोटे बच्चे रोने लगते, उनकी आवाजें घर के भीतर भर जातीं तो हम लोगों को भी डर लगने लगता, दुकानदारों से तेज़ नफरत होती लेकिन कुछ किया नहीं जा सकता था क्योंकि वे देश के या पापा के झंडे के पीछे छिपे हुए थे लेकिन इन बच्चों के माँ-बाप तो यहाँ से भगा दिए जाने के डर से ऐसी जगह जा छिपे थे, जहाँ भगवान भी कुछ नहीं कर सकते थे। एक दिन आदित्य ने झुग्गी-बस्ती की एक औरत से पूछा था, 'बच्चों को मारने पर तुम लोग कुछ बोलते क्यों नहीं?'

'क्या बोलें, पढ़े-लिखे लोग हैं, जैसे अपने बच्चों को, वैसे ही हमारे वालों को भी देखते हैं,' उसने जवाब दिया।

जिन लोगों को मानवता के ऐसे सागर के ऊपर फहराते झंडे के चबूतरे पर बैठने, हवा खाने, ताश खेलने, गप-सड़ाका की छूट थी, वे खुद को झुग्गीवालों से काफी ऊँचा समझते थे। इस अधिकार से जुड़ा एक कर्तव्य उनके दिमागों को किसी दिशा में एक इंच भी बढ़ने से रोकना था, वरना वे आकर उनके बराबर में बैठ सकते थे। कोई नई इच्छा न पैदा हो जाए, इसके लिए बाँस और प्लास्टिक की झुग्गियों के बीच की खाली जगहों को जब मन आए राष्ट्रवादी गालियों से भर दिया जाता था। अगर कोई झंडे के

आसपास अपना बोरा रख देता, ठेला खड़ा करता या आदमी की सोहबत महसूस करने के लिए जरा दूर हटकर बैठते पाया जाता, उससे विशेष गालियों के साथ कुसमय आराम का औचित्य पूछा जाता था। उनसे उम्मीद की जाती कि वे इस तरह जिएँ कि कूड़े में छिपकर कूड़ा उठाना सीख जाएँ ताकि गस्बे की गंदगी साफ होती रहे। वे अभी सिर्फ इतना कर पाए थे कि कोई त्यौहार नहीं मनाते थे, नए कपड़े नहीं पहनते थे, ठेलों के हैंडिलों में फुंदने नहीं लगाते थे और कितना भी नशा कर लें, बहकते नहीं थे।

अदृश्यता की आशा सिर्फ पुरुषों से थी, झुग्गियों से निकलने वाली लड़कियों और औरतों के साथ अलग ढंग से पेश आया जाता था। उन्हें चिढ़ाया जाता था ताकि वे जवाब दें, हँसें और अपने रहस्य कह डालें लेकिन हर मादा बहरी और गूँगी थी, उसे दुनिया में पन्नियों, प्लास्टिक की बोतलों और थर्मोकोल के गत्तों के अलावा कोई चीज़ दिखाई नहीं देती थी, इन्हें बोरे में भरने के अलावा उसकी कोई इच्छा नहीं थी, अपनी उपेक्षा से खिन्न होकर एक गुप्त मानसिक अनुष्ठान किया जाता था जिसे "हर गंगे" कहा जाता था। चबूतरे पर अधलेटे होकर किसी औरत को देखते हुए आपस में फुसफुसाकर तखमीना (अंदाजा) लगाया जाता कि कितनी मात्रा में पानी, साबुन, शैंपू और रगड़ की आवश्यकता होगी, ताकि उसे उपभोग के लायक बनाया जा सके। इस उड़ान का मकसद सिर्फ सौंदर्य को प्रकट करना था।

अगर कोई सरकार विज्ञापनों में "हर गंगे" की काल्पनिक तस्वीरों और संवादों का इस्तेमाल कर पाती तो एक राष्ट्रवादी साबुन बनाकर अपना व्यापारिक साम्राज्य खड़ा कर सकती थी।

उन छुट्टियों में मैं और आदित्य पूरा दिन आपस में बातें किया करते थे कि हमारे पापा इतनी तेजी से क्यों बदल रहे हैं।

जब फौज में थे तो कहा करते थे, मैं कोई देशसेवा नहीं करता अपनी नौकरी कर रहा हूँ; वही अब रिटायर होने के बाद रास्ता चलते लोगों को

रोककर लज्जित करने लगे थे कि अगर फौजी नेफा, सियाचिन और लद्दाख की बरफ में गलते हुए देश की रक्षा नहीं करते तो वे अपने घरों में रजाइयों के नीचे अपनी बीवियों पर टाँग रखकर नहीं सो पाते। हमें छठवीं क्लास में बोर्डिंग स्कूल में भेजा गया था, अब हम बारहवीं में थे। वह इन छह सालों में इतनी तेजी से बदले थे कि आश्चर्य होता था, जब दिखाई देता कि उनकी उम्र, हैसियत और स्वभाव के लाखों आदमी उसी समय बदल रहे थे, तब तेजी पर नहीं, बदलने की व्यर्थता पर आश्चर्य होने लगता था; जब दिखाई देता कि इस व्यर्थता की एक ठोस उपयोगिता थी तो इसे पैदा करने वालों के दिमागों पर आश्चर्य होने लगता था, वे धूर्त लोग ऊपर से भड़कीला लेकिन अंदर से बीमार, मूर्ख और हर चीज़ से नफरत करने वाला आदमी बना रहे थे। हम समझने लगे थे कि सिर्फ नफरत से नाश चाहे जितना कर लिया जाए लेकिन कुछ बनाया नहीं जा सकता।

पापा के मामले में तो आदमी भी नहीं, आदमी का चटकीला खिलौना बनाया गया था।

उन्होंने हैंडलबार स्टाइल के गलमुच्छे बढ़ा लिए थे, हाथ में पीतल मढ़ा पिटरूल (बेंत का देसी नाम) लेकर चलने लगे थे, पहले उनकी चाल में एक दक्षता थी जो धीमी और तनावग्रस्त हो गई थी। अब उनके हाथ हर तरह के अभिवादन का जवाब सिर्फ सलूट (सैल्यूट) से देने के लिए मचलते रहते थे, ऐसा लगता था जैसे वे एक सेना से रिटायर होकर दूसरी में भर्ती हो गए हैं जो छलिया और दिखावेबाज़ है। इस सेना का प्रतीकों से प्रेम बहुत ज़्यादा था, सम्मान की भूख असहनीय थी।

नई सेना पर सवाल उठाने का हक किसी को नहीं था, जबकि पहले वे खुद ही सवाल किया करते थे।

एक शाम मम्मी ने आदित्य को मटन लाने के लिए भेजने से पहले बताया, अब शिकार वे नहीं, देवदर्शन चाचा पकाते हैं और महदू चचा के यहाँ से नहीं, रेलवे लाइन के उस पार इतवार को आम के बाग में लगने

वाली साप्ताहिक हाट से लाना पड़ता है। वह जब थैला लेकर निकलने लगा तो मैं भी साथ चली गई, मम्मी ने पहले की तरह एतराज नहीं किया क्योंकि वे समझती थीं कि इस उम्र में लड़कियों के लिए घर से दो-चार सौ कदम बाहर जाना भी कितनी खुशी और राहत की चीज़ होती है।

हम दोनों ने महदू चाचा की दुकान के सामने से गुजरते हुए, उन्हें चोरी से देखा और आँखें रास्ते पर झुका लीं। कुछ देर बाद मैंने उन्हें मुड़कर फिर देखा, वह भी हम दोनों को देख रहे थे। उनके देखने कोई बहुत पहचानी-सी बात थी लेकिन याद नहीं आ रही थी, शायद कुछ ऐसा भाव था कि उनके बच्चे कहीं खो गए हैं और अब कभी नहीं वापस लौटेंगे या उदास-सा कुछ और था जो समझ में नहीं आ रहा था।

जब हम दोनों बहुत छोटे थे, तब महदू चचा मंगलवार को भी बाजार आकर दुकानदारों के साथ ताश खेलते थे, हमारे घर भी आ जाते थे। मम्मी संभालने में परेशान हो जातीं तो वह हम दोनों को अपने कंधों पर बिठाकर रेलगाड़ी दिखाने ले जाते थे। हम लोग जिस सुबह पहली बार बोर्डिंग स्कूल जा रहे थे, उन्होंने हवाशाह बाबा के दो ताबीज लाकर दिए थे, पापा बहुत खुश हुए थे।

उस तरह के ताबीज अब भी कई दुकानों में लटके दिखाई देते हैं।

स्टेशन की परली तरफ आउटर सिग्नल के केबिन के पास जहाँ आम का बाग खत्म होता है, एक तालाब है, उसके किनारे रेल की पटरियाँ कोई एक किलोमीटर के दायरे में हँसिए की तरह घूम गई हैं, बीच की जगह में एक बबूल के पेड़ के नीचे हवाशाह बाबा की मज़ार है। शाम के धुंधलके में अक्सर एक दिया टिमटिमाता दिखाई देता है जो मुसलमान या हिंदू किसी का भी जलाया हो सकता है, औरतें वहाँ ताबीज चढ़ाने जाती हैं जो पहली बार बाहर जाने वाले उनके बच्चों की बाँहों पर बाँधे जाते हैं।

तालाब के किनारे मुसलमानों की एक छोटी-सी बस्ती में महदू चाचा का घर है। चार-पाँच काश्तकार हैं जो सैयद हैं, कुछ मनिहार, चिड़ीमार,

हज्जाम हैं, पहले कुछ लोग इक्का चलाते थे और दर्जी का काम करते थे, अब ऑटो चलाने लगे हैं।

एक समय यहाँ कोई बाजार नहीं था, अभी रेल की पटरियाँ बिछाई जा रही थीं, चारों तरफ लोहा लकड़ी के ढेर थे, लोग तमाशा देखने आते थे। कागज पर बने नक्शे के मुताबिक पटरियाँ मज़ार के रकबे से आगे को निकाल दी गईं, अचानक आँधी चलने लगी जो सात दिन, सात रात लगातार चलती रही। मटमैला आसमान फड़फड़ाता रहा, मीलों तक धूल के टीले बन गए। कुछ देख और सुन पाना असंभव था क्योंकि धूल साँप की तरह फुफकार रही थी, गिट्टियों की बौछार से घरों की खपरैलें चूरा हो गईं। आँधी थमी तो लोगों ने देखा पटरियाँ एक कोस दूर जा पड़ी थीं, मशीनें धूल बैठने से बेकार हो गईं थीं, इंजीनियरों और मजदूरों के तंबू उड़कर कहाँ गए किसी को नहीं पता, सारे औजार गायब हो गए थे।

आँधी के बाद इलाके के हिंदू और मुसलमान एक राय थे कि रेल चली तो तबाही आएगी, लोग खेती छोड़ शहरों में नौकरी करने लगेंगे, जिस-तिस के हाथ का खाकर धर्म बिगाड़ेंगे, यहाँ की औरतें विधवा समान हो जाएँगी, बाहर के लोग आकर बस जाएँगे, आपस का लिहाज खत्म हो जाएगा, एक दिन जगह की इतनी तंगी हो जाएगी कि घरों में रेल के डिब्बे की तरह पटरे के ऊपर पटरा लगाकर सोना पड़ेगा।

काला चश्मा और हैट लगाए रेलवे का सबसे बड़ा अफसर जीप से मुआयना करने आया, मज़ार के पास के पेड़ से निकले भौरों ने धावा बोल दिया, एक पहर में उसका चेहरा इतना सूज गया कि करैली मिट्टी की तरह फटने लगा, वह उसके बाद कभी दिखाई नहीं दिया।

उसके बाद एक बंगाली अफसर आया, नाक तक सिंदूर लगाने वाली उसकी बीवी ने नक्शा देखकर एक कोस तक सरसों बिछाई, उसके कहने पर इक्कीस गाँवों के आदमी लगे, पटरियाँ सेंगरा पर ढोकर वापस लाई गईं लेकिन जमीन पर रखते ही उनमें आग लग गई, पटरियाँ कई दिन

लाल रहीं, हवाशाह बाबा के आसपास रहने वाले जिन्नातों ने उन्हें पोरसा भर के टुकड़ों में काटकर तालाब में पटसन की तरह धोना शुरू किया, पुराने लोग बताते हैं कि उनकी उखड़ी साँसें और गुस्सैल हुँकारें रात में दूर तक सुनाई देती थीं, सारा लोहा रेशा-रेशा उधड़ गया, फिर आँधी चली, लोहे के रेशे पता नहीं कहाँ गए। बंगाली और उसकी बीवी भी डरकर भाग खड़े हुए।

बात नेहरू जी तक पहुँची, उन्होंने दिल्ली की जामा मस्जिद के पीछे नंगे रहने वाले एक फकीर का ताबीज भिजवाया जिसे बबूल के पेड़ में टाँग दिया गया और नई रेलवे लाइन हवाशाह बाबा के स्थान से दूर घुमाकर डाली गई।

लेकिन बाबा का गुस्सा कम नहीं हुआ था, रेल चली तो अक्सर कोई जानवर या आदमी सामने आकर कट जाता और उसकी लाश घिसटती हुई मज़ार तक जाती। कई साल बाद मज़ार पर एक मुतवल्ली आया जो खैरियत की दुआ पढ़कर ताबीज देने लगा। जिसे सफर करना होता वह ताबीज खरीदता। किसी के रेल से कटने या सफर से न लौटने की खबर आती तो मुतवल्ली को जलाल आ जाता, वह चिल्लाता, बाबा की हुक्मउदूली का यही अंजाम होता है।

यहाँ स्टेशन बनने के कई साल बाद जिन लोगों ने दुकानें लगाईं, वे सबसे पहले मज़ार का ताबीज दुकान में लटकाते थे। इस बस्ती के निठल्ले, मुसलमान नौजवानों और बकरी-घोड़े चराने वाले बरेदियों की मिन्नतें करते थे कि वे उनके बगल में किसी भी चीज़ की दुकान खोल लें, उन्हें लगता था मुसलमान का साथ रहने से पीर बाबा का कोप नहीं होगा। तब इन दुकानदारों में से कुछ मुहर्रम में ताजिया के जुलूस के साथ गुलाब जल छिड़कते हुए कर्बला तक जाते थे, कई तो तेगजनी करते और बनेठी खेलते थे।

अब भी इस बस्ती के कुछ बच्चे टिकट खिड़की के पास हवाशाह बाबा का ताबीज लिए खड़े रहते हैं लेकिन कोई उनकी ओर ध्यान नहीं देता।

मुझे एक बहुत पुरानी फोटो की याद आई जिसमें पापा के चेहरे पर हूबहू वही भाव था जो महदू चचा को देखकर महसूस हुआ था, मैंने घर लौटकर उसे खोजना शुरू किया लेकिन वह किसी एलबम में नहीं, एक पुरानी किताब के भीतर मिली।

उसे कायदे से फोटो नहीं कहना चाहिए, ऐसा लगता है जैसे कैमरा खुला रखा हो और बटन दब गया हो या किसी अनाड़ी ने पापा से छिपकर फोटो लेनी चाही हो और बहुत कुछ अनचाहा भी चला गया हो। फोकस किसी एक चीज़ पर नहीं है, वह गाँव में अपने घर के सामने अमरूद के पेड़ के नीचे कुर्सी पर कमीज और लुंगी पहने बैठे हैं, दोनों पैर कुर्सी के ऊपर हैं, वह गर्दन मोड़कर अपने बायीं ओर धान के खेतों के बीच के रास्ते की ओर देख रहे हैं।

कुर्सी से सटाकर बैलों को हाँकने में इस्तेमाल किया जाने वाला एक पैना रखा है, सामने मिट्टी के दो ढेर हैं जिन पर कई बच्चों के हाथ छपे हैं, जरा फासले पर एक हैंडपंप है जिसके नीचे झपस गई घास में एक बाल्टी औंधी है और हैंडिल पर एक प्रश्नाकुल कौवा बैठा है।

एक कच्चा घर है जिसके आगे कई बरसातें देख चुका एक पेड़ का समूचा तना पड़ा है, एक गाय और एक भैंस बैठी पगुरा रही हैं, द्वार के ऊपर गेरू से बनाए गए दो हाथियों के बीच एक कलश के दोनों ओर शुभ और विवाह लिखा है, इन सबका रंग इतना उड़ चुका है कि उसे अब स्मृति में ही पढ़ा जा सकता है। घर के भीतर जाती रोशनी में चारा काटने की एक मशीन का चक्का दिखाई दे रहा है।

इस फोटो में ऐसा कुछ नहीं है कि सहेजकर रखा जाए लेकिन जाती बरसात की एक दोपहरी है और एक खास दिन की याद है। यह कैमरा पापा ने आर्मी कैंटीन से खरीदा था, उसी दिन पहली बार गाँव लाया गया था। इस फोटो के आगे-पीछे बहुत-सी तस्वीरें थीं जो आँखों के आगे चलने लगीं।

हम लोग बाबा हवाशाह स्टेशन पर उतरने से पहले ट्रेन में एक ही पैकेट से चिप्स खाते और फ्रूटी पीते, एक लगभग आधुनिक परिवार थे लेकिन पटरी पारकर आम के बगीचे में आते ही एक औपचारिक जुलूस में बदल गए थे, पापा अचानक तेजी से बढ़कर दस मीटर आगे चले गए, मम्मी ने चाल धीमीकर घूँघट निकाल लिया, उनकी आवाज सूख गई। मुझे और आदित्य को दौड़ने से मना कर दिया गया इसलिए बीच में फँस गए थे। पीछे गाँव से आए दो मजदूर थे जो सिर पर बक्से उठाए, कंधों से बैग झुलाते सबके साथ एक सीधी लाइन में चल रहे थे।

चारों ओर इतनी चुप्पी छा गई थी कि उमस लगने लगी, पापा की कमीज के पीछे क्रीज की दो लंबी धारियों, पैंट में ठुंसे मोटे पर्स, चमकते जूतों की एड़ियों के अलावा कुछ भी दिखना बंद हो गया, अपने कपड़े ज़्यादा भड़कीले लगने और शरीर में चुभने लगे। हम दोनों को सामान ढोने वालों के शरीरों से आती लयबद्ध चरमर की आवाजों से नींद आने लगी।

कच्चे रास्ते से गुजरने वाले सभी आदमी, औरतें और बच्चे आँखों से हम लोगों को पकड़ने, सामानों का वजन तौलने, मम्मी के घूँघट के भीतर घुसने समेत इतने आपत्तिजनक काम कर रहे थे कि उनसे बचने के लिए पानी भरे खेतों में दौड़ जाने की इच्छा होती थी। लाइन तोड़कर खेतों की ओर जरा-सा बढ़ते ही पापा गुस्से से चिल्लाते, 'जानवर के बच्चे हो क्या जो चरने के लिए भाग रहे हो। यहीं छोड़ देते हैं। पेट भर जाए तो आराम से आना।'

यह गुस्सा मम्मी-पापा में अचानक आए बदलाव के साथ, हम दोनों के न बदलने की ढीठ हरकत के कारण था जो बहुत थोड़ा बाहर आ रहा था, दरअसल हम दोनों बेटा-बेटी होने के फर्ज से गद्दारी कर रहे थे।

गाँव पहुँचकर इतने अधिक लोगों को जबरदस्ती नमस्ते कराया गया, पैर छुआए गए कि हम दोनों को चक्कर आने लगा, आदित्य ने कान में कहा, 'लग रहा है जैसे सबकी आँखें उनके चेहरों से बाहर निकलकर जोड़े में उड़ रही हैं, उनसे बीड़ी और पसीने की बदबू आ रही है।'

हम दोनों कपड़े उतारकर कुछ देर हैंडपंप चलाते रहे, अमरूद के नीचे मिट्टी के ढेर को थपकी देते हुए खेलते रहे फिर गायब हो गए। हमारी दादी का कहना है कि 'हम लोग अगले एक पहर या तीन घंटे अलोप रहे, यह समय हमारी उम्र में नहीं गिना जाएगा।'

फोटो में पापा की कुर्सी के आसपास जो खाली जगह है, उसमें एक भुतही सांय-सांय है, मम्मी समेत कई औरतों की सिसकियाँ हैं, गाँव के बीच एक पुराने कुएँ में रस्सी से एक आदमी को नीचे उतारते लोगों की बहकी आवाजें है लेकिन वह सब कैमरा नहीं पकड़ पाया है। सबसे अधिक आत्मविश्वासी और संवेदनशील कौवा है जो बच्चों को एक मिनट पहले देखकर आया है इसलिए कुर्सी से टिके डंडे से सुरक्षित दूरी बनाकर हैंडपंप के हैंडिल पर बैठा पापा से पूछ रहा है, 'इस गाँव के लोग इतना परेशान क्यों हैं?'

पापा के मुँह में थोड़ी देर पहले खाई गई मिठाई का स्वाद है, एक काका द्वारा छिपा कर दी गई एक चुटकी तमाखू का उससे मिलकर उठता हुआ नशा और एक घायल क्रोध है जिनके मिले-जुले असर में वे बेखबर हुए जा रहे हैं। गाय और भैंस, दोनों जानती हैं कि बच्चे कहाँ होंगे लेकिन उनकी तरफ कोई ध्यान नहीं दे रहा इसलिए उनके पगुराने में खीझ दिखाई दे रही है। चटक धूप के बावजूद पेड़ का चिकना तना उदास इसलिए दिख रहा है क्योंकि वह चाहता था, बच्चे उस पर बैठकर खेलें लेकिन वे कहीं और चले गए।

आदित्य को सूसू लगी थी, मैं उसे साथ लेकर कच्चे घर के भीतर बाथरूम खोजने गई थी। घर अंदर से टूटा हुआ था, खपरैलों के बीच एक बहुत बड़े छेद से भरभराकर धूप आ रही थी और हवा में लचकते बाँसों के ऊपर एक सफेद बादल का टुकड़ा दिखाई दे रहा था, वह पहला दिन था जब महीनों से भीगते रहने के कारण धूप नरम हुई थी, उसके रंग में कोई ऐसी बात थी कि आँखें बंद करके अपनी पलकें और बरौनियाँ रंग

लेने का मन होता था, बादल का टुकड़ा भी सिर्फ देखने के लिए सफेद नहीं था, वह हम दोनों को अपने पीछे आने का इशारा करके घर के पीछे छिप गया।

पीछे की तरफ एक गला हुआ बूढ़ा दरवाजा था जिसे देखकर हमें हँसी आ गई थी। लोहे की साँकल मुस्तैदी से बंद थी लेकिन बीच में नक्शे जैसी कटी-फटी जगह खुली थी। नक्काशीदार लकड़ी के भीतर दीमकों की पार्टी चल रही थी, कान लगाने पर उनके खाने, पीने, नाचने, गाने की आवाजें सुनाई दे रही थीं।

हम दोनों फटे दरवाजे से बाहर आ गए, आदित्य सूसू करना भूल गया क्योंकि वहाँ तो धान के खेत में एक नाली से बहुत ज़्यादा पानी तेजी से बह रहा था, मैंने पानी में पैर डाला, ठंडक महसूस होने से गले से घुटी हुई चीख निकली, आदित्य नाली में घुसा तो डमरू की तरह हिल गया और जल्दी से चड्ढी खिसकाकर पानी में सूसू करने लगा, तभी उसके पैर की चप्पल निकलकर नाली में पानी की पीठ पर उछलते हुए भागने लगी।

इस शरारत पर बिदककर सबक सिखाने के लिए हम दोनों उसके पीछे भागे।

वह बहुत दूर जाकर पकड़ में आई। उसका रबड़ पानी में भीगकर खिलखिलाने लगा था, मेड़ों पर बैठे घोंघे चप्पल को देख रहे थे लेकिन पास जाते ही वे अपनी गर्दन खोल के भीतर घुसाकर, जीव नहीं चीज़ होने का बहाना करने लगते थे। पानी की तरह धान भी हवा में बहे जा रहे थे, एक लहर, दूसरी लहर, तीसरी लहर–सब एक-दूसरे को पकड़ने के लिए दूर तक भागी जा रही थीं लेकिन पता नहीं चल रहा था कि कोई किसी को पकड़ पाई या नहीं।

हम दोनों ने एक लहर को पीछे से आते हुए पहचाना और चप्पलें फेंककर पकड़ने के लिए दौड़े, वह बचने के लिए रास्ता बदलकर खेत के किनारे की तरफ भागने लगी, धान के नीचे बोलते हुए पानी में पीले रंग

का एक बहुत लंबा साँप हवा से भी तेज़ भाग रहा था, उसके सिर पर जरा से बाल थे, वह शायद थोड़ी देर में सब हवाओं को पकड़ सकता था।

हम हाँफने लगे, गले की हँसुली गर्म हो गई तो ध्यान गया कि दूसरे खेत में घुस गए हैं। वहाँ धान के ऊपर रामजी के सुग्गे भी बहे जा रहे थे, जिन्हें रोकने के लिए तितलियाँ रास्ता काट रही थीं। दोनों अपना झगड़ा सुलझाने के लिए बगुलों के पास गए लेकिन वे किसी की नहीं सुनते हुए चुपचाप नीचे देख रहे थे, उन्होंने जाकर हवा से शिकायत की, उसने वापस मुड़कर बगुलों को धक्का दिया, उनके पंख खुल गए और वे गिरते-गिरते बचे।

हमारे कपड़ों पर कीचड़ लग गया था और पैरों में खुजली हो रही थी, हम काई लगी नाली में लेटकर फिसलते हुए नहाने लगे, ऊपर धूप और सफेद बादल भी धान और पानी की तरह भागे जा रहे थे। उस दिन का नाम 'भाग मिल्खा भाग' था, कुछ नहीं करना था, सब लोग भाग रहे थे, सिर्फ नहाते-गाते भागते जाना था।

हम भागते हुए एक धान के खेत में धँसने लगे, हवा से मिलकर गालों पर पटापट मारते पौधे, सिर के ऊपर तक लंबे थे, पैर उठाने में जोर लगाना पड़ रहा था। हम एक-दूसरे को हिम्मत से देखते हुए, पौधों को मुट्ठियों में पकड़कर चलते हुए बहुत देर बाद खेत के उस पार पहुँचे। वहाँ खेतों में पानी लगा रहा एक मजदूर, अपने फावड़े पर ढेर सारे घोंघे रखकर देख रहा था।

वह हमें गोद में उठाकर घर ले आया, हम दोनों ऊपर से नीचे तक कीचड़ में सने थे, हमारे शरीरों के पोर-पोर में ऐसी अलमस्त महक बस गई थी जिसे जिंदगी भर नहीं भूला जा सकता।

विलाप और अफरातफरी के इस एक पहर के दौरान पापा, बैलों को हाँकने वाला पैना लेकर कुर्सी पर ही बैठे रहे, हिले नहीं। उन्होंने मजदूर की गोद में हम दोनों को ऊँघते देखकर कहा था, 'चमरकिट्ट..।'

फोटो में उनके विवाह के समय बनाए गए कोहबर के नीचे, खंडहर में आती रोशनी से चारा मशीन का चक्का चमक रहा है, वह अपनी दोनों टाँगों के बीच हाथ दिए बेफिक्री से कहते लग रहे हैं, 'काल का पहिया न जाने कब किसे चपेट में - कौन जानता है, लेकिन कोई बात नहीं, जिस चीज़ से बच्चे पैदा होते हैं वह तो मेरे ही पास है न!'

यह न व्यंग्य है, न मजाक, कहीं ज़्यादा गहरी सचाई है जो उस रात घर में उड़ती शीशे की महीन किरचों के रूप में चमकी, डेढ़ महीने लंबी चुप्पी के रूप में झनझनाती रही और अंततः पापा के बीवी-बच्चों को कभी अपने साथ न ले जाने के फैसले में बदल गई। हम दोनों की पढ़ाई के लिए यह गस्बे वाला घर बनाने की जरूरत उसी समय पैदा हुई थी।

रात में सोने से पहले मम्मी ने आदित्य को सिरदर्द की एक दवा की शीशी देकर पापा के पास भेजा, पापा उसे लेकर देर तक देखते रहे, चेहरे से ऐसा लग रहा था जैसे सिरदर्द अब शुरू हो रहा है, उनका चेहरा एँठने लगा, आँखें बाहर निकल आईं, उन्होंने पूछा, 'तुम्हें किसने भेजा?' और पूरी ताकत से हाथ घुमाकर सामने दीवार पर दे मारा, पलक झपकते ही शीशी गायब हो गई और दीवार पर एक बहुत छोटा-सा मलहम का धब्बा बचा।

मैं डरकर रोने लगी लेकिन आदित्य ने नाचता हुआ ढक्कन लपककर अपनी जेब में रख लिया।

अगले दिन पापा-मम्मी के बीच गंदी वाली लड़ाई हुई, मुझे सिर्फ दो वाक्य याद हैं क्योंकि उन्हें परिवार के सदस्यों के बीच बार-बार दुहराया जाता रहा है लेकिन कोई वाजिब जवाब आज तक नहीं ढूँढ़ा जा सका है।

मम्मी ने कहा था, 'तुम क्या जानो, औरत को एक बच्चा पैदा करने में कितनी तकलीफ होती है? नौ महीने में वह कितनी बार जीती-मरती है?'

पापा ने कहा था, 'जब आदमी की बूँद ही नहीं मिलेगी तो औरत क्या खाकर बच्चा पैदा करेगी?'

वह एक पहर तक बिन बच्चों वाली माँ होने की पीड़ा को भुला नहीं पा रही थी, वे बच्चों से उसके किसी संबंध को ही नहीं मान रहे थे।

पापा तो औरत का अलग अस्तित्व स्वीकार भी कर रहे थे लेकिन घर के दरवाजे पर उनके पिताजी यानि दादा बैठे थे जो ऐसे प्रश्नों के सामने आने पर 'जिय बिनु देह नदी बिनु बारी, तैसिय नाथ पुरुष बिनु नारी' सुनाया करते थे।

हम दोनों अपने बहादुर पापा पर गर्व करते थे, इसलिए नहीं कि वे फौज में अफसर थे। हमारी बहादुरी का पैमाना अलग था, गर्व इसलिए करते थे क्योंकि वह फौज के गोपनीय, रहस्यमय, अभेद्य किले के भीतर निहत्थे खड़े एक निडर आदमी थे।

गाँव में एक बार उनके एक फौजी दोस्त के घर शीतला माई को मनौती का खस्सी चढ़ाया गया, खाने के शौकीन जवान-रिश्तेदार जुटे, बुजुर्गों से बचाकर गोबर से लिपे आँगन पर झुके एक नीम के पेड़ के नीचे रम की बोतल खुली, हँसी-ठट्ठा हो रहा था लेकिन रैंक के लिहाज से काफी 'सर' और 'जै हिंद' था। मिट्टी की मोटी दीवार में गड़े खूँटों से लटकते हैवरसैकों में अगले साल की फसलों के बीज नीम की सूखी पत्तियों की सोहबत में सोए हुए थे, कोठरियों में संयुक्त परिवार की औरतों के बक्से अलग से दिखाई दे रहे थे क्योंकि उन पर अजनबी जगहों के नाम और फौज की यूनिटों के कोड पेंट से लिखे हुए थे।

स्टील के गिलास, मग, खाने की प्लेटें, हाथ पोंछने के तौलिए, बैठने के लिए बिछाए गए कंबल, सोने के लिए लगाई गई हरी मच्छरदानियाँ सब फौज की थीं, आसपास के सामानों पर ऐसी हरियाली छाई थी कि वह घर एक किसान बटालियन लग रहा था।

जब खाना परोसा गया तो पापा ने भावुक होकर कहा, 'अब ऐसा मटन आर्मी में कभी नहीं खाने को मिलेगा।'

चुप्पी छा गई, हम दोनों तुरंत उनके दुख का कारण जानना चाहते थे कि क्यों ऐसा मटन आपकी आर्मी में नहीं मिल सकता, अचानक माहौल

भारी हो गया था, सहमकर चुप हो जाना पड़ा। इस बात का पीने वाले फौजियों पर असर थोड़ी देर के लिए ऐसा था, जैसे वे युद्ध में ग्रेनेड से उड़ गए अपने किसी ऐसे अंग के बारे में बात कर रहे हों जो अब दुबारा नहीं उग सकता।

'हम कुत्ते टहलाते हैं, आपके बच्चों के आगे झुककर झाड़ू-पोंछा करते हैं। आप ऊपर वालों ने सब बर्बाद कर दिया, सर!' एक नये रंगरूट ने इतने आवेश से कहा, जैसे अपनी कमर से कटार खींचकर लड़ने को तैयार हो।

उसने एक फ्लाइंग किक से सेना के किले में तहखाने का गुप्त दरवाजा खोल दिया था।

थोड़ी देर में उनकी बातों से बनती तस्वीरों में पापा के दुख का कारण दिखाई देने लगा था, अब बड़े अफसरों का मुँहलगा डॉक्टर बूढ़े, बीमार बकरों को भी स्वस्थ एवं खाने योग्य होने का सर्टिफिकेट देता है। चिकन, दूध, अंडा, मक्खन, अनाज, शराब, कपड़े, मलहम, पट्टी—सबकी सप्लाई दोयम दर्जे की होने लगी है। इन चीज़ों में जो कुछ अच्छा होता था, वह अब कमीशन के रूप में अफसरों की जेब में चला जाता है, यह सिलसिला नेताओं और दलालों की मदद से मुर्गी चोरी से लेकर सुसंस्कृत ढंग से नई इमारतें और सड़कें बनाने, लड़ाकू विमानों, टैंकों, शहीद सैनिकों के ताबूत और उन पर चढ़ाए जाने वाले फूल खरीदने तक चलता है। जिसे नौकरी करनी है, उसे यह सबकुछ अनदेखा करना पड़ता है।

हम दोनों को उस दिन जो एक झपाटे में दिख गया था, वह कई सालों में समझ आया कि यह ग्रेट ब्रिटेन की ईस्ट इंडिया कंपनी के व्यापारिक हितों के लिए इक्का-दुक्का भारतीय रजवाड़ों और सिविलियनों पर जरूरी सशस्त्र कार्रवाई के लिए बनाई गई एक आधुनिक सेना थी, उसका प्रशासनिक ढाँचा, औपनिवेशिक परंपराएँ, प्रोटोकॉल, कानून, मेडल और ट्राफियाँ उसी जमाने से चली आ रही थीं। रंगरूटों से अपने लॉन की घास

कटवाना, पोंछा लगवाना, हुक्का भरवाना उत्पीड़न नहीं विशेषाधिकार था, जिसका इस्तेमाल अंग्रेजों जैसी शान से भारतीय अफसर भी कर रहे थे।

उस कच्ची बखरी के आँगन में झुका नीम का अकेला पेड़ साक्षी है कि उसके नीचे बैठे, अपनी बंदूकों को जुआठ (खेत जोतते समय बैलों के कंधे पर रखा जाने वाला जुआ) कहने वाले अनुभवी सैनिक इस बात पर राजी थे कि अगर देश में जानलेवा गरीबी न होती तो सेना में भर्ती के लिए जवानों का अकाल पड़ जाता। सेना, भूख से मरते आदमी को देश के लिए जीने का मौका देकर ऐसा मजाक करती है जिसे एक सच्चा फौजी महसूस तो कर सकता है लेकिन मरते-मरते भी किसी से नहीं कह सकता। इसकी टीस उसकी चाल और लहजे में उतर आती है, सिविलियन इसे सलूट के झटकों से दिमाग का घुटनों की ओर सरक जाना समझते हैं।

तब पापा कहा करते थे, 'मैं कोई देशसेवा नहीं, सिर्फ एक नौकरी कर रहा हूँ।'

वही पापा वॉलंटियरी रिटायरमेंट के बाद घर आकर सिविलियनों को सेना की कम इज्जत करने के लिए, कम देशभक्त होने के कारण महदू चचा जैसे मुसलमानों के प्रति नरम और अहिंसक होने के लिए धिक्कार रहे थे। वे दिन-रात व्हाटसैप पर ऐसे संदेशों को डूबकर पढ़ते, नफरत के नए नुक्ते निकालकर हमारे रिश्तेदारों और परिचितों को भेजते थे। इन संदेशों को एक खास तरह की राजनीति ने अपनी फैक्ट्री में थोक के भाव बनाया था जो पहले हिंदुओं को कायर, कमजोर, सहनशील कहकर अपराधबोध पैदा करती थी, फिर उसे मनचाही चीज़ों जैसे मुसलमानों से घृणा और हिंसा के उत्सव या वोट में बदल देती थी, वरना क्या कारण था कि वे रोज झुग्गी बस्ती के बच्चों को बाजार में नंगा करके पीटने वाले दुकानदारों को घर में बिठाने लगे थे। पहले के पापा होते तो उनकी खाल खींच लेते।

उन्होंने एक इतवार की शाम देवदर्शन चाचा के साथ पीते हुए कहा था, 'ये चाचा नेहरू के बच्चे हैं' और दोनों इस बात पर बहुत देर हँसते रहे थे।

वे घर के बाहर मम्मी से अंग्रेजी बोलने लगे थे जो हैंडिलबार मूँछों के साथ उन पर बहुत फबती थी।

हम दोनों उन्हें एक लगातार बढ़ती दूरी से मम्मी के साथ प्रभुत्व की भाषा में बात करते देख रहे थे, जिसे पारकर पाना मम्मी के लिए इस जनम में संभव नहीं था। हम अक्सर उन दोनों की जवानी के दिनों के बारे में सोचने लगते, क्या कभी मम्मी उन्हें संतुष्ट कर पाती होंगी? या इसका उल्टा होता होगा? क्या दोनों में कभी प्यार रहा होगा, अगर नहीं था तो क्या मैं और आदित्य थोड़ी देर के लिए दंभ और नफरत भुला देने वाले सेक्स की अंधी ताकत के सबूत हैं? क्या हमें बिना प्यार के संभोग से लोकाचार और उत्तराधिकार के लिए पैदा किया गया था? जब हमें अपनी दिमागी हालत पर शर्म आने लगती तो कल्पना करते, पापा एक कॉरपोरेट कंपनी में बदल गए हैं जिसके लिए अपने एक पुराने कर्मचारी उर्फ मम्मी की उपयोगिता खत्म हो चुकी है। उसे सीएसआर की पॉलिसी के कारण ढोया जा रहा है।

हमारे इस शर्मनाक ढंग से सोचने का एक वाजिब कारण था, जो पापा को लगता था कि हम लोग नहीं जानते। वे अब ब्लू फिल्में देखने लगे थे, अपने दोस्तों के साथ डिजिटल कुटीर उद्योग में नॉनवेज चुटकलों पर बने वीडियोज का लेन-देन कर रहे थे। वे कुछ सालों से सुबह प्लेटफॉर्म पर टहलने आने वाली रेलवे कॉलोनी की ट्रैकसूट और हाफ पैंट पहनी लड़कियों को राजनीति में आकर कुछ नया करने के लिए प्रेरित कर रहे थे। वे इस बीच दो बार देवदर्शन चाचा के साथ थाईलैंड घूम आए थे, क्या उन्होंने वहाँ किसी कमसिन लड़की से सिर्फ मसाज कराया होगा? मम्मी कहती हैं कि वहाँ भी एक अयोध्या है, जिसके राजा राम थे, उसी को देखने गए थे।

जिंदगी भर घर के खाने की महिमा का पवित्र गान करने के बाद, वे अब इंटरनेट से मिली जानकारियों का इस्तेमाल करते हुए शौक से

कई देशों का खाना पास के कस्बे से मँगाकर खाने लगे थे। इस उम्र में स्वाद का बदल जाना कोई मामूली बात नहीं थी। उनकी दुनिया मटन, मालपुआ, खीर, कटहल की सब्जी और दालपूड़ी तक थी लेकिन अब कुजीन के बारे में बात करना नया शगल था।

वे रिटायर होने के एक साल तक बाल रंगने के सख्त खिलाफ थे, उनके एतबार से यह किसी बैल का बछड़ा बनने की कोशिश में आत्मरक्षा के लिए मिले अपने प्राकृतिक सींग कटा लेना था। वे किसी हल्के रंग के कपड़े की पैंट-कमीज और सैंडिल पहना करते थे, बाँहों के बटन मुस्तैदी से बंद रखते थे, उन्हें तेज़ हवा में कमर के पास उड़ती कमीज पहने, दृढ़ता से चलते देखकर पानी में तैराए दीये की याद आती थी जिसकी लौ लहरों के धक्के के बीच भी खड़ी रहती है। यह महज सादगी नहीं थी, वे उन पुराने हिंदुओं की अगली पीढ़ी के आदमी लगते थे जो चालीस साल के आसपास ही रंगीन कपड़े पहनना बंद कर देते थे, किसी बाबा से गुरुमुख हो लेते थे, बेटे-बेटियों के ब्याह, तीर्थयात्रा और परलोक की बातें करने लगते थे, उनके बारे में कहा जाने लगता था कि वे जल्दी ही बच्चों जैसे भुलक्कड़ हो जाएँगे, जबकि मुसलमानों के बुजुर्ग होशियार होते जाते हैं।

वही अब पेंशनयाफ्ता अमेरिकन बूढ़ों की तरह जीन्स, रंगीन टी-शर्टें, कैप और स्पोर्टस शू पहनने लगे थे, उनके सीने के पके बालों के ऊपर रुद्राक्ष की माला से लिपटी एक सोने की मोटी चेन झूलने लगी थी। उन्हें तीज-त्योहारों पर जरी-गोटे के काम वाले रंगीन कुर्ते पहने देखकर यह सोचना स्वाभाविक लगता था कि वे मौका लगे तो गुजराती लचक के साथ डांडिया भी नाच सकते हैं।

उनके देखने का ढंग बदला था, आँखों में एक प्रायोजित द्रुत आश्चर्य और ठहाकों में अंग्रेजी ढंग की धीमी लय आ गई थी।

वह नई सेना में आकर नए सिरे से धार्मिक हुए थे, पहले उनका धर्म खामोश और भावुक किस्म का था, घर के छोटे-से मंदिर में ठाकुर जी

की पिंडी के आगे नहाने के बाद गुजरते हुए बिना रुके हाथ जोड़ लिया करते थे, अगर कई दिन से लगातार बरसात हो रही हो तो अपने कमरे में लेटकर खिड़की से बाहर देखते हुए तन्मयता से देर तक *हनुमान चालीसा* गाते थे।

हर बारिश में कम-से-कम एक बार उनकी आस्था प्रतीक्षा के उदास सौंदर्य और मद्धिम काव्यात्मक आभा से चमक उठती थी। वे ईश्वर और बाबाओं की बात करते हुए अपने एक फौजी दोस्त को याद जरूर करते थे, जिसने काफी मनौती और अनुष्ठान से जन्मे अपने बेटे की आत्महत्या के बाद, उसी दिन एक मंदिर में जाकर मूर्तियों पर अपनी पिस्तौल खाली कर दी थी।

वे मंगल और शनिवार को सज-धजकर माँ के साथ कार ड्राइव करते हुए कस्बे के दो बड़े मंदिरों में जाते थे, जहाँ कुछ सालों से ज़्यादा भीड़ होने लगी थी। वह इंटरनेट पर उपलब्ध तीन पंचांगों से व्रत, पर्व और मुहूर्त की अपडेटेड शास्त्रीय जानकारी रखने और 'एलेबोरेटेड' पूजा करने लगे थे। हम दोनों ने पहली बार उन्हें मंदिर में निर्लिप्त अकेली खड़ी मम्मी से थोड़ी दूर, भीड़ के बीच अंग्रेजी में हिंदू धर्म और देश पर मुसलमानों के कारण आए खतरे के बारे में हाथ की बेंत नचाकर बोलते हुए देखा तो वे एक शानदार परफॉर्मर लगे। पहले उनमें तालियों के लिए तड़पती यह प्रदर्शनप्रियता कतई नहीं थी, जिसके असर में उनका हर सलूट शायराना हुआ जा रहा था।

उनके नए धर्म को अंग्रेजों जैसी मिलिटरी पॉवर और कूटनीति चाहिए थी, ताकि अफगानिस्तान तक का अखंड भारत बनाया जा सके। वह आदमी कोई और था जो मम्मी जैसा धार्मिक था और अक्खड़ ढंग से कहा करता था, 'अगर लाउडस्पीकर हटा दिए जाएँ तो कितने लोग धार्मिक हैं, यह मंदिर जाकर भजन गाने वालों की संख्या गिनकर बताया जा सकता है।'

कुछ दिन लगता था कि वे रिटायरमेंट के बाद कोशिश करके आधुनिक, सुसंस्कृत और जागरूक हो रहे हैं लेकिन जल्दी ही उनकी विरोधाभासों से भरी दिनचर्या देखकर हैरत होने लगी कि अगर आधुनिक हुए हैं तो उनका दिमाग पुरातनपंथी, कट्टर और उन्मादी कैसे होता जा रहा है, क्या सिर्फ महत्त्व पाने के लिए उन्होंने बहुरूपिये की तरह खुद को बदल लिया है? अगर महत्त्व ही पाना था तो उन्हें अपने पुराने धर्म को बदलने की क्या जरूरत थी!

हम लोगों का ध्यान एक दिन पापा की गालियों में आए बदलाव पर गया, वे पहले सबसे आम गाली देते थे—चमरकिट्ट—हम लोग बचपन में जिस दिन गायब हो गए थे, उन्होंने वापस लाने वाले मजदूर और हम दोनों को यही गाली दी थी। अब उनकी जबान से जो सबसे पहली गाली फिसलती थी, वह थी कटुआ।

...किट्ट और कट्ट।

क्या उस पुरानी गाली का आधा हिस्सा किट्ट किसी पॉलिटिकल पहेली का एक टुकड़ा था, कोई इशारा था जिसे बीस साल बाद कटुआ में बदल जाना था।

नफरत तो उनके भीतर हमेशा से थी। हमने टिन शेड की बैठकों में होने वाली बातों से छानकर समझा है कि हम लोगों के जन्म के समय यह नफरत चमरकिट्ट, चमारिया या नीच के रूप में सामने आती थी। जिसे सुनकर नीच मानी जाने वाली जातियों के लोग सिर झुका लेते थे, मानो उनका सामना किसी कड़वे परमसत्य से हो गया हो। जो ज़्यादा ढीठ थे, हँसते थे और बदले में ज़्यादा भदेस गालियाँ और सज़ाएँ पाते थे। उन्हें आजीविका, चारा-पानी के लिए अपने खेत, तालाब, रास्तों पर आने से रोककर काबू किया जाता था, न मानें तो मारपीटकर, जलाकर या सामूहिक बलात्कार जैसे तरीकों से ठंडा कर दिया जाता था।

उनकी जवानी के दिनों में लड़के रोज शाम को गाँव के बाहर किसी पुलिया पर बैठकर, वहाँ से गुजरने वाले नीच लोगों को रोककर

धर्मगुरुओं द्वारा सूत्रबद्ध किए गए, उनकी जाति के अवगुणों, औकात और बदकिस्मती की याद दिलाया करते थे, टीवी आने से पहले यही ऑल इंडिया ग्रामीण मनोरंजन था।

एक समय ऐसा आया कि नीच जवाब देने लगे, वोट की ताकत पैदा होने के कारण उनकी हिमायत का एक ऐसा कानून बन गया कि गाली देने वाला सात साल से पहले जमानत पर भी जेल से बाहर नहीं आ सकता था। अब ये गालियाँ अपने घरों में औरतों-बच्चों और उन लोगों को दी जाने लायक बचीं जो जन्मना नीच नहीं थे लेकिन आर्थिक रूप से परजीवी और शरीर से कमतर थे। यह भूल पाना असंभव था कि सचमुच के चमारों का सामना करने की हिम्मत टूट गई थी, वे सरकार चलाने लगे थे। अज्ञातवास की समाप्ति पर विराट के सामने युधिष्ठिर ने कलियुग में कुलहीनों के जो लक्षण बताए थे, प्रकट हो रहे थे।

यूरेका! तभी राजनीति की प्रयोगशाला में देश के विभाजन के समय से चल रहा एक प्रयोग सफल हो गया, व्हाटसैप संदेश, वीडियो, मीम बनाने वाले कारखाने लगाए गए। खुद सरकार जनमत बनाकर मुसलमानों का शिकार करने लगी। यह दलितों, पिछड़ों, आदिवासियों या सभी नीच कहे जाने वालों के लिए एक नई रोमांचक जिंदगी की शुरुआत थी। उनकी सदियों की कुंठा की निकासी का एक सुरक्षित रास्ता बना दिया गया था। वे खुद ही व्हाटसैप संदेशों से सीखकर हाथों में तिरंगे लेकर गौकशी, लव जिहाद, मकान जिहाद, थूक जिहाद के आरोप लगाते हुए मुसलमानों को मारने-पीटने और सार्वजनिक जगहों पर नमाज पढ़ने से रोकने लगे। कुछ हत्याएँ भी हो जाती थीं। उन्हें पहली बार ताकत का मजा मिलने लगा था, साथ ही वे उनके जैसे बन रहे थे जिन्हें ऊँचा, श्रेष्ठ, धार्मिक और देशभक्त होने के कारण सरकार हर तरह से आगे बढ़ा रही थी।

जिन्होंने हमें सदियों से सताया है, हम खुद उनके जैसा होने के लिए न जाने कब से तड़प रहे हैं—यह प्रयोग से निकला फॉर्मूला था।

हम लोग बचपन में प्लास्टिक के रंगीन पाइपों का एक खेल खेला करते थे, इन्हें बैन्ड और सॉकेटों से आपस में जोड़कर नलके, घर, रेलवे लाइन, कई चीज़ें बनाई जा सकती थीं। आदित्य एक दिन घर में दुछत्ती पर पड़े कबाड़ से तीन पाइप उठाकर लाया। एक नारंगी था, एक नीला और एक हरा। उसने नारंगी और नीले पाइप को आपस में जोड़कर कहा, 'किट्ट' ...मतलब जब नफरत का प्रवाह नीच जातियों की तरफ होता है तो हिंदू समाज ऊँच-नीच में बँटकर टूटता है। उसने दोनों के बीच एक तीन छेदों वाला सॉकेट लगाकर हरे पाइप को नब्बे डिग्री के कोण पर जोड़ दिया... 'कट्ट' ...यानी जब नफरत का प्रवाह मुसलमानों की ओर होने लगता है तो जातियों को एक साझा मकसद मिल जाता है, वोटों का बँटवारा रुक जाने से सत्ता मिलती है, हिंदू मजबूत होने लगता है। किसी-न-किसी से तो नफरत करनी पड़ेगी। बिना नफरत के न धर्म बच सकता है, न देशभक्ति हो सकती है।

इस फॉर्मूले को लागू करने के हर छोटे-बड़े अभियान के लिए तिरंगे को आगे रखना जरूरी था क्योंकि यह सबकुछ देश के लिए किया जाना था। जल्दी ही बाजार की दुकानों और घरों पर बारहों मास झंडे लगे दिखाई देने लगे क्योंकि देशभक्ति रोजमर्रा की चीज़ हो गई थी। हमसे पहले की पीढ़ियों को अपनी जिंदगी में कभी कपड़े का असली झंडा छूने को नहीं मिला था, उसको गलत ढंग से फहराने पर अदालत बैठती थी, सज़ा दी जाती थी लेकिन अब झंडे आँधी-पानी में फटते रहते थे, लत्ता हो जाते थे, सड़कों पर गाड़ियों के नीचे कुचले जाते थे लेकिन लोगों को परवाह नहीं रह गई थी क्योंकि अब वह सिर्फ गौरव का एक प्रतीक नहीं था, एक औजार की तरह हमले और बचाव के काम आ रहा था।

रोज इस्तेमाल होने वाले औजार पर निशान पड़ते ही हैं।

सबसे ऊँचा पापा का झंडा था जो हमें कभी-कभी एक चतुर प्रतिद्वंद्वी बड़े भाई की तरह लगने लगता था। वह हमसे नाराज हो सकते थे लेकिन

उससे नहीं, उसके पास धर्म-अर्थ-काम-मोक्ष समेत सबकुछ का मनोहर आश्वासन था और हम मन-ही-मन अपने पापा से नफरत पालने लगे थे। हम दोनों रोते थे क्योंकि हमारे भीतर नफरत के अलावा कुछ और पैदा ही नहीं हो रहा था।

उन्हीं दिनों एक ऐसी घटना घटी कि महदू चचा न दीन के बचे, न दुनिया के। लोग उनका नाम लेते ही हँसने लगते, हँसते ही चले जाते क्योंकि उनके जैसी किस्मत गस्बे के इतिहास के चंद सबसे अभागे लोगों ने भी नहीं पाई थी। उन्होंने भी नहीं जो हवाशाह बाबा का ताबीज बाँधकर सफर पर निकले और कभी नहीं लौटे।

महदू चचा और उनका बेटा शाहनवाज, दोनों धार्मिक कायदे के पक्के मुसलमान थे। वे शैतान और भाड़े के फरिश्तों के बीच एक मैच का आयोजन कराने के अजीब सिलसिले के बाद शराब पीकर, तस्करी के आरोप में जेल पहुँच गए।

शाहनवाज ने अपनी बस्ती की मस्जिद में चलने वाले मदरसे के एक मौलवी को जान से मारने की सुपारी दी थी, जिसने उसके सात साल के बेटे को कुकर्म करके अधमरा कर दिया था। वह कई महीने से हकलाता और छिपता रहता था। एक दिन खून से भीगी हाफ पैंट हाथ में लिए आया और घर के दरवाजे पर बेहोश होकर गिर गया।

जिस दिन मौलवी की हत्या करना तय हुआ था, बाप-बेटे फजर की नमाज पढ़कर बिना टिकट सफर के लिए घर से निकल गए। स्टेशन पर जो पहली गाड़ी मिली, उसमें बैठ गए। वे चाहते थे कि हत्या से पहले ही टिकट चेकर उन्हें गिरफ्तार कर ले, जल्दी से उनका नाम-पता सरकारी कागज पर लिखकर किसी स्टेशन की अस्थाई हवालात में बिठा दे या जेल भेज दे।

इंतजार करते दोपहर हो गई लेकिन स्लीपर डिब्बे में टिकट चेकर नहीं आया। मौलवी के मदरसे से निकलने का टाइम करीब आ रहा था, जब उसे गोली मारी जानी थी।

दोनों घबराकर एसी डिब्बे में जाकर खड़े हो गए। स्टेशन पर स्टेशन निकलते जा रहे थे लेकिन जैसे वे किसी को दिखाई नहीं दे रहे थे। कोई उनसे कुछ पूछ ही नहीं रहा था। महदू चचा एक स्टेशन पर उतरकर जल्दी से प्लास्टिक और कागज बटोर लाए और टॉयलेट के पास आग जलाने लगे।

मुसाफिर उन पर हँस रहे थे कि इन्हें इतना भी नहीं मालूम कि ठंड लगने पर कंडक्टर से कहकर एसी का टेम्परेचर कम कराया जा सकता है। काफी देर बाद एक आदमी आया, उसने जहालत के लिए उनके मजहब को गालियाँ देते हुए, जूते से कुचलकर आग बुझा दी और दोनों को डिब्बे से बाहर भगा दिया।

महदू चचा डरकर बेटे को गालियाँ देने लगे कि उसकी बात मानकर बुरे फँसे। अब उनके जेल जाने के बाद, कोई कुनबे की रोटी का इंतजाम करने वाला भी नहीं बचेगा। अच्छा होता कि टिकट लेकर बैठे होते। कम-से-कम ये सबूत तो रहता कि वे दोनों उस समय सफर कर रहे थे।

शाहनवाज ने कहा, 'कोई टिकट खरीदने के बावजूद, सफर के बजाय कत्ल करने जा सकता है। उसे सबूत नहीं माना जाता।'

दिन तेजी से बीत रहा था। धूप ढलने लगी, बहुत देर बाद एक स्टेशन आया।

वे फौरन भागकर एक दूसरी ट्रेन में सवार हो गए। काफी खोजने के बाद एक टीटीई दिखा। शाहनवाज ने उसे कई बार धक्का दिया लेकिन वह उसकी तरफ ध्यान नहीं दे रहा था। हर बार खिसककर नई जगह खड़ा हो जाता था। उसे रोज धक्के खाने की आदत थी। वह चुपचाप खड़ा रहता तो क्या पता उसकी ओर मुखातिब होता।

महदू चचा बदहवासी में उसके कोट की जेब पकड़कर लटक गए जो चरचराकर फट गई, फर्श पर रुपए और कागज बिखर गए। टीटीई उनकी तरफ देखने के बजाय आराम से सबकुछ समेटकर दूसरी जेब में

रखने के बाद, दीवार की तरफ मुँह फेरकर बुजुर्ग के दिमागी तवाजुन की दुआ करते हुए कोई आयत पढ़ने लगा।

वह मुड़ा और इत्मीनान से महदू चाचा को इस उम्र में किसी को साथ लेकर ही सफर करने की सलाह देकर चलता बना।

शाम हो चली थी। ट्रेन एक स्टेशन के आउटर पर देर से रुकी हुई थी। दोनों डरे हुए थे कि अगर मौका-ए-वारदात से दूर होने का सबूत बनाए बिना वापस लौटे तो अगली सुबह उनका कत्ल के जुर्म में जेल जाना तय है। बेचैनी बहुत बढ़ जाती तो वे रेलवे में कानून नाम की चीज़ के खत्म हो जाने के लिए सरकार को कोसने लगते थे। इस बात का समर्थन करने वाले बहुत मुसाफिर थे लेकिन उससे क्या होना था।

शाहनवाज की आँखों के आगे रह-रहकर अँधेरा छाने लगा। कुछ समझ में नहीं आ रहा था। अचानक उसने अब्बा को इशारा किया और कुछ दूर की एक सीट पर बैठे एक सूट-बूट वाले, रंगीन चश्मा लगाए एक आदमी के सामने उसका काफी भारी सूटकेस उठाकर ट्रेन से नीचे उतरने लगा।

महदू चचा को हैरत हुई कि उस आदमी ने कोई एतराज नहीं किया। उन्होंने बगल से गुजरते हुए हाथ मारकर उसका चश्मा गिरा दिया। उसने खुद ही सॉरी कहते हुए चश्मा उठाया और फिर से आँखों पर चढ़ा लिया।

वे दोनों शर्म से रेल की पटरी के किनारे की गिट्टियों में गड़ते हुए, खिड़की के बाहर से सूटकेस दिखाते हुए, उस आदमी के शोर मचाने और अपने पिटने का इंतजार कर रहे थे लेकिन वह तो कहीं और गुम था। उनकी तरफ देख तक नहीं रहा था। न ही डिब्बे के किसी आदमी या औरत ने उसका ध्यान चोरों की तरफ दिलाने की कोशिश की। लग रहा था, ट्रेनों में अब आदमी नहीं, बुत सफर करने लगे हैं।

आखिरकार ट्रेन चली गई। वह आदमी उन्हें रिश्तेदार की तरह खिड़की से हाथ हिलाकर अलविदा कह रहा था।

बाप-बेटे ने काफी हुज्जत के बाद फैसला किया कि वे शराब पीकर थाने के सामने दंगा करेंगे, तब पुलिस को उन्हें गिरफ्तार करना ही पड़ेगा। आखिर उनकी कितनी अनदेखी की जाएगी।

जिंदगी में पहली बार पीना था। अनजान जगह में पहले शराब की दुकान, फिर थाना खोजने में रात हो गई।

वे दोनों थाने के सामने एक पेड़ के नीचे हाथ में शराब की बोतल और प्लास्टिक के गिलास लहराते हुए आपस में धक्का-मुक्की करते हुए आधी रात तक चिल्लाकर गालियाँ देते रहे। महदू चचा का गला बैठ गया लेकिन पुलिसवालों ने ध्यान नहीं दिया। उनकी सुबह से भूखे रहने के कारण हालत खराब होने लगी लेकिन वे किसी होटल में जाकर खाना खाने में वक्त बर्बाद नहीं करना चाहते थे। क्या पता उसी दरमियान उन्हें गिरफ्तार कर लिया जाए।

अब उन्हें अपनी अनदेखी और तज्लील पर बेहद गुस्सा आ रहा था। जैसे वे दो आवारा जानवर हों, कुछ भी करें किसी पर कोई फर्क ही नहीं पड़ रहा था।

दीवानेपन की हालत में शाहनवाज ने वह भारी सूटकेस, किसी तरह उठाकर थाने के लोहे के गेट पर पटक दिया जिससे वह भड़ाक से खुल गया। उसके भीतर से निकलकर पीले रंग के कछुए रेंगते हुए चारों तरफ जाने लगे, जिनमें से कई सड़क पर गाडियों से कुचल जाने के बावजूद महफूज रहे।

एक कछुआ लंबा सफर तयकर थानेदार के क्वार्टर में जा पहुँचा। उसकी बीवी डरकर चिल्लाई, तब खोजबीन शुरू हुई। पुलिस को भोर में जाकर बाप-बेटे खुले सूटकेस के अगल-बगल, उल्टियों में लिथड़े हुए सोते हुए मिले। सूटकेस के हैंडिल पर झूलता एक नन्हा कछुआ भी सो रहा था।

तीनों को पुलिस ने सोने दिया।

सुबह जगाकर, उन पर कछुओं की तस्करी का केस लगाया गया। आखिरकार जब शाहनवाज ने खैरियत से गिरफ्तार हो जाने की खबर फोन से घर पर दी तो उधर से बताया गया कि कल मौलवी तो मदरसे की तरफ आया ही नहीं था।

अगली सुबह मम्मी के फोन पर पापा का एक व्हाटसैप संदेश आया, उन्होंने अखबार में महदू चचा और उनके बेटे की एक सूटकेस के हैंडिल पर चिपके एक कछुए के साथ छपी फोटो भेजी थी और फोटो के साथ लिखा था, 'ये दोनों हवाशाह बस्ती में रहने वाले देशद्रोही, पाकिस्तान की खुफिया एजेंसी आईएसआई के एजेंट हैं जो पाकिस्तान से मिले जहरीले कछुओं को हिंदू आबादी के तालाबों, कुओं और पानी की टंकियों में डाल रहे थे। अगर ये शराब पीने की आदत के कारण पकड़े नहीं गए होते तो अब तक हजारों हिंदू मौत के घाट उतारे जा चुके होते। पुलिस प्रथम सूचना रिपोर्ट दर्ज कर मामले की जाँचकर रही है, जिससे इनके अन्य कारनामे भी जल्दी सामने आएँगे।'

हम दोनों ने चुपचाप आपस में तय किया है कि एक बार कॉलेज जाने के बाद हम कभी घर वापस नहीं लौटेंगे। ट्यूशन करेंगे, कोई छोटी-मोटी नौकरी खोज लेंगे लेकिन यहाँ नहीं आएँगे क्योंकि घर की इस कदर जहरीली हवा में हमारा जी पाना मुमकिन नहीं है। हम जानते हैं कि कल व्हाटसैप संदेशों में हमारा नाम उन औलादों के रूप में जरूर आएगा जो अपने स्वार्थ, आधुनिकता की चमक-दमक और ऐशो-आराम की जिंदगी के कारण माँ-बाप को भुला देते हैं, उन्हें बेसहारा मरने के लिए वृद्धाश्रमों में छोड़ देते हैं लेकिन हमें परवाह नहीं है।

क्लिक-क्लिक

अनंत ने एक महँगी और प्रतिष्ठित यूनिवर्सिटी से बीई और कंप्यूटर साइंस में मास्टर डिग्री पाई, बेंगलुरु में तीन साल एक कंपनी में क्लाइंटों और नए कर्मचारियों को नए सॉफ्टवेयरों का इस्तेमाल बताया, ऑफिस-ऑफिस खेलना सीखा और नवस्वाधीन बैचलर के सुखों का अनुसंधान किया लेकिन उसे नहीं पता था कि कंप्यूटर साइंस क्या चीज़ है।

ये सुख कुछ और नहीं अनुशासन और पढ़ाई की यातना से मुक्ति का हल्कापन था जिसे कभी-कभार बियर और सिगरेट की तंबाकू कुछ और हल्का बना देते थे।

वह बचपन से माँ-बाप की असुरक्षा और महत्त्वाकांक्षा के दो तारों से बटे गए चाबुक से हाँका गया था, जिसमें सुनहरे सपनों का हत्था लगा था। उनकी खुशी और अपनी शांति के लिए मन पर नियंत्रण रखकर रट्टा मारते हुए, गणेश जी की पूजा करते हुए, अमूर्त को मन की अलमारी के खानों में अमूर्त की तरह रखते हुए, मिडिल क्लास पैमाने के हिसाब से कामयाबी के रास्ते पर काफी दूर चला आया था।

वह पहला मौका मिलते ही अमेरिका पहुँच गया, तब जान पाया कि कंप्यूटर साइंस क्या चीज़ है।

वह शुरुआती दिनों में एक पुरानी इमारत के चौथे फ्लोर पर स्थित गूगल के ऑफिस से निकलकर अक्सर मैनहट्टन के कोलम्बस एवेन्यू पर ठिठक जाता था। हड्सन स्ट्रीट से आती अटलांटिक महासागर की हवा के साथ यह खयाल चला आता था कि समुद्र की एकरस अनिश्चितता में हफ्तों भटकने के बाद जब कोलम्बस को अचानक नए द्वीप का सबसे पहला, महीन संकेत देने वाले किसी तारे, किसी पक्षी, किसी गंध, किसी हवा, किसी वनस्पति से सामना हो जाता होगा तो उसे क्या कुछ ऐसा ही आनंद नहीं मिलता होगा, जिसे वह सीने में लिए न्यू जर्सी में अपने फ्लैट की ओर चला जा रहा है।

उसने कंप्यूटर के टाइम जोन में रहते हुए, उसकी भाषा में सोचते हुए भौतिकी, गणित और इलेक्ट्रॉनिक्स के इतिहास में बने रिवाजों, परंपराओं, मिथकों, अँधविश्वासों का इस्तेमाल करते हुए वह कोड बनाना सीख लिया जिससे मनचाहा सॉफ्टवेयर बनाकर कंप्यूटर से कंप्यूटरी का प्यार कराकर बच्चे पैदा कराने के अलावा, लगभग सबकुछ कराया जा सकता है। वह तकनीकी विचारों के स्पेस में तैरते हुए जान गया था कि सॉफ्टवेयर कुछ और नहीं एक व्यक्ति का रिकॉर्डेड विचार है जिसे पहले-सी या जावा भाषा में लिख लिया जाता है, फिर प्रोग्रामिंग के बाद कंप्यूटर पर चलाया जाता है।

जल्दी ही वह अपने मैनेजर फ्रैंक मैक्कार्ट से उस भाषा में बात करने लगा, जिसमें कंप्यूटर से संवाद किया करता था। कंप्यूटर उसे बौद्धिक स्पंदन और विचारों की उड़ान भी दे सकता है, ऐसा उसने कभी सोचा नहीं था।

किस्मत अच्छी थी कि उसे गूगल में कोई भारतीय मैनेजर नहीं मिला था, वरना पेपरवर्क और रुटीन के असाइनमेन्ट्स लादकर गधा बना डालता। अमेरिका में आईटी कंपनियों के इंटरव्यू में भारतीय अफसर अपने देश के लड़के-लड़कियों से सबसे टेढ़े सवाल पूछते हैं, दफ्तर में

सबसे ज़्यादा देर तक रोकते हैं और बाहर सड़क पर मिलने पर “हैलो” तक नहीं करते। अंग्रेज बनने का स्वप्न उनके किसी पूर्वज के डीएनए में तब आया होगा जब भारत अंग्रेजों का गुलाम था, जिसे आजाद हुए पचहत्तर साल से ज़्यादा अरसा बीत चुका लेकिन गुलामी के साइड इफेक्ट काफी बचे हुए हैं। चूँकि वह डीएनए कोड आनुवांशिक रास्तों से गुजरते हुए किसी कार्टून फिल्म के सॉफ्टवेयर में बदल चुका है इसलिए वे अब अपनी चमड़ी, चिंतन और चेतना–सबको बाईपास करते हुए, अंग्रेजों का भी बाप बनने की कोशिश करते हुए दुनिया भर में हास्य पैदा करते रहते हैं।

उसके दिमाग में इस कार्टून फिल्म की शुरुआत ‘टमटमाटम टम टमाटर खाएँ हम, अंग्रेज का बच्चा क्या जाने अंग्रेजी जानें हम’ के जिंगल से हुआ करती थी।

उसे अजीब लगता था कि आइरिश मूल के मैनेजर फ्रैंक को कुछ कहना होता था तो वह खुद चलकर उसके क्यूबिकल तक आता था। उसने एक दिन कहा, ‘आप भी मुझे बेंगलुरु ऑफिस के मैनेजर की तरह अपने केबिन में बुला सकते हैं।’

फ्रैंक ने समझाया, ‘अगर उसका काम है तो उसे ही उठकर कर्मचारी तक जाना चाहिए। जहाँ व्यक्ति की कद्र नहीं होती, वहाँ काम पीछे चला जाता है, चमचागिरी ऊपर आ जाती है।’

फ्रैंक, लॉजिक के बहाव के बीच में अचानक व्यावहारिकता को छू लेने वाली उसकी देसी कल्पनाशीलता की ऑफिस में तारीफ तो करता था लेकिन उसने नाम का तियां-पाँचा कर दिया था। वह कहता था, ‘एनॉट, एक सॉफ्टवेयर डेवलपर को थोड़ा-सा कवि, थोड़ा-सा सेल्समैन, थोड़ा-सा वक्ता, थोड़ा डिजाइनर और इतनी ही मात्रा में तार्किक और संवेदनशील होना पड़ता है। तुम अगर प्रेम जैसी फालतू चीज़ के चक्कर में न पड़ो तो बहुत अच्छे कोड राइटर बन सकते हो।’

वह भारतीयों से बात करते हुए हमेशा भाषा का खेलकर देता था यानि सेक्स को प्रेम कहता था।

एनॉट यानि एक आदमी जो नहीं है या एक गाँठ जो सही जगह पर लग चुकी है। अनंत को कंप्यूटर को पालतू बनाने का चस्का लग चुका था इसलिए यह नाम ठीक ही लगा। आखिर कंप्यूटर के लिए उसके गणितीय व आध्यात्मिक स्पर्श वाले नाम, गेहुँआ रंगत वाले उत्तर भारतीय चेहरे, गाँव-कस्बे-मेट्रो के कॉकटेल से बने व्यक्तित्व का क्या मतलब है। वह तो हर व्यक्ति को चिन्हों, संख्याओं, अक्षरों के एक खास सिलसिले से पहचानता है, जिसे पासवर्ड कहते हैं।

वह शुरुआती दिनों में जब नए वर्क कल्चर, नए सहयोगियों से परिचित हो रहा था, वहाँ के रेस्टोरेंट, डिस्को, लाइब्रेरी या सड़कों के जरिए अमेरिकी समाज में घुसते हुए उसे एक कोड का पता चला, जिससे बच्चे वह सब कर गुजरते हैं जिसकी दुनियादार लोग कल्पना भी नहीं कर सकते। बच्चे नहीं जानते कि उनके पास जो चल रहा है उसका वास्तविक अर्थ क्या है, उनकी चेतना आसपास के अधिकांश परिवेश को दर्ज ही नहीं करती इसलिए वे बिना झिझके अधिक फोकस के साथ अपनी प्रेरणाओं का पीछा करते हुए बिल्कुल नई हरकतें करते हैं। अमेरिका के बारे में कुछ न जानना बहुत बड़ी नेमत थी। कुछ ऐसी नेमत जो किसी शहर में पहली बार जाने वालों की आँखों में बसती है। वे ऐसी चीज़ें देख लेते हैं जो वहाँ बरसों से रहने वाले नहीं जानते।

छत में लगी लाइटों से झरता नीला प्रकाश जितना जीवंत था, ऑफिस का माहौल उतना ही ठंडा और तटस्थ था। प्रोफेशनल ढंग से व्यक्तित्व को तराशकर सिर्फ परफॉर्मर हिस्से से संवाद करने का चलन था, इसलिए अनंत ने कुछ तीव्रता से नोटिस किया कि एक गंजा भारतीय सुपरवाइजर ज़्यादा ही गर्मजोशी से हाथ मिलाता है। कैंटीन में मिलता है तो बातचीत में उसकी अपनी बोली भोजपुरी का कोई एक शब्द हमेशा मिला देता है।

कॉमन रूम में सामने पड़ जाने पर बैट थमाते हुए टेबल टेनिस का एक गेम खेलने के लिए कहता है।

उसने पहले महीने में तीन बार स्नैक्स-कॉफी का बिल दिया और पहली अनौपचारिक बातचीत में क्वीन्स, न्यूजर्सी के उन भारतीय रेस्टोरेन्टों का अपनी जीभ पर लिखा इतिहास बताया, जहाँ दाल-भात और ब्लैक फ्राइडे से क्रिसमस के बीच बाटी-चोखा भी मिल सकता था। अनंत सतर्क होने लगा, शायद प्रेमचंद के बड़े भाईसाहब हैं जो धीरे-धीरे नैतिक पुलिस की वर्दी पहन रहे हैं।

गंजे सर के दाँत उजले थे। वे कोई गंभीर बात कहने से पहले दोनों कलाइयों को नापकर पक्का कर लेते थे कि आसमानी रंग की कमीज के सभी बटन बंद हैं और गर्दन को ऊपर झटककर टाई को महसूस कर लेते थे। एक दिन टेबल टेनिस के मैच में शायद जानबूझकर हारने के बाद, कैंटीन की ओर जाते हुए उन्होंने अनंत के कंधे पर हाथ रखकर खिंची मुस्कान के साथ पूछा, 'आर यू अ ब्राह्मिन!'

'नहीं तो लेकिन इससे क्या फर्क पड़ता है, सर, कंप्यूटर तो मुझे एक भारतीय के रूप में भी नहीं पहचानता।'

'यहाँ अमेरिका में हम कुछ नहीं हैं लेकिन वहाँ तो हर एक की जाति होती है, तुम्हारी भी होगी। तुम एक स्कॉलर की तरह चलते हो इसलिए पूछ लिया!'

'मैं वहाँ भी जाति के पचड़े से एक तरह से बचा ही रह गया इसलिए उसे ढोकर यहाँ लाने का कोई मतलब नहीं था।'

उन्होंने कैंटीन में अदरक वाली स्पेशल चाय पिलाते हुए दाँतों को मुस्कान की तरह संयोजितकर जाति का रहस्य खोला, 'कुछ महीने में तुम्हें यहाँ एक साल हो जाएगा, ग्रीन कार्ड के लिए अप्लाई करोगे और अमेरिका के नागरिक हो सकते हो। मेरे एक रिश्तेदार हैं जिनके यहाँ क्वीन्स में तीन रेस्टोरेन्ट और एक डिपार्टमेंटल स्टोर है। उनकी इकलौती

बेटी है, वे अपने घर के आसपास का कोई लड़का खोज रहे हैं, चाहो तो उनसे तुम्हारी मुलाकात करा सकता हूँ।'

'सॉरी सर, मैं यहाँ शादी करने नहीं आया हूँ।'

'तुम जिंदगी भर सॉफ्टवेयर डेवलपिंग नहीं कर पाओगे। यहाँ जीने के लिए बहुत पैसा चाहिए। अगर तुम्हें जुकाम हो जाए, मैनहट्टन में किसी डॉक्टर को दिखाने जाओ तो पंद्रह मिनट की कंसलटेन्सी के 200 डॉलर ले लेगा।'

अनंत को अच्छे प्रोजेक्टस मिल रहे थे। वह मँझोले, बड़े साउथ एशियन क्लाइंटस को डील कर रहा था और वीकेंड पर फाइव स्टार लाइफ स्टाइल वाले भारतीय बैचलरों के फ्लैट पर होने वाली पार्टियों के न्यौते मिल रहे थे जिनमें टल्ली होने के बाद सिगरेटों के धुएँ में कॉलेज लाइफ के अतिरंजित किस्सों, गर्लफ्रेंडों, माँ के हाथ के बने खाने और बचपन के बेफिक्र दिनों को याद किया जाता था।

भारत के छोटे कस्बों में छूट गईं भावनाओं से सजल लड़कियाँ सबसे अधिक याद आती थीं क्योंकि अगर अच्छा कैरियर हो तो वहाँ फ्लर्ट और प्यार बहुत आसान था। यहाँ अमेरिका में सिर्फ सेक्स मिल सकता था जो इतना औपचारिक, शक्तिशाली और जानवरों की कराहों से कँपकँपाता अजनबी दैहिक मुद्राओं वाला था कि लाज जैसे खामोश उत्प्रेरक की तलाश करती भारतीय कामुकता खुद को बहुत जल्दी अनाथ महसूस करने लगती थी।

जो बैचलर यहाँ ग्रीन कार्ड पाने वाले थे, उनमें से बहुतों के पास बीएमडब्ल्यू, लेक्सस या मर्सीडीज कारें थीं जिनसे आनन-फानन में झुंड बनाकर केप, स्काईबीच या अटलांटा सिटी के बार, नाइट क्लबों और कसीनो में जाया जा सकता था।

वह एक दिन अटलांटा सिटी में एक दूसरी मल्टीनेशनल आईटी कंपनी में काम करने वाले यूनिवर्सिटी के दिनों के दोस्त आयुष के साथ

बैठा बीयर पी रहा था। अनंत ने उसे बताया, एक गंजे सर ने गूगल में मैरिज ब्यूरो खोल रखा है जिसमें वह चाहे तो अपनी जाति बताकर रजिस्ट्रेशन करा सकता है। दहेज में अमेरिका में तीन रेस्टोरेंट और एक किराने की दुकान का ऑफर है।

आयुष ने फौरन पहचान लिया, 'अच्छा बेटा, तुम भी ओईबी तिवारी के हत्थे चढ़ गए।'

'उनका नाम ओमप्रकाश तिवारी है।'

'ना, वन एक्सट्रा बेडरूम तिवारी को ही सब जानते हैं। ओमप्रकाश को कोई नहीं जानता। अपने ऑफिस में पूछकर देखना।'

तभी आयुष का फोन बजा, उसने हाथ में थामा कई दिन पुराना एक हिंदी का अखबार अनंत को दिया ताकि वह थोड़ी देर अकेले बैठ सके। क्लब में हो रहे शोर के कारण वह फोन पर बात करने बाहर निकल गया। वह अखबार में अपने शहर की कोई ख़बर ढूँढ़ रहा था, तभी उसकी भटकी नजर गालों पर बिखरे भूरे घुंघराले बालों के बीच झाँकती नीली आँखों से मिली जो उससे कुछ पूछना चाह रही थीं।

वह अकेली लड़की एक खाली टेबल पर सामने गिलास रखे बैठी थी। अंदर की नीली रोशनी में वह इतनी पवित्र और निश्छल लगी कि उसका मन हुआ जाकर कहे, 'तुम अकेली हो, ज़्यादा मत पी लेना, घर पहुँचने में दिक्कत होगी।' वह मुस्कुराई, अपना छोटा-सा हाथ हिलाकर बिना बोले 'हाय' किया।

अनंत अखबार पलटते हुए झिझक पर काबू पाने की कोशिश करता रहा। अंततः वह उठकर मुस्कुराते हुए उसकी टेबल की ओर बढ़ा ताकि उसे कम पीने के लिए कह सके। लड़की ने उसे इशारे से वहीं रोककर कहा, 'तुम मेरे पास नहीं, मैं तुम्हारे पास आऊँगी।'

वह वापस आकर बैठ गया। दो लंबे घूँट लेकर सिगरेट जलाने के बाद वह लड़की आई। उसने बड़े सलीके से अखबार को मेज पर रखकर बीच से एक पेज फाड़ा और "थैंक्यू" कहकर चली गई।

आयुष लौटा तो उसने फटे अखबार के बारे में पूछा और झल्लाकर कहा, 'जो पेज वह ले गई है, उसमें मेरे एक पत्रकार दोस्त का जिंदगी का पहला आर्टिकल छपा था। उसने जबलपुर से मुझे भेजा था, उसी का फोन था।'

'ओह, मुझे क्या पता!'

'शिट! कितना घटिया क्लब है, यहाँ वॉशरूम में टॉयलेट पेपर तक नहीं है। वह अब तक तो उससे अपना पिछवाड़ा पोंछकर कमोड में बहा चुकी होगी।'

तभी वह लड़की हॉल के छोर पर कॉरिडोर में दिखी। उसे अनंत से डेढ़ गुना लंबे और काफी चौड़े कंधों वाला एक पट्ठा गोद में उठाए चला आ रहा था। उसके गले में चमकती हुई मोटी जंजीर थी और दोनों बाहें टैटू से भरी थीं। उसने आयुष से कहा, यार, 'जबलपुर वाले को मेल कर देना कि उसका लेख पढ़कर तुम्हारी आँखों में आँसू आ गए।'

आयुष नाराज हो गया क्योंकि वह जरा-सी देर के लिए भी उसकी एक चीज़ संभालकर नहीं रख पाया था।

वह ऊँची आवाज में कहने लगा, 'तुम्हें यह तो सोचना चाहिए था कि मैं हिंदी का अखबार लेकर क्यों घूम रहा हूँ। तुम्हें ही दिखाना चाहता था लेकिन तुममें और उस लड़की में कोई अंतर नहीं है। जैसे उसे, वैसे तुम्हें अपनी जरूरतों के आगे दुनिया में कुछ नहीं दिखाई देता। कोई दूसरा और उसकी भावनाएँ तुम लोगों की लिस्ट में है ही नहीं।'

अनंत ने हकलाते हुए कहा, 'यार, मुझे बिल्कुल अंदाजा नहीं था कि उस अखबार में ऐसा कुछ है। मुझसे गलती ये हुई कि थोड़ी देर के लिए भ्रमित होकर उस लड़की को देवी जैसी कोई चीज़ मान बैठा था जो हगती नहीं होगी। यहीं चूक गया और वह अखबार फाड़ ले गई। ईमेल वाली बात मैंने मजाक में कही थी, दिल पर मत लेना।'

उन्हें लड़ते देखकर पहलवान उनकी मेज के पास आकर रुक गया। वह कुटिलता से मुस्कुराते हुए लड़की की ओर देखकर बोला, 'यह कह

रही है कि मैं अमेरिका हूँ और तुम दोनों अपने माँ-बाप की अभिव्यक्ति की स्वतंत्रता का फालतू नतीजा हो। तुम्हारे साथ अमेरिका ने वही किया जो उसे करना चाहिए।'

वे ठहाके लगाते हुए जाने लगे तो आयुष बौखलाकर उठ खड़ा हुआ। वह खुलेआम नस्लवादी ढंग से गू पोंछने की पात्रता के लायक बताए जाने से क्षुब्ध था, उनसे भिड़ जाना चाहता था लेकिन अनंत ने उसे बाँह पकड़कर बिठाते हुए कहा, 'जरा एक सेकेंड के लिए सोचो, भारत में तो मैं और तुम ही अमेरिका हैं।'

वे दोनों गुमसुम बीयर पीते हुए सोचते रहे, हम भारत में गोरे हैं लेकिन यहाँ काले हैं। कोई बहुत शराफत दिखाएगा तो कहेगा भूरे हैं। वहाँ हर जाति, अपने से नीचे वाले के लिए अमेरिका है और ऊपर वाले के लिए नेपाल है। इस सनक का कोई अंत नहीं है। कायर दिखने के बावजूद, ऐसे लोगों को माफ करना मजबूरी है और उन्हें भूलकर आगे बढ़ते जाने के सिवा और कोई चारा नहीं है। यह दुनिया ऐसी ही है। लड़ने का मतलब है, गांधी की तरह अपना कैरियर दाँव पर लगाना। वह हो नहीं सकता इसलिए सहना सर्वाइवल की अचूक रणनीति है।

अनंत को अमेरिका में काम करते हुए एक साल हो चुका था, उसका एच-1 वीजा दो साल का था। अब वह ग्रीन कार्ड के लिए अप्लाई कर सकता था यानि उसे फैसला करना था कि क्या वह हमेशा के लिए अमेरिका में बस जाएगा या भारत लौटेगा। कभी अमेरिका का नागरिक होने का खयाल ही सपने जैसा लगता था लेकिन जब समय आया तो उसके दिमाग में कंप्यूटर के माउस की क्लिक बजने लगी।

सिर के पिछले हिस्से में एक महीन, धातुई आवाज अनियमित अंतराल पर सिर्फ सुनाई ही नहीं देती थी, बालों तक में उसका कम्पन महसूस होता था। वह अक्सर जिस समय किसी आशंका से ग्रस्त हो रहा होता या अकेले में कोई डर भीतर प्रकट हो रहा होता, यह आवाज

सुनाई देती थी लेकिन किसी से बात करते समय इच्छा होती कि एक बार और ठीक से महसूस करके उसके बारे में कुछ बता सके तो वह गायब हो जाएगी।

वह घंटों इंतजार करता, बौखलाने लगता लेकिन कुछ नहीं होता। वह सबकुछ भूलकर काम में डूबा होता कि अचानक क्लिक की आवाज के साथ सिर के उस हिस्से में गरमी महसूस होती, जैसे छोटी-सी चिंगारी छूकर धीरे-धीरे बुझ रही हो।

ऑफिस में सबको कंप्यूटर रिलेटेड इंजरीज़ (सीआरआई) थीं। वे अपने अंगों के दर्द, सुन्न हो जाने, सायटिका, स्पांडलाइटिस, आँखों में जलन, किसी चीज़ से लटककर शरीर को खींचने और उँगलियाँ चटकाने की इच्छा को जानते थे लेकिन उनके लिए अनंत के सिर में माउस का चलना अजीब था। वे यह सुनकर अज्ञात भाव से कंधे उचकाने के अलावा कुछ नहीं कर पाते थे।

इसी समय, अपनेआप वह झक जैसी चीज़ शुरू हुई जिसने उसे अमेरिका से वापस घर पहुँचा दिया।

वह न्यू जर्सी से ऑफिस आते-जाते रास्ते में दिखने वाली सभी स्पोर्टस कारों के नंबर तेजी से पढ़कर उनका मूलांक निकालता हुआ यकीन करता कि अगर लगातार तीन कारों का मूलांक न्यूयॉर्क का कोड यानि एक निकला तो अगली बार क्लिक की आवाज नहीं होगी। यदि कोई और संख्या निकली तो इस मुसीबत से कभी छुटकारा नहीं मिल पाएगा। वह जानता था कि लगातार तीन कारों के मूलांक का एक हो पाना लगभग असंभव है।

यह जानबूझकर अपने भीतर संशय के बादल बनाने और उनका पीछा करते हुए कॉरपोरेट कंपनियों के बनाए भ्रमों तक पहुँचने की शुरुआत थी।

वह चौथे फ्लोर पर स्थित अपने ऑफिस जाने के लिए कभी लिफ्ट का बटन नहीं दबाता था। किसी के आने का इंतजार करता था। उसे लगता, अगर सबसे पहले बटन दबाने वाला एक नंबर दबाएगा तो आज

पूरे दिन में सिर्फ एक बार क्लिक होगी। अगर पहले दायाँ पैर ऑफिस के भीतर पड़ेगा तो तुरंत क्लिक नहीं होगी। कंप्यूटर ऑन करने के बाद अगर पहला मेल किसी रूसी क्लाइंट से संबंधित हुआ तो आज सिर साइबेरिया की तरह ठंडा रहेगा। अगर मीटिंग में उसे पिकासो की पेंटिंग की भारी रिप्लिका के नीचे बैठने की जगह मिली तो उतनी बार क्लिक होगी जितनी चीज़ें उस पेंटिंग में दिखाई गई हैं। कैंटीन के वॉशरूम में सिर्फ एक बार पंप करने से अगर लिक्विड सोप उचित मात्रा में हाथ पर बस एक बार गिर जाए तो यह समस्या हमेशा के लिए खत्म हो जाएगी। ऐसा ही उस दिन भी हो सकता है, जिस दिन कोई उसकी दाढ़ी में पके इकलौते बाल को नोटिस कर लेगा।

विचित्र यह था कि अगर सिस्टम एडमिनिस्ट्रेटर विपाशा बंदोपाध्याय सामने से आ रही हो और सबसे पहले उसकी पैंट की जिप के पास उभरे पेट पर नजर पड़ जाए तो सिर के हर दसवें बाल की जड़ में धातुई क्लिक के साथ एक चिंगारी सुलगने लगती थी जो असहनीय थी।

उसका ध्यान हमेशा सिर में टँगे रहने के कारण सबकुछ अजीब होने लगा। पहले वह किसी क्लाइंट की इक्कीस मिनट तक की बातचीत को टेपरिकॉर्डर की तरह दोहराते हुए, उसकी भाव भंगिमाओं तक की हूबहू नकल उतार लेता था लेकिन अब सबसे काम के ही पाँच-सात वाक्य गायब हो जाते थे। स्मृति के धुंधलके में भागते हुए उन्हें पकड़ने के बाद जब वह खुद समझने में लगा होता, तब तक क्लाइंट अपनी बात पूरी कर उसके उत्तर की प्रतीक्षा कर रहा होता। उसकी कहीं और अटकी खाली आँखें देखकर कहता, 'बेहतर हो, आप किसी और को मेरे पास भेजें ताकि समझा सकूँ कि कंपनी का जो सॉफ्टवेयर मैं इस्तेमाल कर रहा हूँ, उसमें समस्या कहाँ आ रही है।'

फ्रैंक क्लाइंट के पास किसी दूसरे डेवलपर को भेजकर उसे केबिन में बुलाकर झल्लाता, 'एनॉट, तुम्हें क्या होता जा रहा है? तुम तो जानते हो कि क्लाइंट अपनी समस्या का आसान, सटीक, बुलेटप्रूफ हल चाहता

है। या तो उसे बताना होगा कि यह समस्या क्यों आई या फिर तुम्हें सिद्ध करना होगा कि उसकी दिक्कत का कोई हल हमारी कंपनी के पास नहीं है लेकिन तुम उसकी बात ही नहीं सुनोगे तो ये दोनों काम कैसे कर पाओगे? तुमने सुनना क्यों बंद कर दिया है?'

अनंत अपनी सफाई में लंबी तकरीर करता जिसका कोई औचित्य किसी को समझ में नहीं आता। जब फ्रैंक का कहा भी उसके सिर के ऊपर से गुजरने लगता, वह अपना हाथ उसके मुँह के सामने उठाकर मकड़ी की टाँगों की तरह उँगलियाँ चलाता...क्लिक...क्लिक!

फ्रैंक उसे हर सुबह मेडिटेशन करने की सलाह देते हुए निराश भाव से जबड़े भींचकर बताता, 'तुम्हारे लिखे कोड प्रोग्रामर लेने से इनकार कर रहे हैं क्योंकि वे लगातार जटिल होते जा रहे हैं। तुम अब क्वालिटी-कम्युनिकेशन-बजट और टाइम के संतुलन का खयाल नहीं रख पाते। हद-से-हद उनका इस्तेमाल छात्रों को खराब कोड के उदाहरण के रूप में पढ़ाने के लिए किया जा सकता है। तुम जानते हो, अगर तुम खुद में सुधार नहीं करते तो न चाहते हुए भी एक दिन मैनेजमेंट को अपना प्रिय डायलॉग "नतीजा दो" या "दफा हो जाओ" बोलना पड़ेगा, उससे कोई नहीं बच सकता। मैं भी नहीं। तोते की तरह यह डायलॉग बोलने की नौकरी करने वाला भी नहीं।'

अनंत ने एक बार फ्रैंक से कहना चाहा, 'अगर वह एक महीने तक विपाशा बंदोपाध्याय को न देखे तो सबकुछ ठीक हो सकता है।'

यह बेतुकी सही लेकिन इतनी जरूरी बात थी कि वह कहने को उतावला हो उठा। अगले ही क्षण वह रुआँसा हो गया क्योंकि इसके बस दो ही मतलब निकाले जाएँगे। या तो विपाशा को नौकरी से निकाल दिया जाए या उसे कहीं और ट्रांसफर कर दिया जाए, जबकि वह ऐसा कतई नहीं चाहता था। वह और तो और खुद अपनी सबसे अच्छी दोस्त विपाशा को भी नहीं समझा सकता कि उसके सिर की जलन का उसके

पेट के उभार से क्या संबंध है। अगर वह खुद ही ढीले कपड़े पहनने लगे या कि कितना ही अच्छा हो कि किसी तरह अपने पेट को अंदर कर ले तो अनंत फिर से पहले की तरह अच्छा परफॉर्मर हो सकता है।

उसे खूब याद है, वह एक दिन एक कोरियन क्लाइंट के साथ बैठा बात कर रहा था। वह कॉफी पीते हुए, तीन बार अपना कप सामने की टेबल पर रखकर जोर से हँसा। अनंत ने गौर किया कि उसके सिर के खड़े बाल जड़ों के पास हिल रहे थे लेकिन नोंकों पर बिल्कुल स्थिर थे। अचानक उसने क्लाइंट को खींचकर एक झापड़ जड़ दिया। वह उसके मंगोल चेहरे पर झापड़ की प्रतिक्रिया खोजने लगा, तभी ध्यान गया कि उसने तो ऐसा कुछ किया ही नहीं है। यह सिर्फ अंदर काम कर रही उसका ध्यान भटकाने की एक ट्रिक है, ताकि वह उसकी समस्या न सुनने पाए और उसे फ्रेंक के पास जाकर शिकायत करने का मौका मिल जाए।

उस दिन के बाद ऐसा अक्सर होने लगा।

वह देखता कि उसने क्लाइंट की नाक पर घूँसा, अंडकोष पर घुटना दे मारा है या उसकी छातियाँ नोंचकर चौथी मंजिल की खिड़की से नीचे फेंक दी हैं जो सड़क पर कटोरों की तरह लुढ़कती दिखाई दे रही हैं। या आँखें निकालकर हथेली पर रख ली हैं जिनकी पुतलियों से चीटियों की एक लंबी कतार निकलकर कहीं जा रही है। वह चौंककर देखता कि कहीं सचमुच में तो ऐसा नहीं हो चुका है, फिर वह गहरे अपराधबोध से भर जाता कि इस तरह की फिल्म की रीलें उसके भीतर कैसे चलने लगती हैं, जबकि वह उन लोगों से पहली बार मिल रहा है और इनमें से किसी के लिए भी कोई शत्रुता का भाव मन में नहीं है।

अपने को संतुलित रखने की कोशिश करते हुए उसे आभास होने लगा था कि उसके भीतर कोई भीषण नकारात्मक ऊर्जा पैदा हो चुकी है जो हिंसक गतिविधियों की बेसिर-पैर की छोटी फिल्मों के जरिए अभिव्यक्त हो रही है।

अनंत कुछ कह नहीं सकता था, कर नहीं सकता था, उसे ठीक से पता भी नहीं था कि उसके सिर के भीतर माउस चलने का विपाशा बंदोपाध्याय से कितना गहरा संबंध है। सात महीने पहले उसका जन्मदिन था और उस दिन पहली बार उसने छू लिया था।

ऑफिस में केक काटा गया, गुपचुप ढंग से अनंत को उसके चेहरे पर केक पोतने की जिम्मेदारी सौंपी गई लेकिन जब मौका आया तो अनंत ने फैसला किया कि उसके सुंदर चेहरे को कुछ लोगों को विकृत मजा देने के लिए नहीं बिगाड़ेगा। उसने क्रीम से सिर्फ मूँछें बनाईं। मोबाइल फोनों के फ्लैश चमकने लगे तो विपाशा ने उसे थैंक्यू कहते हुए पास खींचकर कंधे पर हाथ रख दिया, जैसे वह उसका उस क्षण का बेस्ट फ्रैंड हो।

विपाशा के ब्रुकलिन स्थित फ्लैट में साथ रहने वाली चेक पार्टनर एग्नेस वापस अपने देश लौट गई तो उसने ऑफर दिया कि वह चाहे तो उसके साथ फ्लैट शेयर कर सकता है। इससे ऑफिस की दूरी कम हो जाएगी और घर का बना खाना मिलने लगेगा। अच्छा ऑफर था क्योंकि मैकडॉनल्ड के रेस्टोरेंट में हर दिन भारत के मुकाबले बहुत फीके पित्जा और बर्गर खाते हुए बुरी तरह ऊब गया था। अब उसे माँ से भी ज़्यादा गर्म चावल की महक और अरहर की दाल की याद आती थी। पहले वह दोस्तों और पिता को अमेरिका आने के लिए कहता था लेकिन वे नहीं आते थे तो राहत महसूस करता था। अब सोचता था, 'कोई एक हफ्ते के लिए भी आ जाए तो कितना अच्छा रहे।'

उसने विपाशा से कहा, वह वीकेंड पर उसके साथ रहकर देखेगा, अच्छा लगा तो तुरंत शिफ्ट कर जाएगा।

एक दिन ऑफिस से निकलकर दोनों हाथों में हाथ डाले, न्यूक्रिक एवेन्यू में एक बांग्लादेशी के स्टोर से हिल्सा मछली, सरसों का पेस्ट, दही, कागज के फूल, कंदीलें, झालरें और शैम्पेन खरीदने गए। अनंत ने नोटिस किया, उसका हाथ बहुत सर्द और कोमल था लेकिन बड़ी, काली आँखों में रह-रह कुछ रहस्यमय-सा टिमटिमा उठता था।

उसने पार्किंग से मर्सिडीज निकालते हुए जिस तरह अचानक स्पीड बढ़ाई और सड़क पर झटके से ब्रेक लगाने से उसके बाल उछले, अनंत को लगा कि आज रात कुछ खास घटित होने वाला है। बगल की सीट पर बैठे हुए उसने अपने सीने में एक गुब्बारे को उठते महसूस किया, जिसे फूलने से रोकने के लिए थूक गटकना पड़ रहा था।

विपाशा रास्ते में हिंदी फिल्मों के नए अभिनेताओं और टेक्नॉलॉजी के लिहाज से हिन्दी फिल्मों का स्तर हॉलीवुड की फिल्मों जैसा होते जाने के बारे में बात करती रही। अचानक उसने कहा, 'एनॉट, तुम्हारा प्रॉब्लम्स का विज़ुअलाइजेशन काफी अच्छा है। तुम फिल्म क्यों नहीं बनाते! यू कैन हैव ग्रेट इम्पैक्ट ऑन दिस वर्ल्ड। यू नो रितुपर्णो घोष की फिल्मों में कैमरा मेरे बाबा का होता था। वे कहते थे, जिंदगी छोटी है और किसी भी तरीके से आदमी की चेतना के पार इतने कम समय में नहीं जाया जा सकता। फिल्म सीधे बिना कहीं फिल्टर हुए ऑप्टिक नर्व से गुजरती हुई सीधे भावनाओं में, आत्मा के ग्रे एरिया में चली जाती है। एक सेकेंड में लगभग चौबीस फ्रेम भीतर जाते हैं, हर दो फ्रेमों के बीच में अँधेरा होता है लेकिन ऑप्टिक नर्व उसे पकड़ नहीं पाती। कितना वंडरफुल है न!'

'विपाशा, तुमने थिएटर किया है क्या?' अनंत ने पूछा।

'खूब किया है। स्कूल में, यूनिवर्सिटी में। मैं अपर्णा सेन जैसी बनना चाहती थी जो बूढ़ी हो जाने के बाद किसी से नहीं मिलती... तुम बोका लोग, सिर्फ मेरी छवि के साथ जियो क्योंकि तुम मेकअप के पीछे की मेरी जिंदगी में झाँकने के लायक नहीं हो... लेकिन बाबा एल्कोहॉलिक थे, गुजर गए और परिवार चलाने के लिए सॉफ्टवेयर में आना पड़ा। खैर, ये भी एक तरह का शो बिज़नेस ही है। हावड़ा जाने पर रिश्तेदार और पड़ोसी जैसे बिहैव करते हैं, लगता है मैं हॉलीवुड की स्टार हूँ। तब पॉलिट ब्यूरो की मीटिंग में ज्योति के होंठ हिलते हैं और क्रांति की तितलियाँ पूँजीपतियों के बगीचों में खिले फूलों का रस पीने के लिए उड़ने लगती हैं।'

न्यू क्रिक में बांग्लादेशी स्टोर में उसने सरसों के पेस्ट के पैकेट को सूँघकर देखा, 'एई अनॉट, इंडिया स्मेल कोरछी।'

वह साढ़े सात सौ ग्राम हिल्सा का दाम बीस डॉलर सुनकर भड़क गई।

काउंटर पर बैठे कोलंबियन लड़के ने कहा, 'मैडम, इंडिया में हिल्सानो मछलियाँ उड़ने लगी हैं। जाल से पकड़ना मुश्किल हो गया है इसलिए उनके दाम बढ़ गए हैं।'

'हिल्सानो नहीं हिल्सा!' उच्चारण सुधारते हुए विपाशा ने उसे बताया, 'अमेरिका की इम्पोर्ट पॉलिसी को प्रेज़िडेंट मोनिका लेविन्सकी ने एंटी एशियन बनाकर बिल्कुल बर्बाद कर दिया है। हिंदू धर्म में जो बीफ नहीं खाया जाएगा, वो सस्ता कर दिया और मछली महँगी। कलकत्ते में ताज़ा हिल्सा डाक लगाकर नब्बे रुपये किलो मिल रही है, साथ में सौ ग्राम चिंगड़ी फ्री देते हैं जिसे एपेटाइजर की तरह इस्तेमाल किया जाता है।'

उसने कहा, 'विपाशा समझो, वो लड़का हँस रहा है।'

'गुड ब्वाय, मछली उड़ाएगा तो हँसेगा नहीं!' विपाशा ने उसके ह्यूमर की तारीफ करते हुए कहा, 'इसकी पूँछ काटकर तुरंत मुझे दो।'

लड़का स्टोर के पीछे मछली साफ करने के लिए किसी को देकर लौटा और एक पेपर नैपकिन में लिपटी मछली की पूँछ थमा दी जिसे तुरंत निकालकर विपाशा ने नाक के नीचे मूँछों की तरह चिपका लिया। पूँछ की छोर पर जमी बरफ की बारीक परत के नीचे से खिलखिलाते हुए बोली, 'कुछ याद आया, तुमने बर्थडे पर मूँछ बनाई थी तो बहुत अच्छा लगा था।'

अनंत को अब थूक गटकने की जरूरत नहीं थी क्योंकि भीतर का गुब्बारा पिचक चुका था। सूखी, कठोर आंतरिक हँसी से लगातार फोड़ने पर भी नहीं फूट रहा था।

रास्ते में विपाशा ने सड़क किनारे ओक के पेड़ों के नीचे कार रोकते हुए पूछा, 'इस इलाके में नेवले पाए जाते हैं?'

आश्चर्य से उसने कहा, 'मुझे नहीं मालूम। पक्का पता करने के लिए कोई साइट सर्च करनी पड़ेगी।'

'होते ही होंगे, यार!' उसने कई पेड़ों को देखने के बाद एक सूखते पेड़ की कोटर में, नैपकिन में लिपटी मछली की पूँछ को उछाल दिया। लौटकर हाथ साफ करते हुए बोली, ',देखो अगर तुम्हें खानी हो तो दूसरी खरीद दूँगी लेकिन इसे नेवले को खिलाना जरूरी था। माँ को कलकत्ते के एक स्वामी ने ऐसा करने को कहा था, जिससे किसी की सबसे बड़ी गुप्त इच्छा पूरी हो सकती है।'

कार स्टार्ट करते हुए विपाशा ने कहा, 'सिर का हिस्सा मैं लूँगी क्योंकि उसमें जीभ होती है। उसे लड़कियों को जरूर खाना चाहिए। पुराने समय में मत्सय कन्याएँ उसी जीभ से देवताओं, ऋषियों, सम्राटों के कान में अपना प्रेम फुसफुसाती थीं। यूरोप के समुद्र तटों पर बहुत-सी मर्मेड्स हैं जो योग्य प्रेमियों की तलाश में भटकती हैं। इस मछली ने पूँछ से पानी में तरंगें बनाते हुए जीवन बिताया होगा। बिना पूँछ के वह तैर नहीं सकती। दुनिया में सबकुछ तरंग है। तुम तो जानते ही हो, अगर अलग-अलग वेवलेंथ की इलेक्ट्रॉनिक तरंगें न हों तो क्या कोई कंप्यूटर, कोई सॉफ्टवेयर काम कर पाएगा।'

अनंत की आँखें फैलती हुईं सिर की ओर जा रही थीं, वह मुँह बाए सुन रहा था, 'लोग मन की इन तरंगों के आकार, रंग, गंध, स्पर्श के ह्यूमन सॉफ्टवेयर पर पड़ने वाले असर को नहीं जानते, जबकि उनमें मामूली-सा हेर-फेर करके दुनिया में जो चाहो वह पाया जा सकता है। स्वामी लोग हिमालय की गुफाओं और छत्तीसगढ़ के जंगलों में साधना करके जान लेते हैं कि बंदर को खिलाए जाने वाले केले से निकली पीली प्रकाश तरंगें, किसके भीतर आत्मविश्वास पैदाकर नौकरी दिला सकती हैं। काले रंग का जूता अंगूठों पर फटा होने के कारण कमर की ओर कमजोर तरंगें बनाता है, जिससे एक छोटे कद का गोरा आदमी जिंदगी भर बेऔलाद

रह सकता है। ऐसे जूते को बदलने की सलाह देकर, उस आदमी की तरफ भाग्य को आकर्षित करना वेलफेयर का काम है। कलकत्ते वाले स्वामी का अगले साल कनाडा में शो होगा, तुम चाहो तो मेरे साथ चल सकते हो।'

अनंत ने महसूस किया, उसके भीतर कोई हँस रहा है, साथ ही उसकी घिघ्घी भी बँधती जा रही है।

छोटे-से बगीचे से घिरा विपाशा का फ्लैट ब्रुकलिन की एक साफ-सुथरी लेन में था, जिसमें कई बांग्लादेशी और पाकिस्तानी रहते थे जो चालीस साल पहले आकर अमेरिका में बस गए थे। उसने एग्रेस का कमरा दिखाया, जिससे तेज़ परफ्यूम और पुराने कागजों की महक आ रही थी। उसने बगीचे की तरफ एक बड़ी-सी खिड़की खोलते हुए कहा, 'तुम यहाँ बहुत आराम से रहोगे। जिस दिन हम खाना नहीं पका पाएँगे, पास में एक बांग्लादेशी रेस्टोरेंट है, वहाँ से मँगा सकते हैं।'

अचानक उसके कंधों पर हाथ रखकर, उसने बच्चों की तरह रहस्यमय अंदाज में कहा, 'तुम क्या समझते हो, मैं पागल हूँ। मैं जानती हूँ कि वह लड़का क्यों हँसा था लेकिन यह रहस्य कम लोग जानते हैं कि अमेरिका की असली प्रेज़िडेंट मोनिका लेविन्सकी है। अभी कम-से-कम दस साल और रहेगी। उसने सीआईए से पता लगा लिया है कि अगले छह प्रेज़िडेंट कौन होने वाले हैं। उसके पास छह से अधिक स्कर्टें और अंडरवियर हैं जिन पर उनके वीर्य के नमूने संरक्षित करके किसी स्विस बैंक के एक लॉकर में रखे हुए हैं। उसे बिल क्लिंटन के ऑफिस में दुनिया भर में तेल के कुएँ खोदने वाली पॉवरफुल ऑयल कॉरपोरेट लॉबी ने रखवाया था। वही लॉबी लेविन्सकी के जरिए कोई भी प्रेज़िडेंट हो, अपने अनुकूल नीतियाँ बनवाती है।'

वह इतने करीब थी कि उसकी बरौनियाँ गालों पर महसूस हो रही थीं। अपने सीने के और पास खींचते हुए उसने अनंत की आँखों में आँखें

डालकर कहा, 'समझ गए न! लेकिन तुम अगर यह सब किसी ऐसे शख्स को बताओगे जो तुम्हें प्यार नहीं करता तो काफी मुश्किल में पड़ सकते हो, एनॉट। अपना खयाल रखना।'

किचन में बिल्कुल नए बर्तन थे। फर्श पर महीन धूल थी लेकिन एक भी पैर का निशान नहीं था। शायद वहाँ महीनों से कोई आया नहीं था। विपाशा ने खिड़की खोल दी, ताकि ताज़ी हवा आ सके।

दोनों ने मिलकर विपाशा के कमरे की सफाई की। महोगनी के पुराने डबलबेड को चमकाकर नई चादर बिछाई। फर्नीचर, कार्पेट पर फैले अखबारों, किताबों, कपड़ों और सामानों को अलमारी में तरतीब से रखा। दवा की खाली शीशियों, रैपरों को डस्टबिन के हवाले किया। दीवारों पर कागज के फूल टेप से चिपकाए और झालरों को छत से लटका दिया। किचन और लॉबी की लाइटों पर पारदर्शी नीले पेपर की तीन कंदीलें, अनंत ने कुर्सी पर चढ़कर टाँग दीं।

विपाशा सारे घर की लाइटों को एक-एककर स्विच ऑन करती जा रही थी। हर लाइट जलने के साथ, उसकी आँखों से आँसू झरते जा रहे थे। अंत में जब वह अनंत की ओर मुड़ी तो पूरा घर किसी सजीले अजनबी में बदल चुका था और उसकी काली डबडबाई आँखों से चारों तरफ किरणें फूट रही थीं। उसके गाल चूमते हुए उसने कहा, 'एनॉट थैंक्यू! तुम्हारे कारण आज मुझे लग रहा है जैसे मैं फिर से हाईस्कूल में पहुँच गई हूँ और आज मेरा बर्थडे है।'

अनंत ने कुकर में चावल पकाया। विपाशा ने मछली पकाते समय रेसिपी पूछने के लिए इंटरनेशनल फोन कार्ड का इस्तेमाल करते हुए तीन बार अपनी माँ को कलकत्ता फोन किया। हर बार उसने चहकते हुए बताया कि वह अपने भारतीय बॉयफ्रेंड के साथ अपने घर में है। चिंता करने की कोई बात नहीं, अब वह हमेशा उसके साथ रहा करेगा क्योंकि उसकी चेक पार्टनर एग्नेस कमरा खाली करके वापस चली गई है।

अनंत ने जब सलाद काटना शुरू किया, हाथों में एक तौलिया और बाथरोब झुलाती विपाशा ने कहा, 'एनॉट डार्लिंग, अब शैंपेन खोल लो। पानी की कमी है इसलिए आज तुम चाहो तो मेरे साथ बाथटब में ही नहा सकते हो।'

अनंत की जीभ दाँतों के बीच आ दबी और उँगली कट गई। उसने हाथ झटकते हुए कहा, 'शॉवर में नहा लूँगा। टब में लेटने से मेरी पीठ में दर्द होने लगता है।'

'ईस्स... देखे दाओ, देखे दाओ, ओरे बाबा! रक्त चोलछे,' विपाशा को जैसे हिस्टीरिया का दौरा पड़ गया। वह उसकी उँगली मुँह में लेकर चूसने लगी। उसकी घबराहट से फैली आँखों, फैलते-सिकुड़ते होठों को देखकर वह ठहाका लगाना चाहता था लेकिन वह खामोशी से बाएँ हाथ की कटी उँगली को दबाए खड़ा रहा। वह दूसरे हाथ की उँगली चूसती रही। अंततः उससे खीझकर कहा, 'बाल उखड़ जाएँगे, रहने दो।'

तब विपाशा ने किचन में एक कैबिनेट से फर्स्ट एड बॉक्स खोजा और एक बैंड-एड लेकर उँगली पर चिपका दिया।

अनंत ने शैंपेन का कॉर्क खोला, बहते हुए झाग को और बहाते हुए, दो प्यालों में डालकर एक विपाशा को दिया जिसे सिप करते हुए उसने लगभग गाते हुए कहा, '...आह! ज़माने बाद...' और प्याले के साथ नहाने चली गई। वह अचानक दरवाजे के पास पलटी और बिल्ली की तरह अनंत की ओर देखते हुए हवा में पंजा मारकर कुछ नोंच लिया।

अनंत किचन के प्लेटफॉर्म पर शैंपेन के पहले पैग के असर में ध्यानस्थ बैठा, बाथरूम में टब से आते पानी की लहरों की आवाजों के बीच विपाशा को सुन रहा था जो कलकत्ते में न्यूज चैनल देख रही, अपनी माँ से फोन पर धीमी आवाज में कह रही थी, 'माँ खुश हो जाओ, उसका माथा बिल्कुल ज्योति बसु जैसा है। बाघा इंटलेक्टुअल लागछे, बुझिलाम!'

वह आधे घंटे बाद बाथरूम से गुलाबी रंग का रेशमी गाउन लपेटे, भीनी खुशबू से सराबोर निकली। अनंत ने कहा, 'टुडे यू लुक ग्रेट!'

विपाशा ने कहा, 'अब तुम नहा लो, मैं मछली को देखती हूँ।'

अनंत ने शावर के नीचे से पानी की कलकल के बीच सुना, वह हँसते हुए बेहाल हुई जा रही थी, 'एनॉट रे...ओ एनॉट! नमक तो है ही नहीं, ये उड़ने वाली हिल्सानो है जो नमक पी जाती है।'

अनंत, गर्म पानी से मिली ताजगी और गीले बालों पर ब्रुकलिन की हवा के स्पर्श का मजा लेता हुआ, जब पंद्रह मिनट बाद लेन के कोने पर स्थित स्टोर से नमक लेकर लौटा, तो पाया कि विपाशा अपने कमरे में, कार्पेट पर सो चुकी है।

दोनों तरफ फैले गुलाबी गाउन के बीच उसके साँवले शरीर पर सुर्ख लाल की स्पोर्टस ब्रा और पैंटी थी। कमर के कटाव के साथ लंबी डंडी वाला स्टाइलिश प्याला लुढ़का पड़ा था। उसके हाथ की एक उँगली रह-रह काँप उठती थी।

उसने विपाशा की सम लय से उठती-गिरती नाभि पर नमक का पैकेट रख दिया लेकिन उसके शरीर में कोई हलचल नहीं हुई। पैकेट उठा लिया तो भी कोई असर नहीं हुआ। उसने लंबी डंडी वाले प्याले को पैंटी की इलास्टिक में फँसाकर, पेट पर खड़ा कर दिया और झालरों की झिलमिल रोशनी में दोनों मुट्ठियाँ जमींन पर टेककर, उसके चेहरे की ओर झुका हुआ, उसके जागने का इंतजार करने लगा।

थोड़ी देर बाद वह कुछ बड़बड़ाई, जिसे समझ पाना संभव नहीं था। कुछ टटोलते हुए उसका दाहिना हाथ अनंत की मुट्ठी पर पड़ा। उसने मुट्ठी पर हौले से दो बार उँगली दबाई और नाखून से खरोंचा। अनंत को लगा जैसे यह कोई संकेत है। उसके शरीर में दिन भर छिपती-उठती रही सुखद ऐंठन अचानक तेज़ हो गई।

वह फुसफुसाते हुए बुदबुदाई जैसे सिर्फ खुद से कुछ कह रही हो। सीप जैसी बड़ी पलकों की बहुत हल्के काँपती, घनी बरौनियों के नीचे उसकी पुतलियाँ हर दिशा में चलने लगीं। वह बंद आँखों से किसी चीज़

का पीछा करते हुए, अब अपनी तर्जनी को उसकी मुट्ठी पर लगातार दबाए जा रही थी और नाखून से खरोंच रही थी। अनंत को अनायास लगा यह तो जाना-पहचाना पैटर्न है। क्लिक...डबल क्लिक...स्क्रॉल... राइट क्लिक...रिफ्रेश...क्लिक... ओह! ये विपाशा तो गूगल के ऑफिस में है। नींद में भी पेन्डिंग काम किए जा रही है।

अनंत ने अब असली विपाशा बंदोपाध्याय को पहली बार देखा जो झालरों, फूलों से छनकर आते सभी संभव प्रकार के रंगों की रोशनी के नीचे नंगी लेटी थी। जिसका थका हुआ शरीर सो रहा था लेकिन डरा हुआ दिमाग एक उँगली से कंप्यूटर पर काम किए जा रहा था। उसके क्यूबिकल के बाहर भी कोई दुनिया है, समाज है, वह पता नहीं कब का भूल चुकी थी। वास्तविक समय से उसका संपर्क टूट चुका था इसलिए उसे कटी उँगली नहीं दिखती, ज्योति बसु जिंदा हैं, हिल्सा नब्बे रुपए किलो चिल्लाकर बेची जा रही है, मोनिका लेविन्सकी अमेरिका की राष्ट्रपति है, मछली की पूँछ खाने वाला नेवला और कलकत्ते वाला स्वामी मिलकर उसके भाग्य के समुद्र में भटक गए प्रेम को उसके करीब ला रहे हैं।

उसे दिखने लगा, वह सिकुड़कर छोटी और दयनीय हो गई है। छोटे-से सिर में झिलमिलाती बालों की सफेद जड़ों के बीच एक छोटी-सी चाँद निकल आई है। चौड़े माथे में अब नई सलवटों के लिए जगह नहीं बची है। नींद पूरी नहीं होने के कारण आँखों के गिर्द काले घेरे हैं। गाल पुराने कागज हो रहे हैं। मुँह के अंदर की सफेदी होंठों पर फैलने लगी है। गोल कंधे घिसकर नुकीले हो गए हैं। छातियाँ जैसे बड़े लिफाफे में रखी दो रस्मी चिट्ठियाँ हैं। पसलियों के पिंजर पर तनी त्वचा आधी बेजान है। योनि सूखकर मैनिक्विन्स की तरह सपाट हो चुकी है जिसके ऊपर पेट अचानक काफी निकल आया है जो नितंबों के साथ डमरू का आकार बनाते हुए उसके ढाँचे से अलग कारपेट पर फैला हुआ है। पतली टाँगों का मांस हड्डियों का साथ छोड़ रहा है। छोटे सुंदर पैर इतने रूखे हैं, जैसे उठकर वो दो कदम चलेगी और टूटकर चूरा हो जाएँगे।

यही वह क्षण था, जब विपाशा के माउस की क्लिक मुट्ठी से होते हुए उसके सिर में समा गई थी।

विपाशा इंडिया के चुनिंदा पचास सिस्टम एडमिनस्ट्रेटर्स में से एक होगी जो पिछले छह साल से अमेरिका में काम कर रही है, मुझे तो आए अभी एक साल हुआ है और दिन में तारे दिखने लगे हैं। तमाम भ्रमों का शिकार होकर एक खब्ती में बदलता जा रहा हूँ। सुबह आँख खुलते ही काम पर निकल जाता हूँ। दस से चौदह घंटे एक स्क्रीन पर आँखें गड़ाए छोटे-से क्यूबिकल में वास्तविक समय से कटा, कंपनियों के मुनाफे को बढ़ाने की गारंटी करने वाले सॉफ्टवेयर बनाने में लगा रहता हूँ। हर सीसीटू मेल के साथ भीतर असुरक्षा की हुड़क उठती है। हर मीटिंग में कोई नाराज अफसर धमकाता है। देर रात गए लौटकर, नींद की गोलियाँ खाकर सो जाता हूँ। प्रकृति, समाज, संवेदना और खुद से भी काटकर हमें अजीब किस्म का प्रोफेशनल बना दिया गया है। हम क्यों और किसके लिए इतना काम करते हैं और उसका नतीजा क्या होता है, यह सोचने की भी मनाही है। मैं पहले से भी कम आदमी रह गया हूँ। इतना कम कि जब तक कोई मेरे आगे कपड़े उतारकर नंगा न हो जाए उसे पहचान भी नहीं सकता... वह विपाशा के गाल थपथपाकर जगाने लगा, 'विपाशा, ओ विपाशा, उठो नमक मिल गया है। प्लीज, खाना खाकर फिर सो जाना।'

उसके शरीर में कोई हरकत नहीं हुई। सिर्फ पलकों के नीचे पुतलियाँ और एक उँगली लगातार चल रही थीं। वह उसे सोता छोड़कर बाहर निकल गया।

वह एक रात न्यूयॉर्क की सड़कों पर भटकने के बाद काफी देर से ऑफिस पहुँचा तो सबकुछ पहले दिन जैसा नया लगा। छत से झरती रोशनी, क्युबिकल्स में काम करते सहकर्मी, धीमा संगीत, यहाँ तक कि नोटिस बोर्ड और कैंटीन की ओर जाने वाले गलियारे में भी नई ताजगी थी।

वह चाहता था कि उसे कोई विश करे, देर से आने का कारण पूछे लेकिन किसी ने उसे देखा तक नहीं। निराश होकर उसने सोचा, एक रात में ही मेरे शरीर से निकलने वाली तरंगें बदल गई हैं, जिनकी वजह से इन्हें मेरी उपस्थिति का पता नहीं चल पा रहा है। उसने अपनी सीट पर बैठकर कंप्यूटर ऑन किया, इंटरनेट ऑन करने लिए माउस क्लिक किया और सामने से जाती विपाशा का उभरा पेट दिखाई दे गया। हर कदम के साथ लग रहा था जैसे वह उसके माउस से संचालित हो रही है।

ध्यान आया कि पहली बार उसे देखकर, सिर में कोई चिंगारी नहीं जली है। आदतन उसने सबसे पहले ईमेल खोला लेकिन चेक करने के बजाय एक लाइन का इस्तीफा लिखकर मैनेजर फ्रैंक मैक्कार्ट समेट सभी संबंधित अफसरों को मेल कर दिया। उसने लिखा, 'मैं अपनी नाक 1.37 मीटर तक बढ़ाना चाहता हूँ इसलिए इस्तीफा देकर वापस भारत जा रहा हूँ।'

मैनेजर फ्रैंक ने उसके क्यूबिकल के सामने रुककर, अपनी नाक दो उँगलियों से पकड़कर हिलाई।

वह मुस्कुराया लेकिन आँखों के कोनों से देखा, ऑफिस के कई सीनियर अपनी जगहों पर खड़े नाकें हिलाते हुए हँस रहे हैं। फ्रैंक ने सबको सुनाकर कहा, 'गूगल में जो भी इसका बेस्ट फ्रेंड हो, इसे समझाए कि यह अब कभी भी अमेरिका का नागरिक हो सकता है जो साउथ एशिया के लोगों के लिए एक सपना है। कोई मल्टीनेशनल कंपनी यहाँ तक कि गूगल भी भारत में न्यूयॉर्क जितना मोटा पे पैकेज नहीं दे पाएगा। इसे प्रमोट करके टीम लीडर बना दिया गया है और क्लाइंटों के साथ डील करने के काम से तीन महीनों के लिए मुक्त कर दिया गया है। इसे कंपनी के खर्चे पर एक हफ्ते के वेकेशन टूर पर हवाई द्वीप भेजा जा रहा है ताकि वहाँ के नाइटक्लबों में सुंदर लड़कियों के साथ नाचकर अपनी क्लिक-क्लिक ठीक कर सके।'

सहकर्मियों ने तालियाँ बजाकर उसके प्रमोशन और उससे भी अधिक छुट्टी पर खुशी जताई लेकिन सिस्टम एडमिनिस्ट्रेटर विपाशा की आँखों में हिस्टीरिया की लौ टिमटिमाती दिखाई दी। अगर यह ऑफिस न होता तो वह उसे झकझोरकर चिल्ला भी सकती थी, 'हेरे पागोल एनॉट, जेई की कोरछी तुमि। अभी तो नेवला मछली की पूँछ तक पहुँचा भी नहीं और तुम वापस जा रहे हो।'

लंच के समय फ्रैंक ने उसे अपने केबिन में बुलाकर पूछा, 'कोई दूसरी कंपनी जॉइन करने जा रहे हो?'

'नहीं सर, मुझे पहले पता करना है कि मुझे क्या अच्छा लगता है और सबसे बेहतर ढंग से कौन-सा काम कर सकता हूँ।'

'तुम एक अच्छे सॉफ्टवेयर इंजीनियर हो। खुद तुमने मुझसे कहा भी था कि तुम्हें इस काम में आनंद मिलता है।'

'फ्रैंक, मुझे लगता है कि वह गलत आंकलन था। अगर इस काम में मुझे सचमुच मजा आता तो मेरे भीतर यह नकारात्मक ताकत नहीं पैदा होती, जो मोड़कर कहीं और ले जाना चाहती है।'

'तो क्या करोगे!'

'पता करने की कोशिश करूँगा कि मुझे क्या अच्छा लगता है। मेरे पास बीस साल तक एक बैचलर की तरह इंडिया में रहने भर का पैसा है, मेरा खयाल है, इतने समय में पता चल जाएगा।'

'आर यू सीरियस!'

'यस। वेरी सीरियस।'

फ्रैंक गंभीर हो गया। उसने दीवार पर टँगी न्यूयॉर्क की जगमग स्काईलाइन के फोटो की ओर उँगली उठाते हुए कहा, 'मेरी सेकेट्री कैथरीन ने पता लगा लिया है कि यह स्टैच्यू ऑफ लिबर्टी के नाक की लंबाई है। आजादी के सपने देखना अच्छी बात है लेकिन जान लो कि इतनी ऊँची नाक किसी मूर्ति की ही हो सकती है जिसे कोई आदमी

अपने चेहरे पर लादकर चल नहीं पाएगा। वह नाक भी अपनी जगह पर इसलिए है कि स्टैच्यू ऑफ लिबर्टी के हिस्सों को, उसकी मशाल को अमेरिका में जगह-जगह डिस्प्ले करके लोगों से चंदा जुटाया गया था, तब वह दुनिया को आजादी का संदेश देने की मुद्रा में आ पाई।'

'मुझे किसी को कोई संदेश नहीं देना है। अपनी वास्तविक प्रकृति को खोजना है।'

उसकी आँखें लाल थीं, वह रात भर न्यूयॉर्क की सड़कों पर भटकता रहा था। वह बोझिल आँखों से अपने आगे लगभग अदृश्य चकत्तों के रूप में उड़ते अज्ञात भविष्य को घूर रहा था। इसी बीच सिस्टम एडमिनिस्ट्रेटर विपाशा बंदोपाध्याय अप्रत्याशित, शांत भाव से चलती हुई उसके क्यूबिकल में आई। उसके कंधे पर हाथ रखकर धैर्यपूर्वक मुस्कुराती आँखों से तब तक देखती रही, जब तक उसने जवाब में भौंहे ऊपर नहीं उठा दीं। उसने कानों तक झुकते हुए धीमे-से कहा, 'एनॉट, प्लीज अपना इस्तीफा वापस ले लो। मैं जानती हूँ, यह सब काम के तनाव के कारण हो रहा है। मैं एक बुढ़िया को जानती हूँ जिसके घर ऑक्सीटोसिन पार्टियाँ होती हैं। वहाँ जाने वालों में फिर से प्यार और भरोसा पैदा हो जाता है। तुम आज शाम मेरे साथ वहाँ चलो, सब ठीक हो जाएगा।'

वह खी-खी करते हुए हँसा, 'प्यार पैदा करने वाली पार्टी?'

'हाँ, यू नो, ऑक्सीटोसिन लव हॉर्मोन है। हमारे कई कुलीग वहाँ जा चुके हैं। मुझे उन्हीं से उस नेक-दिल बुढ़िया का पता चला।'

'सॉरी, इस्तीफा वापस नहीं ले सकता लेकिन तुम्हारे साथ वहाँ जरूर चलूँगा, दिलचस्प पार्टी होगी।'

वह बुढ़िया न्यूयॉर्क में इसलिए मशहूर थी कि अपने आखिरी पति के साथ दस साल से रह रही थी। उसने बहुत से जोड़ों के प्यार की मरम्मतकर सहनीय बना दिया था। उसकी एक बेटी भी कैलीफोर्निया में ऐसी पार्टियाँ आयोजित करती थी।

उस शाम पार्टी फ्लोर यानि एक बेसमेन्ट में उन दोनों के अलावा चार जोड़े और थे जो डेटिंग के वक्त एक-दूसरे को झूठा, धोखेबाज समझकर डरते थे। संयोग था कि एक जोड़े को छोड़कर, बाकी वहाँ उन्हीं की तरह पहली बार आए थे।

झुर्रियों और चकत्तों से भरे चेहरे पर चमकती, चालाक, नीली आँखों वाली बुढ़िया के गले में रुद्राक्ष की माला थी। सबसे पहले उसने एक स्प्रेयर लगी, नीले द्रव से भरी बोतल को प्यार से सहलाते हुए साइंस ऑफ लव पर एक छोटा-सा लेक्चर दिया, 'जब भी आप किसी को गले लगाते हैं, सहलाते हैं, थपकी देते हैं, सेक्स करते हैं, आपके भीतर ऑक्सीटोसिन बनता है जो दिमाग में न्यूरोट्रांसमीटर का काम करता है। बच्चे पैदा करने, दूध पिलाने समेत वात्सल्य की सारी गतिविधियाँ भी इस हॉर्मोन के बिना संभव नहीं हैं। यह संबंधों पर जमती बरफ को चूरा बना देता है और नए जोड़ों की झिझक खत्मकर एक-दूसरे के करीब लाता है। आपके भीतर भरोसा, शांति और सुरक्षा पैदा करता है जो इस तनावग्रस्त दुनिया में दुर्लभ चीज़ें हो गई हैं।'

स्प्रेयर पर बुढ़िया के कैरिकेचर के साथ लाल अक्षरों में लिखा था, "एक हॉर्मोन जो प्यार को संभव बनाता है।"

बुढ़िया ने उठकर एक स्विच दबाया, हॉल में लगे स्पीकरों से एक महीन सिम्फनी बजने लगी। उसने बारी-बारी से सबकी नाकें पकड़कर ऊपर उठाईं और ऑक्सीटोसिन अंदर स्प्रे कर दिया। ऐसा करते हुए उसके चेहरे पर ऐसी निःसंगता थी, जैसे वह अनंत की नाक नहीं, हवा की आवाजाही के दो रास्तों वाली सुरंग हो। कोने की मेजों पर बिठाकर, सबको कॉफी सर्व की गई। सभी लाइटें बुझाकर, सिर्फ नीली रोशनी रहने दी गई।

अनंत को दस मिनट तक लगता रहा कि बुढ़िया ने सबकी नाकों में मिनरल वाटर स्प्रे किया है। उसने विपाशा को छेड़ते हुए कहा, 'ये हरिद्वार से लाया गया गंगाजल है जो हम सबको बेवकूफ बनाने के काम आ रहा है।'

तभी लगा कि नाक मोटी हो रही है जैसे जुकाम में कई दिनों तक रुमाल से रगड़ खाने के बाद हो जाती है। कुछ द्रव गले तक पहुँच गया था, जो अब नीचे सरक रहा था। थोड़ी देर बाद सिर में हल्की चकराहट शुरू हो गई।

अनंत ने देखा, मेजों पर अब तक चुप और तने बैठे जोड़े, अब आराम से बैठ गए थे। उनमें से कई चहकने भी लगे थे। विपाशा की आँखों में आज फिर वही चमक लौट आई थी जो हिल्सा मछली पकाने की शाम दिखी थी और बाथरूम की तरफ जाते हुए उसने कुछ अदृश्य नोच लेने के लिए बिल्ली की तरह झपट्टा मारा था। उसने अधमुंदी आँखों से झाँकते हुए उसका हाथ दबाया, 'एनॉट, कैसा महसूस कर रहे हो?'

'ब्लडप्रेशर थोड़ा लो हो गया है, जिससे सबकुछ शांत लग रहा है।'

'सॉरी एनॉट, उस दिन मैं थकान के कारण सो गई थी। आज फिर मेरे फ्लैट पर चलोगे, कुछ पकाया जाएगा।'

'नहीं, मुझे अपना सामान पैक करना है और अब वैसा कुछ महसूस भी नहीं हो रहा है।'

वह एक घंटे तक मोबाइल से खेलता रहा। विपाशा उसे घूरती रही। आसपास बैठे जोड़े चहक रहे थे। एक लड़की अपने ब्वायफ्रेंड को चूम रही थी और वह शरमा रहा था। अचानक वह उठ खड़ी हुई। उसके पीछे अनंत भी राहत की साँस लेते हुए उठ खड़ा हुआ। जाने से पहले उसने एक बड़ी डेस्क के पीछे बैठी बुढ़िया से कहा, 'मुझे कुछ महसूस नहीं हुआ, ऐसे भला कैसे प्यार पैदा होगा?'

साइंस ऑफ लव की एक्सपर्ट बुढ़िया ने इत्मीनान से कहा, 'ऑक्सीटोसिन आपके खून में जा चुका है। कुछ लोगों पर इसका तुरंत असर नहीं होता लेकिन लंबे समय बाद, प्यार लहर की तरह पैदा जरूर होता है। अगर ऐसा न हुआ तो मेरे मरने से पहले आकर अपनी फीस वापस ले जाना।'

बाहर निकलकर वे अपने-अपने रास्तों की ओर चलने लगे। विपाशा ने मुड़कर उसे आँसू भरी आँखों से देखते हुए कहा, 'तुम्हारे खून में मेरा

ऑक्सीटोसिन है, तुम एक दिन लौटकर मेरे पास जरूर आओगे।'

सिर झुकाकर आगे बढ़ते हुए उसने सोचा, *खून मेरा लेकिन ऑक्सीटोसिन उसका है। सच है पार्टी की फीस तो उसी ने दी थी।*

वह क्यूबिकल में दराजों से अपने कागज निकालकर फाड़ रहा था क्योंकि अब उनकी उपयोगिता खत्म हो चुकी थी। तभी गंजे सर ने आकर कहा, 'एनॉट, मैं पिछले तीन सालों में इस ऑफिस के काम के बीच बाहर कभी नहीं गया लेकिन आज तुम्हारे साथ गप करना चाहता हूँ।'

अनंत ने कहा, 'लेकिन सर, मैं पहले ही बता चुका हूँ कि मैं शादी करने अमेरिका नहीं आया था।'

गंजे सर ने उसका हाथ थामकर बाहर निकलते हुए कहा, 'उस लड़की की तो शादी कब की हो चुकी लेकिन मैं आज तुम्हें एक कहानी सुनाना चाहता था, जिसे जानकर तुम्हारा नया कैरियर बेहतर ढंग से शुरू हो सकता है।'

कोलंबस एवेन्यू में टहलते हुए गंजे सर ने कहना शुरू किया, 'तुम्हारी ही तरह, मैं भी सात साल पहले अमेरिका आया था, जिसके बारे में एक जमाने से कहा जाता था कि अपने देश के सबसे साहसी लोग यहाँ किस्मत आजमाने आते हैं। मेरे पिताजी सिंचाई विभाग में क्लर्क थे, जिनके पास गोरखपुर में एक बेडरूम का फ्लैट था। मैं उनकी तरह सिकुड़कर नहीं जीना चाहता था इसलिए उन्हें भारी कर्ज में दबाकर, कंप्यूटर साइंस की डिग्री लेकर यहाँ चला आया। डेढ़ साल में ग्रीन कार्ड मिल गया, शुरू में फॉरेन एक्सचेंज में गिरता रुपया देखकर खुश होता था क्योंकि माँ-बाप को ज़्यादा पैसे भेजे जा सकते थे। जल्दी ही एक ही स्वाद का बर्गर खाते और डिस्कों में एक जैसी नंगी लड़कियाँ देखते-देखते अकेलापन परेशान करने लगा। उधर माँ-बाप शादी के लिए हलकान हो रहे थे। बहुत कोशिश करने पर, दस दिन की छुट्टी मिली। आखिरी तीन दिन में सुपर जेट स्पीड से शादीकर, हनीमून मना, बीवी के साथ अमेरिका लौट

आया। तीन साल बीते, दो बच्चे हुए। घर में अकेलेपन से परेशान बीवी इंटरनेशनल फोन से रिश्तेदारों से रोज लंबी बात करती थी, जमा-पूँजी उड़ जाती थी, नतीजे में कलह होती थी। माँ-बाप को यहाँ ला नहीं सकता था। छुट्टी नहीं मिलने के कारण, उनके पास जा नहीं सकता था और वे दोनों पोते-पोती के लिए टें-टें करते रहते थे।

दो साल पहले एक दिन माँ ने फोन किया, तुम्हारे पिताजी गुजर गए। छुट्टी नहीं मिली। उनका अंतिम संस्कार पड़ोसियों ने किया।

छह महीने बाद माँ भी बिना पोता-पोती को देखे चली गई। गनीमत थी, वह अपने मायके के गाँव जाकर मरी। बीवी से कहा, 'चलो, वापस वहीं गोरखपुर में चलकर रहते हैं!' लेकिन वह और बच्चे तैयार नहीं हुए। मैंने अकेले वापस जाने का फैसला कर लिया। गोरखपुर शहर के बाहरी इलाके में दो बेडरूम का एक फ्लैट खरीदकर रहने लगा लेकिन यहाँ बीवी-बच्चों के भूखों मरने की नौबत आ गई और वे हिलने को तैयार नहीं थे। तब हारकर फिर एसएलडीसी की जिंदगी में वापस लौटना पड़ा।

मेरी अब तक की कुल उपलब्धि पिताजी की तुलना में एक अतिरिक्त बेडरूम का फ्लैट है। अगर लोग मुझे वन एक्स्ट्रा बेडरूम तिवारी कहते हैं तो क्या गलत करते हैं। मैं सचमुच एक कॉरपोरेट दास हूँ।' गंजे सर की आँखों में पश्चाताप के आँसू थे।

अनंत के सिर में चिंगारियाँ बूँदों की तरह गिर रही थीं, जिनसे क्लिक-क्लिक की आवाज सुनाई दे रही थी।